乡愁的滋味

那年·那事·那人

郑山明 著

人民东方出版传媒
東方出版社

序　遥望乡愁

我的老家是坐落在湖南南部丘陵地区的一个小村落，自然条件比较差，土地贫瘠，是典型的石灰岩和页岩交织地带，近几年通过检测被确定为富硒土地。祖祖辈辈以种植水稻、红薯、黄豆、辣椒等农作物为主。东边有一条名叫春水的河流经过，但离老家有四五里路，田地得不到自然灌溉，大集体时期征调民工在春水上修了一条河坝，把河水提到山上，在夏秋干旱时节可经过弯弯曲曲的渠道流入我们村的田地里。平时全靠附近一个小二型水库供水，水库水位较高的时候通过一条人工渠道引流到村里，中间经过一个田洞时架设了一座渡槽，乡民们称为“天桥”。“天桥”一个连接处有缝隙，渠水从空中十几米处直坠而下，宛如瀑布，声音可传到好几里外。每到盛夏的夜晚，渡槽还是小孩子和男人洗澡的好去处，白天也有一些妇女去渡槽洗头发或衣物。地势较低的田洞，一年四季都靠蜿蜒曲折的小溪提供水源，在没有使用农药的年代，小溪里有各种各样的小鱼。每到雨季，水库泄洪，水库里的大鱼也顺流而下，很多都成了农家餐桌上的美食。村落四周都是山，多少年来，山上的植被非常茂盛，背靠的后龙山上树龄上百年的栗树、枫树、樟树遮天蔽日，每到秋天，火红的枫叶随风飘落到水渠上、小溪里，飘落在每家每户门前的石阶上。松鼠经常从树上溜到地下来拣食小板栗，老鹰、猫头鹰和白鹭都在大树顶上做窝，啄木鸟则在樟树或枫树上凿洞为巢，无风的日子坐在家里也能听到啄木鸟节奏明快的啄木声。在水渠经过的村口，生长了几百年的柏树、松树照旧郁郁葱葱。老辈人说，那时，外地人不到村口都不知道村庄的存在。就连村庄对面的石灰岩山上，也长满了各种乔木和灌木，记忆中有一种会自动褪皮的树，老皮掉落之后新的树皮光滑锃亮，一些不服输的农家少年总想在这种树上展示爬树的本领，可惜没有一个人成功。还有一种藤蔓植物，细细的，没有叶片，呈桃红色，缠绕在其他灌木上，任你如何梳理，都找不到它的根在什么地方，乡民们据此取了个名字：无根藤。这样丰沛的树木，这样宁静的环境，如果没有在后来遭到砍伐和破坏，肯定会成为现代社会人人向往的“桃花源”。

老家村落的房子都是依着山坡建造的，坐北朝南。坡势让家家户户都能充分采撷阳光和清风，一条宽阔的石板街道顺着山势或缓或陡铺下来；两侧都是明清风格的青砖黛瓦建筑，一条水渠从村庄的底部横过，稀稀地挂着几口池塘，由于经常有活水源头，池塘的水总是清亮的，晴朗的日子里，妇女们喜欢在这里洗涤衣被，捣衣声和着欢笑声飘散在空中，显得热闹而又安宁。水渠上有好几座小桥，有石头的，也有木头的。小桥连接的小路弯弯曲曲伸向田洞和山岗，乡民们每天都行走在这些石板铺就的小路上，或挑着一担农家肥出去，或担着一挑子农作物回来，或提着一篮子鸡蛋去赶集，或牵着小孩子去走亲戚。到最后，他们也顺着这样的小路上了山，永远地安息在青山绿草间。生命就在这个封闭的小山村里诞生、绽放、延续，也在这里归于寂寞。

有人的地方总有矛盾。但这个小山村里的人际关系还算和谐，乡民们虽然没有读过什么书，但口耳相传的传统道德伦理总能够约束他们的行为，不至于做出太出格的事来，街坊邻里为一点鸡毛蒜皮的事闹些纠葛，过两天又和好如初。既没有代代相传的世仇，也没有动刀动枪的人命大案，几百年下来，村子里没有一个吃牢饭的。大家的日子虽然过得艰苦，却也平安坦然。勤劳为本、节俭持家、邻里和睦、守望相助的村风民俗根植于每个人的心里，他们将家庭祥和、人伦圆满、亲情浓郁和内心安宁看得比什么都重。小山村里的光阴就像一首妙曼的歌谣，平静、舒缓而又略带忧伤地飘荡，在一代又一代人身上缠绕、抚摸和远逝。

我出生的时候，正值乡民们物质生活最艰辛的时候，天灾人祸共同把乡村最基本的生活资料都夺走了，身体素质差一点的乡民没能熬过那段日子，我却幸运地迈过了那个“坎儿”，成了小山村里的一个小农民，并在这样一个风景秀丽、民风淳朴、情意融洽的环境里慢慢长大成人，在以后二十多年的时光里，和这片土地以及生活在这片土地上的乡亲们亲密接触，感受着美丽的山水和安适的乡情。

和现在的孩子有所不同，我的童年花在学校的时间并不多。我开蒙比较早，原因是当时村小学多购了一套课本，老师跟我爷爷很熟，为了不浪费那套教材，就让我提前一年上了小学。那时课业负担不重，每天早晨先要去放牛割草，吃过早饭再去上学，下午放学之后还要去扯一篮子猪草，称得上是“半耕半读”。小学还没读完，“文革”的浪潮就席卷到了偏远的山村，停课闹革命、走“五七道路”等指示基本让学校的日常教学处于瘫痪状态，正规的教师被赶走，原本正常的教学编班被打乱，小学高年级和低年级的学生被安排在同一个班学习，我也从小学四年级直接跳到六年级，最后竟和大我四岁的二哥成了同班，一起上初中，一起毕业。从小学到初中，我名义上是学生，实际是一个小农民，与学生和老师相处的时间远不如和乡民们接触的时间长。这让我的童年、少年有很多机会去接近大人们的世界，了解他们的生活和劳作，也有很多机会用一颗童心去感受大自然的一草一木、一山一水。

初中毕业后，我停学一年。停学的原因我一直没弄明白。那时很多农家孩子小学就辍学了，我读完初中在村里已算是有“学问”的人了。初中升高中也不用考试，我不存在因为成绩不好而上不了高中的问题。最大的可能就是我和二哥同时读完初中，他直接去读高中了，总得有一个人留在家里挣工分，减轻父母的负担。这一年我便以一个的“社员”的身份与乡民们早出晚归，一年四季干着各种应季的农活，因为当时只有十一岁，生产队给我定的级别是“半劳”，即半个劳动力，每天的工分是“全劳”的一半。在这一年里，我与同龄的伙伴们一起割草、砍柴、插田、割禾，和他们一起忍受劳累、饥饿，一起分享欢乐和田野风情。

一年后在大哥的关照下我上了县二中读高中。从家里去学校要走近二十里的山路，平常须得在学校住宿，到星期六下午步行回到家里，星期日下午挑点大米和坛子菜再步行返回学校。两年的高中生活很艰难，伙食很差，基本是餐餐坛子菜送饭，见不到一点儿油腥，每餐的饭也是半饥半饱。教学虽然比初中和小学正规，但劳动课很多，“半耕半读”的状况始终没有改变。艰辛的生活不仅锻炼了我的生命毅力，也让我对乡民们的艰难有了切肤的体验和理解。

高中学习结束后，我重新回到家乡熟悉的山水和温情的群体中来。生活依然艰辛，灵魂却得到安放。当时高考还没有恢复，只有很少几个工农兵大学生的名额，我深知这读大学的好事无论如何也落不到自己头上，所以安心在这片熟悉的故土上做着祖祖辈辈重复的事情。一年以后，除了犁田耙田，所有的农活我都十分拿手，成了一个地道的“地球修理工”，犁田的功夫没有学会是因为年龄只有十四五岁，没有资格去掌犁。除了那些同龄伙伴和我一起长大成熟外，生产队的青壮年已经把我看作一个成年的劳力，这让我能够融入他们的世界，了解他们的所思所想、所盼所怨。一年多后，我又被生产队安排到当时公社办的社队企业做工，先后创办过水泥厂，当过养路工，烧过砖瓦。

离开村里的这几年，我接触到了更宽的世面，结识了更多的人，也感受到更多的人情世态。

1977 年恢复高考的消息公布后，很多人激动得彻夜难眠。这一年我已经高中毕业三年，心如止水地和乡亲们在田地里摸爬滚打，没有任何想去报考的念头，也没有任何人提醒或规劝我去报考，父母亲甚至省吃俭用砌了几间新屋，还有人给我介绍对象，准备踏着祖辈的足迹在小山村里终老一生。直到两年之后的开春之季，我突然心血来潮想去参考，于是写信请在县里工作的大哥寄了一套复习资料回来，然后每天上午和晚上在家看书，下午参加生产队的劳动，几个月后便抱着试试看的心态去当年读高中的县二中参加考试，成绩出来总分在全公社排第一，却离中专录取分数线差三分。因为开始就没有抱太大的希望，也就没有太多的失望，心里想着一心一意扎根农村吧，谁料没过多久，县一中给我发来了去复读的通知，这次大哥也支持我复读，于是离开家乡来到县城度过了两个学期的寒窗生活，并于 1980 年夏天考入省内一所重点大学。从这时候起，我的生活便与故乡渐行渐远，故乡成为我挥之不去、难以割舍的牵挂。

多年以后，我在反省自己的情感纠结时觉得，人生的最初二十年所经历的读书生涯，在我的内心深处播下了留恋故土的种子。“半耕半读”的生活方式让我始终与故乡这块热土和生长其中的乡亲保持亲密的接触，不像现在的学生一到读书年龄便与家乡的土地、生产甚至与家乡的生活完全隔绝，寒暑假期也消耗在各种补习班中。虽然我学到的知识不如当下的学生，但深藏于内心的那份对故土的思念、对乡情乡音的眷恋，对那种简朴而丰富的乡村生活的怀念，却远远浓于他们。这份乡情让我在无数次的失意落寞中获得一份温暖和安宁。

时光把我从一个乡野少年变成即将步入甲子之年的老者。年龄日长，怀旧之心日重。我离开故乡的这几十年，正是中国农村变革最剧烈的时期，乡民们的劳作方式、思想观念、道德情操都发生了翻天覆地的变化。每年重回故里，都会痛切地感受到童年和少年时代经历的一些美好事物，大都已随风而逝，踪迹难寻。田野里热闹的劳动场面不复存在，只有稀稀落落的老人和孩子在到处丢弃着农药瓶与塑料袋的田野里劳作，以前精耕细作的很多土地长满了野草。那个年代人们的所思、所盼、所爱、所恨，已经或正在异化为对我来说十分遥远和陌生的情感。很多具有那个时代特征的人物，很多与当时的生产力水平相适应的劳动工具和生产工艺，都湮没在岁月深处。我无法阻止世道变迁，我只是在空闲时，将那些年的生活情景、平凡人物、耕种方式和传统手艺，像老牛反刍一样，不断地咀嚼回味，把留存于乡亲们身上的中华民族传统美德，包括他们对土地的珍惜与热爱，对自然的顺应与利用，对生命的包容与承受，对乡邻的坦诚与友爱，尽量保留在我的个人记忆里，贮存在生命宝库中，当作我的取之不尽、用之不竭的精神财富和情感寄托。这些记忆，连同那些个人曾经历的劳累、饥饿和不愉快，与故乡的自然景物和风土人情融化在一起，成为绵绵不绝的乡愁。

站立在城市灰色的高楼大厦之上，遥望关山重重的南方故园，一波一波的乡愁犹如浩浩潇水奔流不息，在我的心中汹涌激荡。繁华的城市，给了我比青少年时期丰裕得多的物质生活，但我的灵魂却一直在城市上空飘浮，多年的磨炼并没有让我适应城市的喧嚣、官场的角斗、人际的疏离与防范。我的内心总是向往故园、遥望乡愁。于我而言，乡愁是村口的那条小溪，是那口常年不涸的水井，是那条弯弯曲曲的山路。乡愁是那些终日在田间劳作的乡亲，那些一起在水塘里洗澡游泳的小伙伴，那些静立在青山上的父母和祖辈们的坟茔。乡愁是那缓慢的平常日子，是水牛漫步在田间的影子，是隔壁姑娘哧哧的笑声，是村里小学传出来的琅琅书声。乡愁还是池塘边妇女的捣衣声，母亲深夜纺纱的呜呜声，婴儿静夜的啼哭声……我隔着千山万水遥望，隔着风雨云雾遥望，隔着变迁的时代遥望，使乡愁成为生命的源泉，心灵的滋养，情感的归宿，快乐的方向。

2017 年 3 月

目录

辑一　那些年

过年 / 003
酿酒 / 010
喝酒故事 / 016
喝茶 / 021
赶圩 / 026
治病 / 033
村街 / 040
开会 / 046
上学 / 054
学生宣传队 / 060
恋爱 / 062

成亲 / 068

看电影 / 074

娱乐 / 080

械斗 / 086

电灯 / 092

照相 / 094

裙子 / 096

灭虫 / 098

熏蚊 / 100

采蜂蛹 / 102

家燕 / 104

辑二　那些事

春耕 / 109

春荒 / 114

双抢 / 118

抗旱 / 126

打石灰 / 131

割草 / 135

记工分 / 140

下雨 / 146

摸鱼 / 154

烧窑 / 161

建房 / 167

挑煤 / 174

碾米 / 181

织布 / 186

补锅 / 191

辑三　那些人

麻生 / 197

毛领大衣 / 202

木鱼脑壳 / 205

秀秀 / 211

高长子 / 228

驼子 / 233

裁缝 / 238

算珠子 / 240

恶媳 / 242

附录一　我的父亲母亲 / 246

附录二　忆长兄 / 258

辑一 | 那些年

过年

在农村，过年是一件大事。

在自给自足的社会里，人们从年初就要盘算过年的事了，比如养一头猪到年底宰杀，种几分田的糯谷年底用来酿酒，池塘里放些鱼苗到年底换点钱给孩子买几件新衣服，留几只老母鸡生蛋正月里用来走亲戚，等等。有一则笑话说，有一户人家年初没有认真筹划，过年的时候非常寒碜，除夕贴了一副对联自我安慰：行勤俭事，过淡泊年。有好事之人在其对联上加了两字，便成了“早行勤俭事，免过淡泊年”。可见从年初筹划过年之事的必要性和重要性了。当然这种筹划只能是一个大概，中间有很多变数，如果碰上畜禽发瘟等意外，只好调整计划，或通过其他方法加以弥补。到了秋收结束，田里的活儿干得差不多了，人们才会认真筹办过年的事情。

城里人也许不会相信，农村过年的序幕往往是砍柴。过年的许多活动需要大量燃料，煮大锅饭，炒大锅菜，都离不开柴火，特别是酿酒、磨豆腐要烧很多的柴，必须早作准备。在暮秋时节，大家趁着天高云淡的好气候到山上砍柴。生产队也将封禁的部分山林均分到户砍伐。在寒冬到来之前，一捆捆灌木或干草已经整齐地码放在屋檐下。这些柴火让乡民们心里踏实了许多。

随着气温转冷，过年的气氛渐渐浓郁。田野里看不见什么人劳动，只有不怕冷的鸭子在水田里觅食、聒噪。人们围坐在火炉旁，絮絮地拉着家常，商谈过年的每一个细节。到了赶圩的日子，人们便带些剩余的农产品去市场换点年货，无非是瓜子、糖果、茶叶、炮竹、年画、春联之类，若碰上好年成或好价钱，手头有些余钱，再给小孩买件衣服。农村的孩子平常难得吃上糖果，更少有新衣服穿，只有到了过年才可能了却心愿，这是他们祈盼过年的主要原因。盼着盼着，年节也就近了，到了腊月二十四，家家户户开始大扫除，把屋里屋外打扫得焕然一新，如果这一天阳光明媚，还会把衣服被褥拿出来洗晒，五颜六色的衣被把古朴的村庄装点得多姿多彩。姑娘们在太阳底下交替着梳剪头发，小孩三五成群地在房前屋后点放炮竹，火药爆炸声、大人的嗔骂声和孩子们的喊叫声不时传入耳内，已能让人品出浓浓的年节特有的热闹来。

真正的热闹从磨豆腐开始。农村有一句俗语：没有豆腐不过年。豆腐是年节的主菜，每家每户都要磨豆腐。人们在宽敞的堂屋里砌好炉灶，安好石磨。天刚发亮，第一户磨豆腐的人家便早早起床了，男人去井里挑水，小孩到灶边烧火，妇女则去推石磨。她一只手转动石磨，另一只手舀起一小勺泡好的黄豆点入石磨上的小洞里，随着磨子隆隆的转动声，豆浆汩汩地从石磨的夹缝中流出来，滴进石磨下面的木盆里。这磨子转动的声音像是信号，不一会儿，邻近看热闹的人来了，做豆腐的师傅来了，第二个要磨豆腐的人家也来了，有的帮忙推磨，有的聊天，整个堂屋顿时繁忙热闹起来。突然，烧火的小孩一声吆喝“水开了”，豆腐师傅迅速将磨好的生豆浆倒入大锅。“烧大火！”豆腐师傅一边盖锅盖，一边给烧火的小孩发布指令。很快和着水的豆浆煮开了，豆腐师傅卷起衣袖，将豆浆舀进纱袋里，不停地摇动、挤压，将豆腐渣从豆浆中分离出来，再把纯豆浆倒入大锅里烧煮。石磨仍在隆隆转动，炉火仍在熊熊燃烧，整个屋子弥漫着烟味和清新的豆汁味。接下来是磨豆腐最重要的环节“杀豆腐”。豆腐师傅把石膏碾成粉末，和点豆浆存放在一个大缸里。看着锅中的纯豆浆煮开了，立即将其装入两个木桶里，两个青壮劳力提起木桶站立在大缸两侧，豆腐师傅用手搅动缸里的石膏浆，速度越来越快，搅得石膏沾满缸壁时突然将手抽出，大喝一声“倒”，两个木桶的豆浆顷刻冲入缸中，“啪”的一声将大缸盖好。几分钟后，在人们焦急的等待中，豆腐师傅慢慢地掀起缸盖，将浮在表层的泡沫除去，原来液体状的豆浆已变成晶莹白嫩的豆腐脑。他拿一个木勺慢慢地探入缸底，慢慢地翻过来，豆腐脑无声地裂开，露出白玉般的肌体，散发出诱人的清香。“这豆腐杀得真好！”主人一边夸奖豆腐师傅的手艺，一边邀请在场的人品尝豆腐脑。在人们赞许的目光中，豆腐师傅把豆腐脑盛进铺有纱巾的木箱里，包好纱巾，盖上木盖，放上几块大石头，用重力将水挤掉。第一灶豆腐就这样做好了，很成功，是个好兆头。接下来人们的劲头更足了，整个堂屋俨然成了一个井然有序的手工作坊。到了晚上，还有最后一道工序要进行，那就是炸豆腐。将豆腐切成薄块状，放入滚烫的油锅里，哗哗的爆裂声骤然响起，随着白色的豆腐变成金黄色，爆裂声也慢慢归于平静，空中弥漫着诱人的香味。将金黄的豆腐捞出来，拈一块放进口中，外脆里嫩，油香四溢。女主人将油豆腐装进坛子里，撒几把盐，就等以后随时启用。临近除夕的那几天，家家户户都会飘出炸豆腐的声音和香味。繁忙热烈是此时此刻共同的主题：真的要过年了。

但过年之前还有一件大事要做：杀猪。过了腊月二十六，只要不碰上“亥日”，人们就会陆续开始杀猪。乡村有“亥日不杀猪”的说法，认为这天杀了猪，来年养猪就不顺。清晨人们还躺在被窝里的时候，那边已经架好了长凳，一个壮劳力一把揪住猪尾巴，抬起猪的后半身使其无法奔跑，另外几个壮汉猛扑上去，抓住猪的两只耳朵，将猪全身提起来，放到长凳上。这时屠夫不慌不忙地用绳子捆住猪嘴，猪的尖叫声顿时变成了呜咽声，屠夫左手握住猪嘴，右手操一把尖刀刺进猪的颈部，鲜血顺着刀把流入木盆。猪挣扎几下之后不动了，呜咽声也随之停止。接着便是脱毛、开膛。主家把自己需要的部分留下来，将剩余的猪肉卖给邻居和亲朋。到了下午，其他事情办完后，便开始处置猪肉：有的挂在炉灶上烘腊肉，有的拌好盐装进坛子腌酢肉，猪肘、猪脚则用来“走油”。在农村，只有遇上婚丧嫁娶和过年才用猪肉“走油”。“走油”是一桩细活。先将猪肉放入汤锅煮至七八成熟，捞出来涂上红砂糖，再放进油锅中过油，用特制的铁钩钩住大块的猪肉不停地翻动，直到它们的表皮变成赭红色再起出来沥干油备用。以后食用时将其切成方块，放在蒸笼里蒸熟，就是一道色香味俱全的佳肴了。忙完了这些，大年三十说到就到了。

过年这一天，家家户户都放慢了生活节奏，人们不想让这一天过得太快。到了八九点钟，大家才不紧不慢地起床，然后在十点钟左右简单地吃点饭。接着开始准备团年饭。杀鸡宰鸭，打狗剖鱼，一切都有条不紊，慢条斯理。下午两点以后，气氛开始热闹起来，剁菜声、锅铲碰击声、汤水鼎沸声此起彼伏。大约四点之后，各家各户的团年饭陆续开始。神龛上燃放着供奉祖先的蜡烛和果品，堂屋里摆好了八仙桌，白发苍苍的老人被搀扶着来了，刚满月的婴儿被抱来了。大家按长幼尊卑落座后，门口随即响起惊天动地的鞭炮声，一碗碗香辣的菜端上桌，一壶壶家酿的酒斟满杯，一句句祝福的话传入耳，其情切切，其乐融融。终年劳累的人们，此时此刻忘记了所有的烦恼和忧虑，尽情地享受这一年一度的天伦之乐，畅快地品味这亲密无间的骨肉团圆。气氛越来越热烈，劝菜声、碰杯声、猜拳行令声相互交融，像一曲奔放潇洒的“除夕交响曲”。在时光流逝中，菜吃得越来越少，酒暖得越来越勤，不经意间，小杯已换成了大碗，劝酒已变成了拼酒。等到暮色降临，才算酒酣席散，村里的背街小巷，随处可见“家家扶得醉人归”的节日景象。

“醉”是过年的内涵，也是过年的魅力。大年初一，当小孩们穿上新衣服拜完年领完红包回来时，家中已是酒香满室。农村有一条规矩，新年的第一顿饭要在自己家中吃。一家人围坐一桌，热几个菜，暖一壶酒，慢慢地享受新年的第一顿早餐，平时不端酒杯的人这时也要喝点酒，平常不准上桌的小孩也有了喝酒的权利，彼此用酒来传递亲人的祝福，传递新年的希望。然而这只是小酌，只是低吟浅唱。到了中午，情形则大不同了。“初一仔，初二郎。”已经自立门户的兄弟们聚集到父母家中，说完了祝福的吉祥话，酒席上的较量便展开了。先是大家一起喝，接着是轮流喝，小弟主动敬兄长，兄长又回敬小弟。农家喝酒讲究“先礼后兵”，前面这几个来回都属于“礼”的范畴，温文尔雅，平和宽容。几巡过后酒劲上来了，浑身开始燥热起来，互相敬酒的频率加快了，指责对方喝酒不痛快的分贝提高了，争执还常常由喝酒牵扯到兄弟之间的往事上去，这种剪不断理还乱的纠葛无法在情理上分出胜负，只有在酒量上拼个高低，此时喝酒就像西方中世纪的决斗一样，事关家庭和个人的荣誉与尊严，没有人会主动退出，没有人会甘心认输，直到有一方醉倒在家门口。在这种和着浓浓亲情与乡情的浓醉中，醉酒者体验到了“唯我独醉”、物我两忘的愉悦，旁观者也享受了超然物外、笑看人生的欢乐。

欢乐就这样与酒结伴而行。过了初一，出门走亲访友，欢乐的源泉仍然是喝酒。乡亲们都认同一句话：怪酒不怪菜。平常时节只要有酒喝，菜多菜少、菜好菜差都不要紧。劝酒劝得勤快表示主人热情，喝酒喝得爽快证明客人高兴。正月里的菜总是不错的，巴掌大一块的“走油肉”才开席就端上桌，主家生怕客人讲客气，夹一块香喷喷、滴着油的“走油肉”送到客人嘴唇上抹一下，客人做不得客气，只得几口将肉吞下。喝酒才是主客双方关注的重点。主家用最古老的方式显示自己的好客之情，父子兄弟轮番上阵，大碗筛酒，大声劝酒。大的醉了小的上，男的醉了女的上，不把客人醉翻几个不散席。结果是当场呕吐者有之，手舞足蹈者有之，不服输仍要喝酒者有之。最后，客人辞别主人，沿着弯弯曲曲的山路，迈着踉跄的步子，在午后的冬阳里大笑而归。

这种生活要持续到元宵节。到了元宵节，年节才算过完。但过年的许多趣事特别是关于喝酒的事还要谈论很久很久。

酿酒

在湘南农村，家家户户都会自己酿酒。一般人家，逢年过节和红白喜事，酿酒是必不可少的。家庭条件好一点的，农忙时节也会酿一缸酒，每天收工回来，喝几杯解解乏，提提劲。

那时，生产队在春天下谷种时，总要播种一定面积的糯谷，收割后每家每户分得百把斤用来酿酒。晚稻米也可以酿酒，但口感比糯米酿的酒差一些。一缸酒一般需要糯米二十升，每升一斤二两，所以生产队分的糯米最多酿三四缸酒。有的家庭喝酒的人多，就会用普通的谷子跟人换些糯谷，当然不是等量交换，糯谷总是值钱一些。

酿酒有严格的程序，大家都按祖传的规矩，认认真真地酿酒，不敢有丝毫大意。因为那时候粮食严重匮乏，弄坏一缸酒等于浪费几十斤粮食，谁也不愿承受这种损失。到了需要酿酒的时候，先将糯米用清水浸泡一晚，第二天，将大铁锅和木蒸笼一一清洗干净，然后将泡软的糯米装进蒸笼里用柴火蒸熟。蒸这一关蛮有讲究，糯米既不能夹生——夹生会影响出酒率，也不能蒸得太黏——太黏了酒药渗不进去，不好发酵，容易变酸。所以看到蒸汽穿过糯米层从蒸笼顶端冒出来，有经验的酿酒师就会时不时地用一根筷子插进蒸笼的糯米里，根据糯米对竹筷的黏附程度来判断糯米是否熟得恰到好处。那边在蒸糯米的时候，这边先将一口大酒缸洗干净，并且备好两桶洁净的清水，将酒药碾成粉末，放进其中一桶清水中。酒药的制作有诀窍，一般是秘不示人的，所以一个村子只有一两家人做酒药，谁家要酿酒了，就去买两三粒回来，有时手上没有钱，就先赊酒药，等酒酿好之后，再舀一壶酒过去表示谢意，也算皆大欢喜了。

等火候到了，糯米变成了清香扑鼻、酥软粘连的糯饭，便将蒸笼从灶上抬下来，放到架在脚盆的两块木板上。首先将那桶没掺酒药的清水淋在热气腾腾的糯饭上，然后再浇那桶有酒药的清水。这一前一后的顺序不能颠倒，如果先浇有酒药的水，因为蒸笼里温度很高，会降低酒药的效果。这道工序做完后，将蒸笼侧放在板凳上，把淋过水的糯饭倾到酒缸里，用双手将糯饭从里到外反复翻动，以保证每一粒糯饭都沾上酒药，最后将糯饭压实，并在缸中央掏一个坑出来，用于贮存甜酒。做完这些，再用双手蹭一些黑锅灰，涂在糯饭的表面，不知此举是骗老鼠还是防小儿偷吃。然后将装满糯饭和希望的酒缸移到墙角，用簸箕盖好。如果冬天气温低，还要用稻草给酒缸做一个窝，保证有适当的温度让糯米发酵。

发酵的时间一般在三天左右，冬天还会稍久一点。利用这段时间，把酒坛洗干净。空坛子置放久了，会产生一些异味，不洗干净就会败坏酒的口味。先是在酒坛里烧一把干稻草，熏掉异味，再用清水冲洗干净，然后到山上摘一把枫树叶子，从里到外将坛子洗得锃亮。枫树叶搓洗时会散发一种浓浓的酒香，最适合洗酒坛子。最后把带着枫叶气味的酒坛子放到屋檐下晾干备用。

酒缸里的糯米在酒药的作用下开始发生化学反应。到第三天，浓烈的甜腻腻的酒糟香味飘散开来，弥漫在家里的每一个角落，从屋边路过的行人也能闻到这酒的浓香，顺口赞道："你家酿的酒好香啊！"在家里忙活的主人会热情答道："是了，家里酿了一缸酒，过两天过来喝酒啊。"这当然都是客套话，双方都不会当真，但体现了一种淳厚的乡风民情。这时候，主家一天会察看几次酒缸，看见糯饭慢慢变成甜糟，并分解出醐醧酒来，盈满了酒缸中央的坑。放学归来的孩子，会趁父母不在的时候，悄悄舀一杯醐醧酒喝，在那时这算是一种很甜蜜的享受了。但他们也不敢过分地享受，喝多了给父母发现了，就会换来一顿责骂。父母都是过来人，不会怎么计较，最好的办法就是尽快将甜糟装到酒坛去，加进水。水必须是石山脚下清冽甘甜的泉水。加水的时间因时而异，夏天气温高，要及时兑水，如果让其继续在酒坛里发酵，很快就会变酸。冬天气温低，可以晚一些时候加水。为过年酿的酒，一般都定在冬至日加水，据说这一天加水的酒放得再久也不会变酸。加水的多少直接决定酒的淡薄。水越多酒就越淡，变酸的速度就越快；水越少，酒就越厚，就越不容易酸。常规比例是一斤糯米兑一斤至一斤半水。

家里喝酒的人少，会少兑些水，防止水酒变酸；家中喝酒的人多，就会多掺些水，毕竟进了酒缸的都是酒。兑好水后，将酒坛盖子盖好，在酒坛口子边缘的水槽上注满水，使酒坛里的酒与外面的空气隔离。酒药还会继续在酒坛里发酵，酒气从坛子里往外冒，隔几分钟就会冲破水的密封排到外面来，发出一声响亮的水泡爆裂声。夜深人静的时候，这水泡声特别清脆，躺在床上睡觉的乡亲们常常在这种声音的陪伴中进入醉人的梦乡。

等上那么三四天，酒坛里的水就变成了水酒，最初的水酒是浑浊的，乳白色的，渐渐地，水酒变得金黄澄亮了。这时节的酒口感最好，舀一碗出来，喝上一大口，含在口中细细品味，有七分香，二分甜，一分酸，再吞进喉咙，立即会感到一股电流射向全身的每个部位，精神为之一振。一碗酒喝下去，已是浑身舒泰，疲惫顿消。很多长大后离开湘南农村的人，一谈起这种家酿的澄黄色水酒就会眉飞色舞、兴致勃勃，久别回乡最渴望喝的也是这种金黄澄亮的家酒。

一缸酒十天半月就喝得差不多了。有些人家还舍不得那些浸过一道水的酒糟，乡亲们称为“粑糟”。于是又往酒坛里加十几斤水，过几天后，水就成了“二道酒”。这酒淡而无味，只不过有点酒气而已，家境稍微好一点的人家都不会喝这种“二道酒”。经过这几个回合，“粑糟”里已经没有什么酒分子了，但节俭的乡亲还是不甘心放弃，又将“粑糟”倒入大铁锅，兑上水，罩上蒸笼，蒸笼中间置一大钵，蒸笼上安放一口小铁锅，小铁锅里装满冷水。灶里生起火来，高温使酒分子向上蒸发，遇到顶部清凉的锅底，便凝结成液体，滴落到中间的大钵里。这就成了“米烧酒”。顶部铁锅的清水热了就要更换凉水，大约换三次冷水，“粑糟”里所有酒分子就会变成钵子里的十来斤米烧酒。最后“粑糟”拿去喂猪，米烧酒供人享用。

这糯米酿的酒毕竟是有限的，年成好的日子也舍不得长年累月地喝这种酒，大多数人家都会酿几缸红薯酒来喝。红薯是杂粮，主要用来喂猪，酿过酒的红薯糟猪更喜欢吃，所以酿红薯酒算得上是人畜两利。

红薯酒的酿制更为复杂。从地里挖回红薯来之后，洗净切成小块，放到大铁锅里煮熟，再盛到脚盆里冷却，然后掺进酒药，拌匀后装进大酒坛里发酵。这是一个让红薯产生酒的过程，这个过程一般要半个月到二十天不等。然后将发酵好的红薯酒糟重新倒入大铁锅里，像蒸“粑糟”一样将酒分子分离出来。一大铁锅的红薯酒糟蒸馏时间的长短以蒸笼上面的铁锅换水为尺度来确定，每一锅水到了烫手的时候就要换成冷水，这样才能保证蒸笼内含有酒分子的水汽遇冷成为液体。每一锅水蒸馏出来的酒都不一样，第一锅水蒸出来的酒甲醇含量最高，乡民们不懂科学，以为是这酒最有冲劲。其实，第二锅水的酒才是真正的好酒，不仅甲醇含量低，而且味道醇厚，很多精明的乡民会把这酒单独装罐作为自饮酒。第三锅水的酒就淡多了。一般人家一大铁锅红薯酒糟蒸完三锅清水就会重新更换糟料了，这时红薯酒的度数在三十度左右，存放时随着甲醇的挥发，酒的度数会降到二十五度以下，这度数正合乡民们的口味。也有人家会再蒸第四锅水，虽然蒸馏出来的酒量会增加，酒质却会下降很多。红薯酒可以长期存放，由于甲醇比乙醇容易挥发，红薯酒存放的时间越长，甲醇的含量越少，对身体的危害就越小。所以很多人家都会一次烧一两百斤酒出来，放到大酒坛里，等一两年再喝。很多时候，乡民们觉得红薯酒的口感不好，就会用糯米酿一些甜酒，浸泡到红薯酒中，乡民们称这种酒为“托缸酒”，意思上酒上加酒。这种酒好入口，甜丝丝，润绵绵，但很容易醉人，很多酒林高手都醉倒在这种“托缸酒”上，特别是外乡人不知这种酒的后劲，总以为甜酒不醉人，最后稀里糊涂醉得不省人事。

喝酒故事

湘南人喜欢喝酒。喝酒不仅是一种相当普遍的生活习惯，而且演绎成富有地方特色的民间风俗，深深融入人们的思想和血液之中，与豪爽耿直的性格互为表里，相得益彰。“酒品如人品”“男人不喝酒，枉到世上走”“感情深，一口闷；感情浅，舔一舔”，这些家喻户晓并为大家认可的俚语，把喝酒与个人的品德、生命的价值和朋友交情紧密挂起钩来，赋予深厚的社会内涵，构成了不可抗拒的社会压力。很多人在酒席上锻炼成长，酒量渐渐提升，甚至成为酒林高手，名播江湖。有的天赋奇才，遗传深厚，招之即来，来之能战，战之能胜，纵横酒场，所向无敌。有的适应能力强，白酒、红酒、米酒、烧酒，无所不能，无所不强，被誉为“四盅全会”。也有人长期奋战在酒场，好酒成痴，餐桌无酒，精神萎靡不振，手脚发抖；一杯下肚，两眼放光，浑身安泰。不少年轻酒徒，用多年的豪饮赢得了江湖地位，却给身体造成暗伤，某次酒酣席散之后，平安无事回到家中，一躺下去就再也没有起来。还有的当场醉翻，呕吐不止，被酒友送往医院治疗。酒席上屡败屡战的人，得到的不是大家的轻视，而是社会的敬重。因酒醉出现一些不文明的谈吐或行为，都会得到大家的谅解和包容。如果当地有立法权的话，估计会出台“酒后犯罪，从轻处罚”的法律条文。在这种风俗浸润下，喝酒也喝出了许多故事，这些故事既让人忍俊不住，也能让人体味出许多生命内涵。

治酒瘾

有一男性，不仅酒瘾重，而且酒量特大。有一次与人打赌，在一张旧的八仙桌上，沿桌面的外围摆了一圈大土碗，一共十八碗，每只碗都倒满家酿的烧酒。他不用任何下酒菜，一口气把土碗里的酒喝得一滴不剩，半个时辰后仍看不出半点醉意，于是声名鹊起。那个年代，获得这种名声并非好事，农家自酿的酒本来就不多，亲戚朋友都怕请他吃饭喝酒。他便把家里的粮食拿来酿酒，全家人的日子越过越紧。妇人拿他没办法，整日里唉声叹气。

一日，妇人在路上偶遇一老者。老者教她一个治酒瘾的秘方：找几个刚出生还没长毛的小耗子，焙干后碾成粉末，掺入酒中，叫家里的男人喝了，只需一次就可见效。妇人回家后初有犹疑，架不住男人酒欲难足，便悄悄依老者吩咐行事。某日中午，男人干活回来，妇人一改常态，早已暖好一壶烧酒，并煎两个荷包蛋摆在桌上。男人大喜，顷刻间将酒菜扫光，躺竹椅上大睡。妇人见状，心中忐忑。晚饭再热一壶酒，男人酒刚入喉，即头痛欲裂，恰如孙悟空被念了紧箍咒。妇人心始坦然，提起壶茶到隔壁人家唠家常去了。等到夜深回去，男人已在长凳上安然入睡。

此后，男人不复沾酒，甚至闻得酒气便觉眩晕。一家人的日子又恢复平静。（此方为民间传说，请勿模仿）

拿根线来

有一好酒之人去做客，东家简单炒几个菜、舀一壶家酒招待他。席间，几杯酒下肚后，他呼东家妇人拿一根线来。东家不解其意，以目视之，客人低头不语。线拿来后，即把喝酒的杯子用线捆起来，再斟上酒。到此，东家始明白客人用意：嫌酒杯太小，怕不小心连酒带杯吞进肚里，系根线，便于扯出来。东家莞尔一笑，着妇人换大杯，重新喝起。

酒话

某男，已过知命之年。一日去朋友家喝酒。酒足饭饱后一起在客厅喝茶神聊。忽觉内急，便起身朝厕所走去，边松裤腰带边说："喝了尿酒多！"满室人初觉疑惑，旋即顿悟，大笑不止。某男闻笑声，诧异回首，见众人笑而不语，始知自己出言不雅，慌忙说道："喝了酒尿多！喝了酒尿多！"众人见其窘状，越发笑得前仰后合。

舀酒

某乡民家有姻亲自远方来，夫妻热情款待。妇人在厨房忙着烹饪，男人陪老亲在桌上喝酒。半个时辰后，老亲有些醉意，不停地说："不能再喝了，再喝就醉了。"男人酒量甚好，仍旧热情劝酒，不断往老亲杯中斟酒。此时妇人已忙完厨房里的活儿，感觉腹胀，慌忙上楼卸"包袱"。那时农村屋里的楼层都是用木板拼接的，隔音效果不好，妇人刚往尿缸里发泄，哗啦哗啦的响声便传到老亲耳朵。老亲以为妇人又舀酒去了，忙高声喊道："女老亲，别再舀酒了，再不能喝了。"妇人闻言，又羞又急，忙用力憋住。然而水闸已打开，强行关闸很是痛苦。正在措手无策之际，妇人突然眉头一皱，计上心来，隔着楼板喊到："老亲，再喝一壶吧。"老亲连忙回应："不喝了，不能再喝了。"妇人顺势答道："真的不喝了啊，那我把舀到壶里的酒倒回去了。"说完，把身上的闸门重新打开，剩下的水顺顺当当注入缸里，心情大畅。老亲闻声而放心，心情大悦！

猜枚

有一汉子喜欢喝酒，只因家境不好，平时难得一解酒馋。某日去一朋友家做客，朋友厚道，从邻家赊来一壶烧酒款待他。酒过两巡，汉子说这般喝酒没有意思，建议两人猜枚，输者喝酒，朋友笑而颔首。湘南地区猜枚，就是两人同时出拳，同时猜两人打开的手指数量，如果两人都猜中了不喝酒，都猜不中也不喝，如果只一方猜中了，猜中的一方算赢家，没猜中的一方算输家，输家就得喝一杯酒。双方商定规矩细节之后，便出手相战。在对战中，汉子频频露出破绽，屡败屡战，一输枚子就主动认罚，端起酒杯一饮而尽，没过多久，一壶酒差不多全罚进他的嘴里。朋友平时与人猜枚都是输多赢少，这次却若有神助，出拳必赢，心里很是得意。就在壶酒将尽的时候，朋友突然大梦初醒，他发现自己上了汉子的当：汉子看到酒水有限，故意将枚子输给他。朋友也是爱酒之人，立即中止猜枚，将壶中残余之酒倒入口中。即便如此也损失惨重，心中后悔不迭。

喝茶

喝茶，是湘南农村一种最普通、最富人情味的休闲活动。

在大集体时期，家庭妇女一般不参加集体生产劳动，她们的事务就是在家里生火、煮饭、炒菜、喂猪、洗衣服、带小孩。从早上起床到吃早饭这段时间，是她们最忙碌的时候，等全家人吃过早餐，主妇们洗过碗筷，喂饱家里的畜禽，把家务收拾停当，便有了一段轻松时光。由妇女们操持的喝茶活动随即展开。

喝茶并不需要特意安排。开始往往是家里有人来串门，主妇把刚吃完早饭的桌子清理干净后，摆上两只碗，从炉边提出茶壶，把碗注满，边喝茶，边谈事。如果早饭吃完了还没有人来串门，妇人就会走到门口扯开嗓门：“喝茶啰！”不用应答，过不了几分钟，隔壁的婆娘就提着茶壶过来了，摆碗、筛茶、上点心，三四个妇人很快便沉浸在喝茶的快乐之中。喝着喝着，有熟人从门口路过，主妇吆喝一声：“进来喝茶啊。”那人反正闲着没事，就悠悠走进来坐下，端起筛得满满的茶碗喝起来。

喝茶的人一多，家里也热闹起来了，四邻八舍循声而来，加入喝茶的队伍，喝茶的人一下子增加到七八个甚至十几个。人多了，主妇煎的茶不够喝了，便会有人站起来说：“我今天早上刚熬了一壶茶，提过来给大家喝。”不一会儿，她提着自己的茶壶回来，给每个人的茶碗重新筛满。这样一次茶会，常常要喝掉十几壶茶。喝茶不再是解渴，而变成了一种聚会，一种消遣。

通常，喝茶是几户人家轮流做东，家境好的家庭，做东的次数自然会多一些，每次喝茶的人数也会多一些。但是，如果谁家来了客人，或谁刚走完亲戚回来，无论其家境如何都是无可争议的东家。家里来了客人，街坊邻居提着茶壶带着点心去喝茶捧场，让主人和客人都觉得很有面子，而且在喝茶聊天中，也能从客人那里了解一些外面的信息。某某走亲戚回来了，或者去在外面工作的子女那里住了一段时间回来，都会主动邀请大家去家里喝茶，并在茶桌上摆出从亲戚或子女那里带回来的土特产给大家品尝。大家一边喝茶，一边吃着外地的食品点心，一边听着外面的新鲜事，既享口福，又开眼界。

与传统文人雅士品茶不同，乡民们喝茶有着自己的豪放与率性。桌面上看不到茶杯，盛茶用的是吃饭的碗。泡茶也不是精巧雅致的宜兴茶壶，而是泥坯烧制的大茶罐，既便宜又实用，后来很多农家都改用竹壳热水瓶，把茶叶装进瓶里再冲入开水，闷上几分钟，味道与茶罐煮出来的茶不相上下。茶叶就更不讲究了，乡民们不知道什么红茶、绿茶、黑茶、花茶，更不晓得什么茶叶要用什么水，水温要多少度。他们通常泡的是一种土茶，野生的，乡民们叫作“花喋婆”，切得很粗，有叶子，也有很粗的茎，茎上长有粗刺，有点像现在商店里卖的“刺儿茶”。这种土茶，可以自己上山去采，也有人到村里来叫卖，价格很便宜。泡出来的茶呈淡红色。还有一种好点的饼茶，估计是用正宗的茶叶加工出来的，黑乎乎硬邦邦，放很长时间也不会坏，只有家境好的人才买得起这种饼茶，这种茶的汤色更浓，味道也更醇厚。无论饼茶还是土茶，通常都要在茶壶里煮一段时间才能出味。主妇们总是吃过早饭就把茶叶放进土茶罐里煎煮，以备来客之需。

喝茶是需要点心的。土茶回味不足，只喝茶不吃点心就会有些寡味。每次喝茶时，桌子的四周摆放茶碗，中间放满了点心。这些种类繁多的点心是各家各户凑的：有的是家中早餐吃的菜，这不是吃剩的菜，而是有心计的主妇在早餐前偷偷预留的，有的夫妻常常为此吵嘴；有的是自家腌的泡菜：酶豆腐、酶豆豉、酸豆角、酸芥菜等；有的是自家炒的黄豆、绿豆、花生等。还有就是家里平时节省下来的油炸豆腐、酢肉等。后来慢慢有了葵瓜子、南瓜子等。谁家生活水平高、谁家家境不好，都可以从点心上看出个八九不离十。一些家庭主妇舍不得把好东西给家人吃，而是千方百计带到茶桌上来，也是想替自家争点面子，其良苦用心常常不为男人所理解。

茶斟满了，点心备齐了。淡黄或橘红色的茶水，在白色的土瓷碗内荡漾，令人赏心悦目，望而生津。满满喝上一口，苦中带甜，涩里带凉，再佐以酸菜腐乳、脆豆花生，个中妙趣只可品味，难以言说。坛子菜照例是比较咸辣的，炒制的花生、豆子吃了是容易口干的，于是形成了一个很有意思的循环：用点心送茶，茶喝得越多，点心吃得越多；点心越吃得多，对茶的需求就越多。在这样的循环中，大家都不会觉得茶有喝够的时候，点心有吃够的时候。有的人吃得肚子胀了，偷偷跑到茅厕打一转，回来又继续喝。吃点心时，炒货都是用手抓，酸菜和油豆腐一般是用手拈，只有吃酶豆腐和酢肉才用筷子夹：众生吃相，丰富多彩。

在茶桌上，大家一边喝茶，一边发布自己听到的各种传闻：谁家的媳妇生了个双胞胎，某某两口子吵架了，谁家的母猪又产崽了，某某在集市上捡到多少钱了，等等，传闻发布之后便是惊诧、叹息和议论。在各种传闻和议论的间隙，便是互相邀请品尝自己点心的声音，从头至尾，没有一刻安静的时候。一户人家喝茶，十几米开外都听得见热闹。农闲时节，一些还没上工的男人也会主动加入喝茶的队伍。桌边坐不下了，便端一碗茶站在一旁喝，屋里站不下了就站到屋外喝，队伍越来越庞大，气氛越来越热烈。特别是男人的加入，不仅增加了说话的主体，而且拓宽了交谈的主题；调侃、戏谑、诙谐的词句不断从男人的口中蹦出，引起一浪一浪的笑声和妇女们佯装生气的打骂声。不堪生活重负的人们，用这种朴实坦率的方式追求生命的欢悦，化解人生的艰辛。在这里，没有心机，没有造作，没有顾忌，一切都是那么自然纯朴，那么轻松惬意。一碗茶喝干了再喝一碗，一壶茶喝完了再喝一壶。日复一日，年复一年，喝茶成了一种生活方式、生命意境、生活情趣。我们不妨假设：如果没有这种喝茶的习俗，乡民们的日子将变得单调而沉闷，心灵将变得封闭而狭隘。感谢上天赐予人们茶叶这种神奇的植物，感谢创造了这种喝茶方式的先辈！

赶圩

农村赶圩本来是一件很平常的事，但在我们童年的记忆中，在那个特殊的年代，对赶圩却留下了许多特别的感受。

对于儿童来说，赶圩是一件很高兴的事。从小就在山冲里生活，每天看到的都是同样的风景和同样的面孔，每天都重复着相同的生活，这对他们的好奇心是一种莫大的束缚。跟随大人们去看看圩上花花绿绿的人群，看看百货商店里林林总总的商品，可算得上是大开眼界了。更有吸引力的是，大人偶尔还会花两分钱给孩子买一粒棒棒糖，含在嘴里可以从圩上吮到家里，几天之后，嘴里还能回味起那份腻人的甜来。即使有时候大人不带他们去，他们也能抱一份希望：昨晚听见父母商量了半夜，决定买一两斤猪肉回来，家里一个多月没见过肉了。即使不买肉吃，慈祥的母亲总会带点点心回来。因此，很多时候，在家里望穿秋水的小孩估摸母亲赶圩快回来了，就出门到路上等候。就因为这，每年都会有一两个孩子出意外：孩子在路上没看见母亲的身影，贪玩的他发现路边山塘里的水清澈见底，还有一些小鱼在水中游动，忍不住到水边戏水，一不小心滑落池塘，挣扎几下便沉入水底……母亲回到家里，手里攥着点心找孩子，最后孩子找到了，他却再也不会吃那带着母亲体温的点心了，母亲抽泣着把点心放到孩子的手心里，平静的山村又少了一条鲜活的生命。年复一年，这样悲伤的故事总有发生。不是他们不汲取教训，而是那赶圩的诱惑难以抵挡。没有经过那种生活、那个年代的人，怎么也不会把这样伤感的事情与赶圩牵扯到一起。

在大人们的心目中，赶圩主要是为生计考虑。那时候，商品经济被认为与社会主义制度水火不相容，不仅在理论上遭到批判，在实际生活也中受到压制。最初是不准乡民们赶圩的，公社派出各大队的基干民兵把守在圩场的各个口子，将挑着粮食、蔬菜来圩上换油盐钱的村民赶回去。后来看到完全取消集市很难行得通，就规定十天赶一次圩，最后又改作每周一圩。每逢赶圩的日子，各村各寨的老百姓都涌向圩场，有挑几十斤黄豆去卖的中年人，有挑几十斤新鲜蔬菜去换钱的六七十岁的老汉，也有佝偻着腰、拄着拐杖、用篮子装十几个鸡蛋去卖的老婆婆。还有的人家一头用猪笼装两头小猪，一头用箩筐装上自家的小孩，丈夫一根扁担挑到集市上去。碰到喜欢开玩笑的熟人会故意问一声："这小孩卖好多钱一斤？"四周立即爆发出一阵哄笑声。一些不需要为家庭琐事操心的大姑娘，也打扮得焕然一新到圩上逛一逛。她们也有自己的目的。碰到父辈的朋友，姑娘红着脸叫一声"叔叔""伯伯"，对方怔一下后想起来了：“你就是某某的老二女吧，几年不见长成大姑娘了，找对象没有？”姑娘脸一下又红了，摇摇头。很多姑娘就是在圩上这样展示自己，很多姻缘就是这样开头的。

市面上人山人海，什么商品在什么地方销售，都相对固定。卖猪肉牛肉的，都在亭子里，不受风雨的影响，猪肉不分肥瘦和骨头，都是统一牌价，不存在讨价还价，买卖双方争的是骨头和内脏的搭配。那时最好卖的是肥肉，因为大家肚子里最缺的是油水，瘦肉只有那些吃国家粮的人喜欢。卖肉的总是想方设法把猪骨头卖出去，买肉的则希望尽量少一些骨头。争执久了，就形成了一条不成文的规则：某地方的骨头搭配某部位的肥肉，买方若有意见，卖方就会念一段骨肉配售的口诀，买方一听口诀，知道遇上了行家，就自觉地付款拿肉走人。

其他商品的买卖则全靠双方协商。大米、豆类等粮食类商品摆成一行，卖货的人蹲在商品后面，瞅着一拨又一拨人从眼前走过。有的弯下腰用手捞一点大米或豆子闻一闻，眼睛瞟一眼货主，漫不经心地问一句：“多少钱一斤？”对方还个价，他便不屑一顾地说：“你拿回家自己吃吧。”然后头也不回地走开了。经验丰富的货主并不会在意，他知道自己的货好，不愁卖不脱。过了几分钟，刚才那人又转了回来，蹲在货主对面，一边用手拨弄商品，一边要求给一个实价。货主知道对方这次真的想买了，便一二三四说明自己的货有哪些好处，最后双方都让一点价，买卖便做成了。也有的买主精明到家，很懂得杀价的技巧。他明明看中了某件商品，却装作一点都不喜欢的样子，挑出一大串毛病，最后给一个低得不能再低的价格。货主不卖，他又装着吃了大亏的样子稍微提点价，嘴里说：“卖不卖？不卖算了！”看到货主嘴里不松口，他故意站起身就走。刚走出几步，货主喊道：“来来来，卖给你算了，要不是我家中有事着急回去，你买不到这么便宜的货。”最为难的是小孩子卖东西。离家时母亲给他规定：“这东西没得多少钱一斤不卖。”孩子蹲在地上，别人一来问价，就把母亲规定的价格喊出来，无论对方怎样花言巧语，就是咬定一口价不松口。有时候同类产品供大于求，价格达不到母亲规定的底线，孩子又不敢自己做主降价出售，最后一点东西都没有卖出去，全部挑回家中。

卖牛都是在露天的场地进行。在那时，牛算是很值钱的商品。买卖双方不会直接商量价格，而是由买方请一个中介人。中介人也是一种职业，必须具有相关的知识。每到赶圩的日子，他就来到牛市，等待买牛人的聘请。一旦被聘，他便走到待售的牛面前，扒开牛的嘴，看看牛的牙口，了解牛的实际年龄，然后仔细查看牛的毛色、骨骼、肌腱，那神情仿佛伯乐相马。他只把牛的实际年龄告诉买家，其他情况全部装在肚子里，不向买卖双方透露。相完牛之后，中介人先把买家拖到一旁，告诉他这条牛可以值多少价，在某某价格区间内可以接受。买方认可之后，中介人又把卖家带到一个偏僻的地方，将手伸进卖牛人的衣袖内，用手指比画着价格进行谈判，嘴上不置一辞。双方谈妥了，中介人把手抽回来，告诉买家出多少钱。至此，中介人的任务就算完成了，双方交割完毕，买家会给中介人在当时看来一笔不菲的佣金。整个买卖过程都带有一种神秘色彩，其中缘由，很多年高德劭的人包括那些中介人也给不出一个服众的解释。也许作为农耕民族，乡民自古就把牛看得非常重，在心理上把卖牛看作一种不讲良心的行为，不好意思公开讨价还价。在袖里乾坤中进行交易，与其说是对人的回避，不如说是对牛的尊重。这种习俗代代相传，人们就只知其然而不知其所以然了。

活猪的买卖也是圩市的重要交易。农家养猪大都是买回猪崽来养。养肥之后，把猪杀了，再去买一头百把斤的“架子猪”回来饲养。春天买回来，养到年底就有两三百斤重，就可以杀猪过年了。打着这种如意算盘，夫妻两人怀里揣着票子，来到圩市上专门卖猪的地方。这里有好几个用木材围起的猪栏，里面圈满了猪，有的叫个不停，有的半卧在地上盯着周围的人，也有的来回窜动。买猪和卖猪的人都趴在围栏上，观察猪的毛色和神气，看哪一头猪架子壮、身体健、膘长得快。买家看中了一头“架子猪”，并不会急着买，而是在一旁不紧不慢地转悠，他们在等猪屙空肚子。一般卖猪的人家在赶圩的这一天，会早早地煮一锅猪最喜欢吃的猪食，把猪喂饱以后，再抬到圩上来卖。时间就是金钱，在这里是千古不变的真理。猪每屙一次屎，都是有人欢喜有人愁：买家心里暗暗高兴，他在盘算这被折成肉价的屎可以帮他省多少钱；卖家则暗暗着急，心中默默骂道：“你这个瘟猪鬼，忍住，别屙了！我养了你这么久，你想让我亏血本啊，你这个不讲良心的东西！”然而笨得可爱的猪却不管那么多，想拉就拉，想撒就撒。到了圩市快散的时候，看见“架子猪”的肚子瘪得差不多了，买家才不紧不慢地与卖家谈价，然后上秤称出猪的重量，买回家来精心喂养。

圩市还有一些卖小吃的摊子。炸油条、炸葱油粑粑的，香味弥漫半个市面，不少人卖完了货，肚子有点饿了，此时闻到扑面而来的油香味，更是挡不住的诱惑，于是掏几分零钱，买一块油炸粑粑过过嘴瘾。也有专门卖米豆腐和米粉的，面上放点肉末和葱花，色香味都不错，一毛钱一碗，价廉物美，买一碗站在旁边几口就解决了。这算是解一下馋，或是充一下饥。也有到圩上吃“独食”的。那时有的家庭人口众多，想要砍三四斤肉回家改善一下全家人的伙食，手头没有那么多的钱，辛苦大半生的当家人，便借赶圩的机会，买半斤新鲜肉，找一家小店炒熟，再买一壶水酒，自斟自饮起来，算是打了一回牙祭。回到家里看到那些面黄肌瘦的孩子，心中会有一种深深的歉意和自责。不是他不爱自己的孩子，而是他没有这个本事啊。也有的男人在家中与老婆吵了一架，心中有许多说不出的委屈，到圩上左想右想想不开，总觉得一年到头辛辛苦苦，还要在家里受窝囊气，便独自一人在店里喝一壶闷酒，不是借酒浇愁，而是对老婆的一种报复，对自己的一种补偿。圩市啊，包含了多少人世间的酸甜苦辣！

有一年多的时间里，很多不识字的乡亲怕去赶圩。这说起来很有点黑色幽默的味道。那正是学习毛主席语录最积极最热烈的时候，为了使每个人都能够掌握和领会毛泽东思想，除了家家户户装有“宝书台”，天天都要学毛选外，每到赶圩的这一天，革命干部都要在每条路的路口站岗，拦住每一个路过的人，命令他背诵一条毛主席语录。有些老人没文化，加上年纪大了，记不住，反复说明自己心中热爱毛主席，就是背不了毛主席语录。革命干部严肃地说：“背不背是态度问题，背不背得好是能力问题，今天你不背一条语录，你就别想从这里过去。”老人想到不把这十多个鸡蛋去圩上卖掉，全家人连盐都会吃不上。于是她硬着头皮，凭着从高音喇叭里无意识听来的记忆，张开那没有门牙关不住风的嘴，吃力地背了起来：“毛主席说，下定决心，不怕牺牲，排除万难，去争取胜利。”老人家并不理解语录的内容，只是模仿着读音，就像中国人读外语一样，中间难免多处出现读音走调，听起来不明白什么意思。革命干部皱起眉头听完之后，把手往后一挥：通过。老人家赶紧迈着颤抖的步子朝集市中间走去。

治病

那些年，农村缺医少药，老百姓得了大病，一般不会去医院住院治疗，只是躺在家里硬挺着，请民间中医开点草药，煎汤服用，其余的就听天由命了。乡民们对生老病死看得豁达，觉得寿命长短是命中注定，所以很淡定。解放前，也有请巫婆作法治病的。解放后，巫婆作为牛鬼蛇神不敢露面，老百姓也受到无神论的教育，不太信神信鬼了。等到病情加重，病人说他经常梦见过世的亲人，家里人就知道他来日不多了，会想办法弄点病人喜欢吃的水果、食品。亲戚朋友也会带点礼物前来看望，陪着病人聊聊往事，叙叙来生。这种充满温情的临终关怀，常常让病人含笑而逝。

更常见的是小病小症。乡民们遇上感冒发烧、脑热头痛、脚气脓肿，都是就地取材，用土方子治疗，既简单，又方便，而且疗效还不错。

身上长疖子，是农村常见的病症。在农事中，被蚊虫叮咬，或虚火过旺，都容易引发脓肿，长成又大又亮的脓包，有的长在背上，有的长在腿上。碰到这种情况，乡民们并不着急，耐心地等疖子由小变大，直到疖子的顶部发白，内部的脓水大有破皮而出之势的时候，便不慌不忙地从家里潲水缸的缸壁上刮下一层厚厚的污垢，放在一块准备好的旧布上，将污垢对准疖子发脓的顶端敷上去，用布捆绑固定好。刚敷上去，一阵特别清凉的感觉便从疖子周边流布开去，让人觉得通体舒畅，原来那种烧灼般的疼痛顿时消失。一两天后，疖子里的脓全部被吸得干干净净，原本高高肿起的脓包已完全平复。除了留下一个小疤痕，一切完好如初。不用花一分钱，吃一粒药，就手到病除。

让人难以解释的是，潲水缸是农村贮存洗碗洗菜的废水和剩饭剩菜的地方。缸里的水每天倒出来熬猪潲，各种沉淀物则日复一日地留存在缸底和缸壁，各种细菌在里面大量繁殖，散发出一股说不出的难闻气味。而就是这种东西对了疖子的症，效果奇好。用传统的中医理论可解释为以毒攻毒，而用现代医学观点来看，则是离经叛道的。在治疗过程中，不仅没有严格的消毒措施，而且潲水缸里的细菌很容易通过破裂的脓疮进入病人体内，引起新的感染。然而事实就是事实，真不知道第一个用此方的人是怎么想的。

乡民们的病理知识非常缺乏，很多病症都叫不出名字，只会说出身体不适的症状，如头晕、背痛、腰酸、手脚发麻等。碰到腰酸背疼，一般都不会吃药，而是采取扯痧、爆火的方法进行治疗。那些年，农村里没有专门从事扯痧的人，但一个村总有一两位大家公认的扯痧扯得好的人。但凡村里有谁需要扯痧了，就会主动找到他，说明症状和来意，那人就会客气地请来人坐下，脱下上衣，然后不急不忙地端半碗热茶放在旁边，拖条凳子坐在来人的背后，用手蘸上茶水，搽在来人的背上，用弯曲的食指和中指夹住皮肤，往外一扯一放，叭的一声，一道紫红色的印记便出现在古铜色的皮肤上，颜色越深，说明寒气越重。一般而言，扯痧的顺序与写文章相仿，先从左至右，再从上至下，不到半个时辰，患者的背上已是一道道排列整齐的深红色印痕。痧一扯完，患者便站起身来，把衣服一穿，顿感浑身轻松许多，脸上露出满意的神情。扯痧与现在流行的刮痧有所不同，扯痧不借助其他工具，而是疗者与患者的直接接触，更能找准病灶，也更便于掌控力度。实际上，扯痧水平的高低主要体现在两点，一是力道的把握，太轻了寒气出不来，疗效受影响；太重了，容易伤及皮肤。二是动作的轻灵，双指夹住皮肤的时间要非常恰当，扯与放要有节奏感，不能有任何的迟疑和滞留，否则就会加重患者的疼痛感。这种手艺的练就，全靠内心体悟，不是能用语言传授的。

扯痧一般多用于男性。女性如果因风寒导致腰背胀痛，往往采用另一种治疗方法，即爆火。那时田野里长有一种叫灯芯草的植物，细长得像刚长出不久的韭菜，外层是绿色的，里面的芯是白色的。扯回家来晾干，将白色的草芯拉出来，收藏备用。有女性腰背不舒服了，就将男人赶出去，把门关好。女患者脱掉衣服，另一位会爆火的女性，先将芝麻油倒在一只小碟里，旁边点一盏油灯，取一根灯芯草蘸上香油，在油灯里接上火，将火苗在患者的背上一点，“嗞”，一股黑烟从皮肤上冒出来，留下一个焦灼的黑点。这样的动作被不断地重复，直到腰背都布满了芝麻大的黑点。通过火对皮肤的烧灼，整个腰背的寒气被吸收化掉，以达到驱寒散气的效果。这种方法没有副作用，可惜现在已基本失传，没有人用了。

中暑，是当时农村夏天最容易发的病。在烈日下劳作，不知不觉就因中暑晕倒在田间地头。好在那时都是集体劳动，一发现某人中暑了，就背到阴凉处，用针或荆棘在患者耳垂处放点血，用荷叶装点清凉的井水灌进中暑人的口中，休息几分钟，就没事了。

到 20 世纪 60 年代中期，农村出现了驻村医生，也叫“赤脚医生”。最初都是从正规的公办医院派下来的，医术高明，治疗百姓常见的小病可以说是药到病除。他们还是很好的保健知识和卫生常识的宣传员。那时候，脑膜炎很流行，不少小孩为此夭折，还有个别的虽然保住了性命，却留下了智障的后遗症。驻村医生一到脑膜炎流行时期，就劝说村民们特别是小朋友吃生大蒜，生大蒜的味道不太好，而且和别人说话时须保持距离，预防脑膜炎的效果却十分明显。那时农村青黄不接的情况非常普遍，一些村民常常生吃蚕豆充饥，导致中毒，也是驻村医生告诉大家生蚕豆不能食用。这些知识的普及不知挽救了多少人的性命，减轻了多少人的痛苦。

除了驻村医生，那时公社卫生院还有巡回医生走村串户。他们背着红十字药箱，里面装满常用的药品，西医、中医都懂一点，算得上全科医生。有一巡回医生，姓何，年近退休，用多年的积蓄买了一块上海牌手表，整日戴在手上。当时普通百姓温饱问题都没有解决，手表绝对是奢侈品。一年四季，老何都把袖口略往上捋，露出亮闪闪的手表。年轻人老远看见他就问："何医生，好多钟了？"他煞有介事地抬起手腕看看表，再抬头看看天，答："昨天的这个时候。"他的文化程度不高，医术为祖传，人们一直都没有弄清楚，是他不认识手表还是不想告诉别人时间。

医生驻村给群众带来了极大便利，使农村的医疗水平在短期内大幅提升。但这种制度只延续了两三年，驻村的医生都回原来的医院去了。取而代之的是真正的"赤脚医生"，他们都是村里读了点书的青年，政府将他们送到卫生部门去培训半年后，就代替驻村医生给老百姓看病拿药。赤脚医生不用下地干农活，生产队给记工分，除了弄一下自留地，一般就在家里坐诊。谁家有人不舒服了，也上门看病。农民们看病只求好得快，不管用什么药，所以赤脚医生最常用的治疗方法就是滴注，无论感冒还是发炎，先把水吊起来再说。在正规医院注射青霉素都要先做皮试，村里的赤脚医生"艺高人胆大"，从不做皮试，拿起瓶子就吊。不过，他们的药箱里还是准备了抢救过敏的药水的。

赤脚医生被联合国教科文组织誉为20世纪的伟大创举，确实用一种低成本的机制提高了广大农民的健康水平。现在一些上了年纪的村民还很怀念那时的农村医疗制度，他们一点都不适应眼下正规医院里看病烦琐的手续和漫长的排队时间。

在农村，除了土方和赤脚医生外，还有一些有趣的偏方。婴儿整夜哭个不停，任凭大人怎么哄、怎么喂都不奏效，连续几天十几天都是一到深夜就啼哭不止，搅得大人精疲力竭。这时，有经验的老人就会告诉婴儿的父母一个办法，叫他们用红纸写上四句话，贴在经常有人路过的树上或墙上，这四句话是“天青地绿，小儿夜哭，请君念念，夜夜安宿”。不知道多少人念过这朗朗上口的诗，但这种方法折射出农耕社会邻里之间守望相助的传统美德。说不清什么理由，红纸贴出去的当晚，婴儿便会安安静静地入睡，大人们也获得了期盼已久的安眠。

还有一种情况，就是小孩儿晚上精力充沛，不知疲倦，白天呼呼大睡，很像患了旅美归客的时差综合征，与大人的作息时间完全相悖，导致大人们每到深夜都欲睡不能。解决这个问题，方法更加简单：将家里的扫帚倒过来放在门后面的角落里。这种方法找不出科学依据，也看不到迷信色彩，效果却屡试不爽。不知对那些受时差困扰的人有没有作用?

也有一些治疗方法带有迷信色彩。农村常有被鱼刺卡住喉咙的情况，解决这样的问题，一般是喝醋软化鱼刺，或者吞一大口青菜把鱼刺裹到胃里去。如果这两种办法都解决不了问题，就会请一个“学水学法”的人来治疗。这种人不“出家”，不念佛，只是戒五味，不吃狗肉、蛇肉、甲鱼等。每个人都有很明确的师承关系，乡民们认为他们或多或少具有超自然的法力，每个村里都有个把这样的人。被请来之后，他舀上一碗清水，一边用食指在水面上画着符，一边嘴里念念有词，最后大喝一声“太上老君急急如律令”，立即让卡鱼刺的人把水喝下去。有时候，这种办法还有效果，否则这种“学水学法”的人在村里就待不下去了。但这种效果可能是因为村民迷信太上老君而使肌肉放松，再加上大口大口的清水灌下去，把鱼刺冲到胃部去了。

随着岁月的流逝和科学的普及，很多传统的治疗方法都湮灭在了记忆的深处。就像地球上每天都有物种消失一样，我们身边也有很多技艺和记忆在消逝。在20世纪中叶还很常见的农植物种子和牲畜品种，如高梗水稻、本地土猪等，虽产量不高，口感却极好，后来都被所谓的“良种”取代，渐渐不见了踪迹。想到这些积淀了先民智慧、传承千年的东西即将永远消失，不禁扼腕叹息。若有谁利用现代先进技术，把这些正在消失的技艺和种子保存起来，对当代和后世都是功莫大焉。

村街

在湘南农村，一个自然村就是一个相当紧凑的村落。每个村落都有几条比较宽敞的街道。在大集体时期，街道发挥着不可替代的作用。

街道是用青石板铺就的。走在街道上，无论晴雨都很利索，腿脚不会沾泥带土。街道的一旁还有排水沟。两边的房子都是清末民初时期的建筑，“人”字形的屋檐两头高翘，屋檐下方装饰有流畅的线条，两檐接合部还有祥云、嘉树、瑞草的彩色图案，窗户门楣上砌有拱形或扇形的浮雕，白色的墙体上写有“清风”“皓月”“紫气东来”等苍劲的大字，虽经岁月沧桑，依然清晰可辨。这些房子大多数是过去的地主富农建造的，解放后全分给了贫下中农，家家户户都朝主街开了一扇门。在街道宽阔处，不知哪朝哪代起就摆了一些方形或圆形的石头，供人歇息，岁月已把石头磨得锃亮。街道一年四季都由村里的“四类分子”打扫，任何一位贫下中农在任何时候都可以命令他们扫街，所以街道总是很干净。

那些年，村里这些宽敞的街道除了供人行走，还有另外的用处，这些别样的用处大都集中在夏季，这个季节，街道是整个村子最热闹的地方。

清晨，阳光熹微的时候，街道的主角是小孩。大人们都要忙活自己的事，便把自家的小孩往大街上一放，任他们逍遥自在。一些三四岁的儿童穿着开裆裤坐在青石板上，有的全神贯注地看着身旁的小鸡觅食；有的津津有味地啃着一个生红薯，不小心掉在石板上，捡起来又继续啃；还有的躺在长方形的石头上，看天空的飞鸟和云霞，不知不觉又进入了梦乡。此时的街道宁静而祥和。偶尔有几个大人沿着街道去地里干活，也会放轻脚步从孩子们身边匆匆走过，不愿破坏这宁静的童话世界。不多久来了几个大一点的小孩，结伴去田里捧些软泥到街上来，捏些小人或小动物，或者将软泥捏成茶杯状，往里吹几口气后迅速砸在石板上，砰的一声，泥杯内的气体突破薄薄的泥胎，发出清脆的响声，泥块射向四周，粘在小孩的身上，落在熟睡孩子的脸上。被响声惊醒的儿童睁开眼睛，饶有兴致地围上来当了观众。响声也惊动了正在屋里烧火煮饭的妇人，看到这情形，从墙角操一把扫帚，边骂边驱赶那些玩兴正浓的孩子：“你们这些打靶的兔崽子，又把我门口的路弄脏了，不小心过路的人就会跌跤子。”孩子们看到大势不妙，一阵风似的溜了。晨曦中的街道又恢复了童话般的宁静。

当太阳把屋檐的影子斜映在街面上的时候，从地里回来吃早饭的人把街道占领了。每个人手里端一只碗，碗里装着红薯饭和送饭的菜。一个大姑娘把煎得金黄的荷包蛋埋进饭里，眼睛四处张望，看见心仪的小伙子端着饭碗出来了，给他使个眼色，两人走到一旁，姑娘趁人不注意把荷包蛋夹到男孩的碗里，红着脸赶紧走开了。街道的座位有限，来得早的在石凳上坐着，来得晚的在石板路上站着，站累了的在路边蹲着。等到坐着的人回家盛饭时，站立或蹲着的人蜂拥而上，都想抢那个座位，有些少年动作快一屁股坐了上去，人还没有坐稳当，就被大人揪着耳朵从座位上拉了下去。此时的街道像一个自助宴会厅，人头攒动，热闹非凡。大家一边吃着饭菜，一边说着各种见闻和笑话。特别是看见某一少妇撩起衣服在大街上奶婴儿时，一些顽皮的人立刻找到了许多搞笑的灵感，朗朗的笑声此起彼落，成了最好的“送饭菜”，很多人在不知不觉中吃了好几碗“光头饭”，还有不少人手里端个空碗待在街道上享受这热闹，迟迟不肯回去。

早饭之后，街道暂归寂寞。男人去自留地干活，女人则忙着洗衣喂猪。步履艰难的老“四类分子”趁这个空隙把街道打扫干净。过不了多久，当街道有半边铺满阳光的时候，人们又聚集到街上来，商量上午要做的事情。生产队长也会亲临现场听大家的意见和建议。张三说，狗头岭的红薯藤长疯了，要安排劳力翻藤了；李四说，白鹤洞有丘田的田埂垮了，要赶紧派人去修；王五说，青蛇湾的水稻叶子有点发黄了，可以打石灰了。大家你一言我一语，很快就把上午要做的农事摆清了。生产队长根据大家的意见，当场拍板，现场派工。此时的街道成了民主议事厅。根据安排，大家分头回家拿起农具，重新在大街上会集，然后浩浩荡荡向田间地头出发。

当阳光直射到整个街道时，这里又成了家庭主妇们的世界。男人们下地干活去了，她们忙完了家务活，便到街上找伴闲聊。先是两三人说着话，高亢的嗓门和清亮的笑声很快会招来更多的妇女。清一色的女性穿红着绿，围拢在一起，一会儿窃窃私语，一会儿放声大笑，那情形仿佛是“他乡遇故知”，总有说不完的话。那走村串户的货郎担，往往在这个时候摇着手鼓来到大街上，他几乎带来了妇女所需的各种商品，谈兴正浓的妇女们立即里三层外三层把货郎担围了起来。有的买一把木梳，有的扯几尺头绳，有的赊几枚纽扣，有的用牙膏皮换几粒糖。还有的拿来了家中贮存的鸡鸭内金、鸡毛鸭毛、干蜈蚣、旧铜币等换钱易物。在讨价还价的过程中，妇女们相互帮衬，对货郎担又是起哄又是嘲笑，货郎担则以不变应万变，或笑而不答，或顾左右而言他，到最后赢家总是货郎担。每当桃李或杨梅成熟的季节，也会有人挑到街头叫卖，一些主妇用大米或黄豆换点水果尝尝鲜。这时候，街道成了一个小型集贸市场。

中午时分，街道最是安静。阳光把石板晒得烫脚，让人坐立难安。干完活回到家里的乡民们简单扒几碗剩饭剩菜，就算把午餐打发了，然后躺在家中的竹椅或长凳上抽口烟，纳会儿凉，打个盹，修心养性。临街的人家都把门打开，风带着夏日阳光特有的味道微微吹进来，他们心如止水般地看着光影从街的东边缓缓地、静静地移向西边，看着饭蝇在石板上无声地飞来飞去。等到街道全被房屋的阴影遮蔽，暑气渐渐消去，他们才走出家门，聚拢到街头来。山谷里的风顺着大街小巷吹过来，特别清新，特别清凉。大家静静地坐在青色条石门槛上，或舀一箪井水淋在街道的石凳上，降温后再安然坐上去。没有人高声说话，生怕惊走了这风、这静、这凉。有个老人坐在石凳上，用小指长长的指甲悄悄地接近落在大腿上的饭蝇，在饭蝇不知不觉中突然用指甲摁紧它的后脚，饭蝇挣扎几下后便被老人逮住，扯掉翅膀，让它在石板上作最后的挣扎。老人接着又用相同的方法捉另外的饭蝇，神情是那么投入，那么专注。一旁观看老人逮蝇的儿童也不敢大声出气，因为任何轻微的响动都会惊飞那只正在翘脚振翅的饭蝇。最后打破这种宁静的是生产队长，他按时来到街上安排下午的农事，不一会儿，街道又变得空旷了。

当太阳下山、晚霞布满天空的时候，村民们踏着夕晖回到村庄。街道重新喧闹起来。人们先是在朦胧夜色中不紧不慢地吃着晚饭，吃完饭之后回家放下碗，拿一把大蒲扇又回到街上，找一张石凳坐下，一边摇着扇子，一边唠着家常。这时候，街道不再是某一类人的世界，而是大家的世界，男女老少都会涌到街上来，共同分享这温馨的时光。小孩子仰睡在母亲的怀里，看着天上的星星，听母亲讲古老的童话；姑娘们悄悄地评论着某某的对象，描述各自对婚姻和家庭的设想；老人们则互相回忆过去的岁月，谈论着那些逝去的欢乐与辛酸；那些上了年纪的婆婆则细说哪家的儿媳孝顺，哪家的儿媳凶狠会受到上天的惩罚。夜色下人们打开心灵的闸门，让心中的所思所盼所怨慢慢释放出来，在一声声叹息里他们获得了心灵的和谐与恬静。随着夜色渐深，年轻的父母抱着熟睡的孩子回家了，姑娘小伙们劳累了一天也回去休息了，街上只剩下那些没有睡意的老人，依旧摇着大蒲扇，依旧絮絮地说着话。有时候，其他的老人都离去了，一个老者还会枯坐的石凳上，静静地感受夜的孤独和宁静。他，像是村庄的守夜人，像是村民的守望者，也像是这条街道永远的象征。

开会

那些年，农村开会是一件很有意思的事。

按当年的体制，社员一般参加三个层次的会议。第一个层次是生产队的会议，当时生产队是一个独立核算单位；第二个层次是生产大队的会，多以一个自然村为单位；第三个层次是人民公社的会。生产队的会不多，但很实际，特别是每年两次决算会议是必须参加的，主要通报生产队半年和一年的收支情况，包括每家每户的工分收入。

生产大队开的会常常被称作全村大会。这种会与经济无缘，与政治有关。一般来说，比较多的是传达上级的文件或会议精神。会场基本上是在村小学，时间大都在晚上。在没有电的时候，会场里悬吊一盏气灯，把学校照得通亮。社员们有的提着马灯，有的打着手电，也有的摸着黑，三三两两来到会场，有青年男女，有老太老爷。有的是来凑数的，有的是来看热闹的。村里的小孩最喜欢大队开会，他们来得最早，在桌子上跳，在凳子下窜，追赶声、打闹声不绝于耳。开会的人并不像学生一样规规矩矩坐在凳子上，有的坐在课桌上，有的把凳子拉到墙旮旯坐下，有的把几张课桌拼拢，躺在上面，跷起二郎腿，卷一根纸烟，吞云吐雾，其乐融融。有的年轻妇女怀抱婴儿，脚跟有节奏地弹着地板，把自身变成充满母爱的摇篮。有的三五个人脑袋凑在一起，样子像交头接耳，实际上声若洪钟，旁若无人。有的人还在会场门口外，声音早已传遍会场的每一个角落。那些青春骚动的男青年，主动借开会之机，贴近成熟丰满的大姑娘，开一些不荤不素的玩笑。

村“革委会”主任作为会议主持人是什么时候进来的，没有几个人注意。他站在平时老师上课的位置上，干咳两声，表示会议就要开始了，可没一个人理睬，大家依然故我，喧闹如市。村主任用手“啪、啪、啪”地在讲台上不停敲打，瞪眼看着大家，会场才慢慢安静下来。于是村主任宣布会议开始并发表重要讲话。那时当干部要求根红苗正、苦大仇深，选拔村干部也不例外。很多村干部基本上没什么文化，平时又缺少锻炼，讲话时不仅没有逻辑层次，而且话把特别多，说一句话，中间要穿插许多“嗯”“啊”“那个”“这个”等，想要听明白他说的话，注意力必须高度集中，并在脑海里将“嗯、啊”删除，再把他前后不搭的话重新整理，才能了解一个大概。讲话一般是先讲国际国内形势，有一段时间，还要先背诵毛主席语录。有一次，村主任白天刚从喇叭里听了毛主席的最新语录，也没完全弄明白其内容，就在晚上开会时说：毛主席最近教导我们要“纲举国张”。有一个高中毕业在村里当记工员的青年站起来纠正说，毛主席说的是“纲举目张”。村主任大火，诘问道：“‘目’大还是‘国’大？你不要以为读了两年‘茅厕板子’（农村对读书的蔑称）就翘尾巴。‘目’张有啥用，你张开眼睛就能看到共产主义？只有‘国’张了我们才能走上社会主义康庄大道。你懂不懂？”高中生哑然。社员们都觉得村主任说得有道理，便开始认真听报告。接着村主任又站在全民族的高度号召广大社员要做一个真正的“炎黄子孙”，为建设共产主义作贡献。意思没错，但从他嘴里说出来就成了“蛋黄子孙”。农村开会不发材料，大家开始没反应过来，会场静默几秒钟后突然爆发出哄堂大笑。笑声把少妇怀里的婴儿吓哭了，她赶紧捞起上衣，把饱胀的乳头塞进婴儿的小嘴，然后站起身来，绕过旁边的人，一言不发地走出会场，回家去了。一般情况下，村主任讲完国际国内形势，会场最多余下一半人，讲公社和村里的工作时，只剩下那些贪玩的小孩子和那几个没有睡意的老头子了。

并不是所有的会议都如此散漫。当年，社员们经常会在深夜被尖锐的哨声叫醒，被要求立即起床去学校参加紧急会议，只要有行动能力的社员都会迅速披衣起床，匆忙来到学校。这时会场来不及亮气灯，只点了一盏小学老师批改作业用的大号煤油灯。公社干部站在昏黄的灯光旁，神情庄重，一言不发。等社员到得差不多了，公社干部开始传达毛主席的最新指示。下面的人，听得似懂非懂，他们的文化素养和政策水平决定了他们无法迅速理解毛主席的指示精神，但没有一个人讲小话，开小差。公社领导传达完“最高指示”后，也不作任何解释，收起文件就走了，他们还要赶往下一个村子传达。那时各级“革命委员会”有明确要求，传达“最高指示”不能过夜，这是严肃的政治任务，谁也不敢大意。公社干部走后，社员们又重新回到被窝睡觉。

夜半哨声也有为其他事情响起的时候。那时农村文化生活比较单调，最原始的男女交媾成了最主要的“文化生活”，每个村总有一些成家的男女婚外幽会，俗称“偷人”。白天大家都要下地干活，通奸的行为一般发生在晚上。每个村都有几个好管闲事之人，他们估摸那两人已经进入角色，便分别把守各扇门窗，然后叫一邻居诳开门，几个年轻人一拥而进，抓个“现行”。那男女作声不得，任由年轻人捆绑起来，押往村里的公祠。在路上，负责社会治安的村民兵营长就会把哨子吹得山响，边吹边发布村里发生的“好事”。社员们对这类事情的兴趣非常浓，除了大姑娘外，都不顾白天的劳累，纷纷起床赶到公祠。通奸的男女被带上公祠的戏台，由民兵营长主审，从什么时候两人开始好上，到男方给了女方多少礼物，等等，都问得详详细细。下面的社员屏气凝神地听，生怕漏掉任何细节。经过一番审问，再把两人带到公祠的天井上，用拌禾用的禾桶罩住。其他人意犹未尽地慢慢散去。第二天，民兵营长叫几个民兵把两人放回家，社员们的日子又照样过下去。经过这次批斗会后，那两人很难再续情缘了，不单单是出了丑，更是因折腾之后两人都激情不再。但这种丢人现眼的惩罚并不能杜绝类似事情的发生，山村里这样的桃色事件仍时有发生，不过到后来惩处的方式文明多了：只要求当事人杀头猪请村里人吃一顿，然后请放映队来给乡民们放一场电影。两相比较，这种处理方式既保留了偷情者的颜面，又让乡民们得到了实惠：物质生活和精神生活双丰收。

相对于公社召开的批斗会，村里这样的批斗会不啻是小巫见大巫。那时公社最隆重的会不是劳模表彰大会，而是批斗大会。为了响应“阶级斗争要年年讲、月月讲、天天讲”的号召，公社隔一段时间就要召开批斗大会，批斗的对象就是“四类分子”和“牛鬼蛇神”。这样的批斗会一般会定在赶集的日子开。为了达到最佳效果，公社“革委会”会作认真的安排部署，要求每个村都押送几个没有改造好的“地、富、反、坏”分子到公社去批斗。本来还有“右”的，“右派”都是知识分子，农村找不到这样的人，所以，批斗的对象就由“五类”变成了“四类”。至于改造得好不好，怎样才算改造得好，并无具体标准，全由村干部敲定。到了这一天，村里的基干民兵，背着上有刺刀的步枪，将批斗对象从家里揪出来，五花大绑押往村里的操场。操场上群众已经到了不少，临时搭建的主席台上，两挺歪把子机枪在阳光照射下闪闪发光。有几个胆大的小孩子平时只在电影里看见过机枪，想上去摸摸真的，立马被一旁的基干民兵轰走。村支书在主席台正中间坐定，目光远视，神情肃穆。民兵营长肃立一旁，不停地调度操场上的人群。看见“四类分子”被押来，马上手持铁皮喇叭喊道：“把阶级敌人押上前来。”基干民兵连推带搡把几个“四类分子”押到主席台前的第一排。

这时，村支书开始讲话："广大社员同志们：（啊）虽然已经解放几十年了，（嗯）但是（这个）总有一些阶级敌人，人还在，心不死，（啊）妄图搞复辟，恢复他们失去的天堂。（那个）我们一千个不答应！一万个不答应！今天全公社召开批斗大会，（啊）就是要对（那个）牛鬼蛇神实行（这个）无产阶级专政，使他们永世不得翻身！"这时，训练有素的民兵营长高呼："千万不要忘记阶级斗争！""千万不要忘记无产阶级专政！""打倒地主富农反动派！"下面的群众跟着民兵营长振臂高呼，声音响彻云霄。村支书看到群情激愤，战前动员的效果达到了，便腾的一下站起来，手臂一挥："出发！"于是，民兵营长带队，基干民兵押着批斗对象奔赴公社会场。一些要赶集的社员和喜欢凑热闹的人，紧紧跟在后面，形成一条壮观的长龙。

到了墟上，早已是人山人海。会场上红旗招展，标语横飞。刺耳的高音喇叭叫个不停。各个村的阶级敌人都被押到台上，依次排好队。会议由公社主要领导主持。先是学习语录，然后由苦大仇深的贫雇农揭露"地、富、反、坏"的滔天罪行，最后公社领导做重要讲话。领导讲话中气十足，每讲一句话，挂在扩音器外面的灯泡都要闪好几下。批斗会结束后，社员们自动散开逛集市去了，阶级敌人由各村的民兵押回村里。从头到尾，被批斗的人都一言不发，他们始终低着头，表情麻木。平时低头不见抬头见的乡里乡亲，经常一起干活、一起喝茶、相互串门，突然之间被分开了，中间充斥着他们自己也弄不明白的仇与怨。在平常日子里开的一句玩笑，一点误会，此时都被上纲上线。在青黄不接的日子里，成分不好的人接济了一点粗粮给困难户，此时都被认定为拉拢贫下中农，想反攻倒算，“用心何其毒也”！那些年，不仅“四类分子”在恐惧中度日，就是那些出身好的人，也心存戒备，不轻易向人敞露心扉。

还有一种特别的会议，就是早请示晚汇报。根据上级的要求，有一段时间，社员们每天清晨都要集体到村部去向伟大领袖请示，今天准备做些什么事；晚上又要集体汇报今天做了什么事，哪些事是对的，哪些事是错的。在当时看来，这是一件很重要很严肃的事，不能迟到，不能马虎。所以，清晨这个社员平常用来打理自留地的时间，现在必须用来请示了。有的头发还来不及梳理就赶来了；有的衣服还没扣齐整也赶来了；还有的刚走到村部门口，突然裤带松了，露出里面的家织布短裤。村部的正面墙上悬挂着领袖的大幅标准像，两旁是用玉米、大豆、花生等农产品制作的“大海航行靠舵手”和“东方红太阳升”的宣传画。下方是宝书架，上面放满了“红宝书”。早请示晚汇报，虽是集体活动，却是以个人默念为主。社员们进来后，面墙而立，眯着眼，想象着老人家正在天安门认真倾听，口中念念有词，把自己一天的工作打算一五一十进行汇报。早请示结束后，他们便胸有成竹地干活去了，因为自己一天要做的事已经过请示和批准。晚汇报对社员来说也很重要，白天自己很纠结的一些人和事，都可以和盘托出，甚至两口子吵了架，心中有一些怨恨也可以作个汇报。这样，心里轻松了，晚上又可以睡个安稳觉。这种集体早请示晚汇报搞的时间不长，后来改为个人在自己家里早请示晚汇报，再后来，社员们觉得自留地荒废不得，就又把“一天之际在于晨”的时间用于侍候土地了。既然早请示都没做了，晚汇报就没有内容，所以也就不了了之了。

那时，社员们过的是集体生活，开会是必要的，也是正常的。农村实行家庭联产承包责任制以后，开会就渐渐少了。

上学

新中国成立以后，国家非常重视教育，对不识字的中老年人进行扫盲，专门为他们开办各种免费的夜校，对学龄儿童实行九年义务教育，年满六周岁的孩子都可以上学读书。即使是“四类分子”的子女，也跟贫下中农的小孩一样，享有同等受教育的权利。不过，那时候很多家长并没有认识到读书的重要性，也不会把接受教育当作一种权利，在很多人看来，读书是一种经济负担，甚至是一种人力资源的浪费。他们把小孩送到学校，目的是让学校帮自己管一下孩子，好让自己去地里干活。那时还没有实行计划生育，一家有五六个小孩很常见，一到入学年龄就把他们丢到学校里，确实为家庭省去不少麻烦。家长对小孩的学习成绩也不看重，只要能认识几个字，识得钱，认得秤，算得出加减乘除，就可以了。所以，经常是小孩长到十一二岁，小学还没读完，就被家长强迫退学，回家帮大人干活去了。

小学分为两个阶段：一至四年级为初小，一般都在本自然村就读；五到六年级为完小，通常都是一个行政村设一所。初中则全集中到公社所在地去学习。那时的学习任务并不重。小学生早上起床后都要去放几个小时的牛，回家吃过早饭后才到校读书。有些比较好学的孩子会在放牛时带上课本，边放牛边温习功课。下午四点多钟放学，放学后还要帮家里扯一篮子猪草回来。晚上的作业也不多，最多花个把小时就能做完。那时读书最大的特点，就是学生始终没有脱离大自然，没有脱离日常生活，也没有脱离简单质朴的家庭关爱。他们能够感受到季节的变化、草木的枯荣，能够看到自然的神奇、植物的美丽。每当老鹰在天空盘旋时，他们知道发出“啰哦、啰哦”的警示声，听到这种声音，正在草地上觅食的老母鸡便立即率领小鸡躲进灌木丛。他们经常能看到大尾巴的狐狸在村旁出没，能闻到被追赶的黄鼠狼放出的臭气。他们知道蜈蚣是蛇的克星，鸡是蜈蚣的克星。他们能经常听到鹧鸪、杜鹃的叫声。他们的脑子里有各种各样的童话、童谣。他们身体健康，性格开朗，勤劳朴实，真诚善良。

那时的课本也不厚。语文课本的第一课就是《毛主席万岁》，后面便有许多寓言、典故和自然科学知识，如《一群大雁往南飞》《乌鸦喝水》等。课本里的很多内容都与学生们的日常生活有着千丝万缕的联系，能够解答他们平时的疑惑。那时，他们没有被当作一个个装知识的容器，而是作为一个个完整的有灵性的人来培养的。一篇课文没有被拆成一个个知识点，考试也只是一种学习效果的检测，而不是决定人生成败的竞赛。学校旁边就是一片竹林，下课后学生们跑到竹林里，有的四肢并用爬竹竿，有的用碎瓦片在竹竿上刻古诗。漂亮的小鸟在竹枝间跳跃，金色的蝴蝶绕着竹叶翩翩起舞。秋天的时候，枯黄的竹叶、火红的枫叶、金色的银杏叶随风飘到校园里，女学生们把枫叶和银杏叶夹在书本中间，几天后便成了美丽的书签。阳光穿过瓦间的缝隙射在书桌上，形成一个个圆圆的光点，又慢慢移到老师的讲台上、脸上，最后照在墙壁上，顺着墙壁往高处移。那时的学生没有手表，他们知道当那个圆形的光点射到教室中间那根檩木时，就到下午放学的时候了。

“文革”前的那些年，在小学任课的老师大都受过良好的师范教育。一个村子就一个教师，从一年级到四年级都在一起上课。老师给一年级讲课，其他三个年级自习或做作业，依次顺延。那时候，老师的责任心很强，教书育人都很认真。白天上课，晚上批阅作业，每到星期六下午就回家与家人团聚，星期一清早又赶到学校。老师认真教书，学生认真学习，农民认真种田，颇有国泰民安的气象。后来，“文革”的风暴席卷农村，苦大仇深的贫下中农走上讲台忆苦思甜，给少年儿童揭自己的伤疤、讲过去的故事。老师像走马灯一样换个不停，教学内容却大致相同：教唱革命歌，教跳“忠”字舞，或者用黄豆、花生、玉米等材料拼作红太阳升起的宣传画。有位青年被聘为代课教师，虽为教师却不上课，一天到晚拿着画笔和比例尺到处画毛主席像，写毛主席语录。老师不教书，学生也就不读书了，今天组织去游行，明天安排去演出，后天组织学生去为派斗造声势。有的派斗分子公然到学校教学生抢别人的毛主席像章：“毛主席像人人爱，抢烂衣服不要怪，怪了就是反动派。”还有好几次，几个佩戴“湘江风雷”袖章的红卫兵闯入学校，要带学生们外出串联，多亏家长坚决制止，才没有酿成严重后果。

虽说没有掌握什么知识，健康人格也没有得到培养，但毕业是没有问题的，没有毕业考试，也没有毕业典礼，放假之前发一张简易的毕业证就算小学毕业了。读初中也不用考，想去读的都可以去。不过初中设在公社所在的圩上，学校的条件也不好，不能在学校住宿，每天都要跑通学。清早就要起床赶路，下午放学回来时天快断黑了，再不能像读小学时那样帮家里干些农活。很多家庭都对子女读初中采取分别对待的态度，只送男不送女，不少家庭干脆男女都不送。那时候义务教育没有实施免费，不能采取强制性措施要求家长送子女读初中，事实上愿意送小孩上初中的家庭不到一半。相对于小学教育，初中学校的“革命氛围”更加浓厚，“停课闹革命”闹得风起云涌，学校有教师没有课表，有教室没有教材。在偏僻的山区，大家只知道“停课”，对如何“闹革命”却一筹莫展。革当地“牛鬼蛇神”的命有大人们来做，轮不上初中生插手；革北京“头号修正主义”的命，对初中生而言，不仅鞭长莫及，而且能力也欠缺。最后，学校领导想起了最高指示“革命首先要革自己的命”，于是在学生中深入开展“自我革命”，就是批判“学而优则仕”“读书做官论”的封建余毒。于是课堂变战场，学生变战士，抓反面典型，开批斗大会，写心得体会，贴标语口号，搞演讲比赛，直弄得学生们再也弄不清为什么读书的时候，“自我革命”才算取得了阶段性成果。

正在学校领导想破脑壳都想不出将活动深入下去的招数时，上面又发出了走“五七”道路的号召，要求学生要学工、学农、学军。校领导敏感地意识到，走“五七道路”与狠批“读书做官论”是一脉相承的，是破立相生的。考虑到山村里没有工厂，没有军队，学工学军都没有条件，只有学农最方便。于是学校通过公社党委出面，将校园周边的几十亩村集体土地划作学校的学农基地，号召全体学生大力弘扬南泥湾精神，广泛开展农业生产运动。十几岁的孩子将书放在家中，每天挑起家里的粪桶，背起父亲的锄头，走七八里羊肠小路到学校参加劳动。开荒、栽树、种红薯、修路、砌猪圈，什么农活都干。校领导经常向稚嫩的学生描绘学校未来的美好蓝图：绿树成荫，花香满园，硕果累累。以后同学们回到母校的时候，可以幸福地分享自己的劳动果实，吃着各种各样香甜的水果。当然，这样的场景始终没有出现，多年后偶尔返回母校的同学，不仅没有吃到香甜的水果，连当初种的那些果树都不知道去哪儿了。不过，既然是革思想上的命，谁又能去追求物质的成果呢？当时班主任的职能已经完全转化为监工，教鞭成了督促学生卖力劳动的工具。谁想多读点书，谁劳动时偷懒耍滑，就会被扣上“读书做官论”的帽子，及时受到教育和批判。谁能说清楚，这些学生生在农村，长在农村，从会走路的那天起就开始做农活，他们身上流动的都是农民的血液，他们为什么还要去学农？他们的父母都是资深的农民，为什么还要跑到学校去学农？在当时，可能有人会这么自问，但没有人敢公开向老师质问。现在很多人都知道了答案，但再不会有人提出这样幼稚的问题。世事变迁，本来不是问题的问题，在特殊的年代里就成了令人头痛的问题；本来是一个难以解答的问题，因为时过境迁，又成了简单得不屑于回答的问题。

大多数青少年的学习生涯就这样结束了，他们没有学到比父辈更多的东西，却丧失了许多祖辈传承守望了一代又一代的东西。

学生宣传队

宣传工作历来都很受重视。那时候村子里只要有人经过的地方，墙壁上都写满了毛主席语录，乡民们每天出工收工，在街道上纳凉聊天，都不可避免地受到教育。很多在农村长大后外出谋生的人，多年以后还能背诵一些毛主席语录，都得益于这种有效的宣传方式。除了村里的墙壁，山坡上，水坝上，都用锄头铲出一些大型宣传标语："农业学大寨""水利是农业的命脉"等等。至今在一些地方还能看到这样的痕迹。

除了这些，当年还有一种很有朝气的宣传力量，就是学生宣传队。每天夜晚，乡民们吃过晚饭，坐在村街纳凉的时候，学生宣传队便开始行动。学生们手持铁皮喇叭，分别站立在每条街道的转角处，由起头的那个学生带头广播，他讲一句，第二个学生照着讲一句，第三个学生又跟着照本宣科，一直传到最后一个学生。这种模式类似击鼓传花的游戏，内容均由第一个学生发出，也只有第一个手中有底稿，其他学生都是传声筒，无论理解与否都要鹦鹉学舌般传下去。有时候第一个学生断句不好，句子太长，第二个学生没听明白，也无法询问，只能含糊喊出来、传下去，第三个学生就更弄不懂什么意思了。宣传的内容，有毛主席语录，有人民日报社论，有最新的“文革”动态。这项工作主要由村小学老师负责，广播的内容由他选择，每次广播的时间不超过一小时。这种宣传方式成本低，贴近群众。虽不知道乡民们听懂了多少广播的内容，但至少让乡村的夜晚变得热闹，也让那些小学生受到了锻炼。最有效的宣传方式是让最多的人参与宣传。那时，基本做到了这一点。

恋爱

在大集体时代，乡民们无论老幼都被体制锁定在一亩三分地上，活动半径很小，有的人从出生到去世足迹没有迈出半径五公里以外。这种局限严重限制了年轻人恋爱交友的范围，导致不少近亲结婚的现象。好在通过中间人牵线搭桥，这种局限多少有些突破，不少人摆脱了近亲结婚或同姓通婚的习俗。所以尽管“媒婆”作为一种职业长期遭人贬损，但直到20世纪60年代，大部分姻缘仍然是媒人牵线撮合的。当时所谓的“媒人”大致有两类：一类是职业化的媒婆，通过做媒拉纤赚取好处和实惠，吃这碗饭的人要有相当广的交际和相当好的口才，甚至还要有很强的策划能力。传说古代有一个媒婆给人做媒，女方很漂亮但有点驼背，男子很英俊但有点瘸腿。为了扬长避短，促成好事，媒婆安排了一次神鬼莫测的见面：女孩在村口的小河边弯腰浣洗衣物，男子骑马从河边经过，在四目相对的那一刻，男子不仅发现女子貌若西施，而且勤劳卫生；女孩看到男子不仅相貌堂堂，更是英气逼人，从此两人相思成疾。媒婆的这种策划能力非一般舞台导演能望其项背。另一类是亲戚朋友，他们发现某亲戚或朋友的男孩与另一亲戚或朋友的女孩比较般配，便主动出面撮合，他们做媒不是贪图钱财，而是成人之美，巩固和扩大亲朋关系。所以，谁家有女初长成，只要较为出色，说亲的人便会踏破门槛，其中既有职业媒婆，也有亲朋好友。

与宋明理学宣扬的父母之命、媒妁之言的婚姻戒律不同的是，这里的媒人只是一场恋爱的发动者而不是决策者，恋爱能不能持久，能不能成功，主要取决于男女双方自己。但第一次见面也是要精心设计的。媒人先对男女双方进行评估，根据情况确定见面的方式和地点。如果男方条件较优，媒人则请女孩到自己家中做客，在女方不知情的情况下，请男方的人装作偶然串门的样子来审视女孩；如果媒人觉得女方条件较优，则倒过来，在男方不知情的情况下请女方来评价男方。如果条件较优一方看了之后感觉满意，媒人就会向另一方挑明，双方约定正式会面时间。这么做，不是故弄玄虚，而是照顾各方面子：谁家的孩子也不愿意被人拒绝，而是拒绝别人。正式见面之后，如果双方没有意见，关系就算初步确定了。两家便会当作亲戚走动，逢年过节互相约请，对方有喜事大事必定登门。

作为主角的年轻人，在最初是处于被动位置的。乡村里的孩子，由于经常做体力活，一般都发育比较早，长到十七八岁生理机能就相当成熟了，内心也经常生出对异性压抑不住的向往和冲动，但受传统伦理文化的影响，都不敢主动表达自己的情感，特别是女孩子，越是情感澎湃越是封闭严密，平日里玩得很好的女伙伴开句玩笑都会生半天气，生怕自己的内心被她们窥破，如果同龄的男性在这个时候跟她开了类似的玩笑，得到的就是最激烈的咒骂。媒人来给女孩子介绍对象，即使对方是自己喜欢的男孩，女孩也会故作推辞，直到父母和媒人反复做工作才勉强答应，前提条件是要求他们做好保密工作。实际上男欢女爱的事最难保密，别人不说，恋爱中的年轻人也会有意无意地泄露心里的秘密，用不了多久便都知道谁跟谁在谈对象了。一旦恋爱公开，青年人便由被动转为主动，当初那些最怕羞最开不起玩笑的女孩往往是最主动最热烈的女孩。确定恋爱关系的青年人，除了随父母亲去对象家走访外，经常会背着父母亲创造见面的机会。如果恋爱双方是邻近村庄的，男孩随便找个理由，提十几个鸡蛋或几斤鳅鱼就去女朋友家了。俗话说，小孩爱糖，岳母爱郎，看到未来的女婿来了，岳母自然高兴，一边端上热茶，一边嘘寒问暖。男孩看见女孩不在家，显得心不在焉。岳母是过来人，自然懂得男孩的心思，便告诉他女孩去山里砍柴了，到晌午就会回来，男孩心里的石头才落了下来。快到吃午饭的时候，门外传来沉重的脚步声，男孩估摸是女孩回来了，赶紧跑出去，帮女孩卸下柴火。女孩看到他，红扑扑的脸上霎时绽放出幸福的笑意。吃过中饭，男孩要回去了，经父母同意，女孩会送男孩一程，这是恋爱初期两人单独相处的最好机会。中午时分田地里看不到什么人，在村口，两个人会有意保持一定的距离，到了山路上，看看周边没有人，男孩放慢脚步，等女孩子一靠近，便拉住她的手，大路不走走小路，专拣偏僻的地方走。虽说是谈恋爱，那时候的农村青年，私下见面也说不出什么好听的话，只是拉着手，看着对方的眼睛，往往对视不到半分钟，女孩就会红着脸低头不语，一副不胜羞怯的样子。此时四周山峦寂静，林子里偶尔传来几声鹧鸪声，女孩明显感觉到男孩的手抖得越来越厉害，说话时声音也在颤抖，她知道不能再待下去了，在问清楚男孩穿多大的鞋子后，把手挣脱出来就往回走去。男孩看到渐行渐远的女孩的背影，常常会有一种胆子太小的自责与后悔。等到下次见面时，女孩就会交给男孩一双做工精致的布鞋，但这次女孩好像看懂了男孩的“坏”心思，不再随他去僻静的山间小路“冒险”了。随着时间推移，恋爱双方的情感加深，见面的频率会增加。碰到邻村放电影，不用捎信，恋爱中的男女会不约而同来到电影场，在人群中互相寻找。那时农村放电影大都在村旁的空坪隙地，两人相见，执手无言，悄悄离开电影场，躲到不远处高高的草垛旁，在如水月光的陪伴下，用朴实的语言诉说思念之情，描绘未来的幸福日子。直到电影散场，他们才会各自回到家中。有时候，年轻人流连于美丽的夜色，看电影的人都走光了，他们还不想归去，在缠绵柔情中，按捺不住冲动，偷尝了禁果。

如果双方距离比较远，恋爱中的人见面相当不易。很多时候，都是女孩到男方家来住一阵，帮男方家做做家务，陪未来的婆婆说说话，有时候也陪男朋友去山上做些轻松的农活。男朋友出汗了，帮他擦一擦；男朋友渴了，用新鲜荷叶盛一捧泉水给他喝；累了，两人就背靠背坐在山坡上休息，享受山野的清风、林间的鸟鸣、青草的芳菲和青春的浪漫。有时克制不住了，两人就会跑到一人多高的庄稼地里，拥抱、亲吻。等到正午时分，他们回到家里，母亲早已做好可口的饭菜等着他们。

即便到了这个份上，如果有人问女孩子找对象没有，她依旧会摇头否认，慢慢地才是默认，稍后才会经常带着自豪和喜悦谈起心中的恋人，在很要好的朋友中展示恋人的相片和小礼品。那时姑娘们心目中最好的对象是军人，一张穿着军装的小伙子的相片具有很强的“杀伤力”。因为能参上军，说明身体很棒；参军到外地去服役，能增加很多见识。这些因素在当时的农村十分重要。所以那些漂亮的农村姑娘，大多嫁给了军人。然而军地两隔，恋人之间聚少离多，比不上同在农村的姑娘小伙随时可以见面，很多军人只能在信中倾诉内心无法按捺的情感。感情的传送经过了中介体，就提供了泄密的可能。有一军人小伙深知写给女朋友信中的内容不足为外人道，便在信封的背面写了两句诗：春天不到花不开，本人不到信不开。这种“此地无银三百两”的说明，反而引发了姑娘村子里青年男女的兴趣和好奇。在姑娘本人还没有看到信的时候，其中一些让人听了脸红的经典句子已经在年轻人中间传开了。

与军人的荣耀相比，那些成分不好的年轻人就显得黯然失色了。在那么一个特殊的年代和特殊的政治氛围里，他们似乎丧失了追求爱情的权利，虽然心中也有自己喜欢的人，却只能把爱深藏在心底，不敢作任何表示，眼睁睁看着心仪的人一个个被恋爱，被结婚。也有一些比较优秀的青年对一些地主富农的女孩怀有好感，但害怕她的出身会给自己带来麻烦而不敢靠近。到最后，一些家庭出身不好的男青年三十多岁还找不到对象，那些成分不好的女孩子等到花儿快谢了，才嫁给一些老光棍。原本她们的长相和素质都高于一般的村姑，但她们从年轻到最后老去，都不知道爱情是什么滋味。

当年，恋爱也是有风险的，谁也不敢担保年轻人不会做出什么让人笑话的事情来。恋爱期短则几个月，长则一两年，只要父母觉得火候到了，就会加紧筹办两人的婚事。如果看见女孩的肚子一天天大起来了，更会特事特办，赶紧找媒人商量结婚的事情。一般来说，如何操办婚礼都是女方提要求，男方抓落实。碰到有分歧的时候，双方的父母都不直接出面，而是请媒人传话，居中协调。最后，选一个良辰吉日，把婚事办了。

成亲

那些年，民风还算淳朴，加之父母管教很严，未婚先试、未婚先孕的现象并不多见。男青年只能从集体劳动时大人们开的玩笑中对性知识有个一知半解，姑娘们则会在出嫁前夕由年长的女性亲人传授一些性生活方面的常识。这种朦胧的了解，往往会激起年轻人对性生活、对成亲的强烈欲望。一些男青年，离成亲的日子还有几个月，经常会失眠，甚至大白天也会出现魂不守舍的情形。

成亲的日子是要请风水先生选定的。风水先生要合两人的生辰八字，要掐算天干地支，还要看当年农历年是不是有“立春”节气，没有“立春”的年份俗称“寡婆年”。乡民们对节气特别敏感，“春”是万物生长的季节，也是生命力旺盛的象征，怀春、发春、叫春等词，无论雅俗，都与男女交欢、雌雄交媾有关，与传宗接代有关。在乡民们看来，没有立春节气的年份，是生命力不旺的年份，是不宜结婚的，再怎样都不能拿传宗接代的大事去冒险。碰到这种情况，只能提前或推迟一年举办婚事。

选定大喜的日子后，男女双方就要紧锣密鼓地筹办成亲的事情了。男方的新房早就准备好了，筹备的重点是养几头肥猪，酿几缸好酒，准备一笔拿得出手的彩礼。女方的事情相对烦杂一些，要赶紧给姑娘打制衣箱衣柜，添制新的被褥衣物。这些嫁妆虽由女方购置，花的钱则是男方送来的彩礼钱。一般情况下，女方都是根据彩礼钱来置办嫁妆，如果女方家境较好，还会贴钱额外添置一些东西，比如缝纫机、单车、收音机、手表等。到了临近成亲的日子，双方都会向自己的亲朋好友和左邻右舍发出邀请。姑娘家则还要商定好送亲的人选，一般参加送亲的除了兄弟姊妹、亲戚，就是姑娘平日里最要好的同龄女性朋友。到了成亲的前一两天，将要出嫁的姑娘还要梳理一番。那时没有专业美容店来做化妆理容，只是请有经验的妇人把姑娘脸上的汗毛用细线绞干净，用皂角水把头发洗洁净，再用毫猪毛把头顶的头发分出来，扎成油油的一束飘到脑后，最后用红纸将姑娘的嘴唇染成桃红。

喜宴实际上在成亲的头天晚上就开始了。这天，男方的重要亲戚、要去女方接亲的人、第二天清早要来办厨的人，都要请到家里来吃饭，一起商定第二天的具体安排和细节流程。女方家结婚前夕主要是请送亲的姑娘们来吃饭，饭后有一个重要的活动——“哭嫁”。“哭嫁”是一个古老的习俗，平时和新娘朝夕相处的姐妹们围坐在新娘四周，把自己准备的小礼品送给新娘，然后一起用歌声诉说朋友之间珍贵的友情和今后绵绵不绝的思念。歌声荡漾中，新娘泣不成声，已经被绞净汗毛的脸庞涕泪纵横。此时此刻，歌声让她想起父母的养育之恩和兄弟姊妹的关爱之情，想起未来生活的艰难和不确定性。有人觉得结婚是青年人的大喜事，内心肯定是高兴的，新娘的哭泣是为了表示舍不得离开父母才装出来的。事实上，那时恋爱双方对彼此的了解并不很深，成家立业、养家糊口也不是一件容易的事，新娘到一个新的地方、新的环境生活，承担一种全新的人生责任，她前思后想，悲从中来，为失去自由自在的生活而担心，为无法把握的未来而忧伤，也是情理之中的事。此时此刻，纯真的感情在姑娘们之间自由倾泻，往日的不快和过节都随着歌声和泪水流走了。夜深人静了，带着几许苍凉、几许忧伤的歌声还在山村的夜空中飘荡，让多少人回想起前尘往事，暗自抽泣；让多少人感怀人生多艰，长夜无眠。

成亲的日子终于到了。天刚蒙蒙亮，新郎家早早地就会起来杀猪，一群人将猪打理干净后，从中间剖成两半，一半留在男方家，一半送给女方家。去接亲的人在新郎官的率领下，抬起猪肉就往新娘家里赶。湘南农村的婚宴，是男女双方各请各的客人，各办各的酒席，女方办早餐，男方办午餐。新娘家喜宴上的猪肉必须是由新郎方提供的。通常是接亲的人抬半边猪肉去，抬一摞嫁妆回来。这一天，新娘早早就起床了，女友们也早早过来陪她，重新帮她梳妆打扮。过不了多久，新郎家接亲的队伍就到了，他们带来了猪肉、锣鼓唢呐和抬嫁妆的竹竿。从前还有花轿，但从我们记事的时候起，就没有见过新娘子坐花轿了。男方的猪肉一到，女方的厨师们便抓紧办厨，火星四溅，烟气缭绕。哨声一响，鞭炮齐鸣，亲朋好友陆续入席。新郎到来后，只是匆匆与岳父岳母见个面，简单说明一些情况，就和他带来的人一同参加女方的宴席。按照习俗，女方家的人要对新郎进行“惩罚”：早有人将墨黑的锅灰和猪油揉在手上，趁新郎不备，一把涂在新郎脸上，顺带在新郎的衣服上擦一把，原本俊朗的形象陡然变得灰头土脸。据说这是为了嘲笑新郎追求姑娘不知害臊。接着有人冷不防将一瓢冷水朝新郎当头泼下，其意告诫新郎不要新娘到手就得意忘形。这种惩罚的方式在夏天还无大碍，若在冬天则真够呛。聪明的新郎一上来就选靠门的位置坐下，在别人还没有反应过来时抓紧吃两口饭，一看到有人跑过来，便快速从门口逃之夭夭。

吃完早饭，随着阵阵爆竹声，接亲和送亲的队伍出发了。这时新郎已提前赶回家中操办事务去了。走在前面的是接亲的队伍，他们大都是小伙子，有的抬大红的被褥，有的抬朱红的箱柜，抬东西所用的楠竹都是新砍的，靠尾部的地方还保留一些竹枝，寓意竹报平安；每根竹竿上都贴有红纸，以示喜庆。通常情况下，抬东西的人步子比送亲的人要快，表面的理由是他们肩上有负担，实际上他们与送亲的队伍拉开距离，是想搞恶作剧：走到长满野草的山上，故意将新娘的被褥在草丛中摩擦，粘上各种草叶甚至小虫。特别是夏秋时节山上长满一种名叫“蓑衣草”的植物，其纤细的果实很容易粘在衣物上，一不小心接触到皮肤便奇痒难耐。他们故意将被褥粘上这些果实，就是想看新郎新娘新婚之夜的笑话。碰到路上要过桥了，接亲的人便借口抬累了，将嫁妆堵在桥面上，等着向新娘讨红包。新娘不给或是给得太少，便不肯起程。这中间少不了许多斗嘴和哄笑，新娘若不是伶牙俐齿，往往会显得十分狼狈。

来而不往非礼也。新郎在女方受到“礼遇”，男方的亲朋自然也会对新娘有所回报。村里有人成亲，很多人都会到村口看热闹。远远看到送亲的队伍，人们就会猜测哪位是新娘，评论新娘长得俊不俊、贤不贤。对新娘来说，最难受的不是别人的评价，而是潜伏在村口的“威胁”。送亲的队伍一到村口，就会有人冲上来给新娘擦花脸，一些顽童用自制的射水枪躲在暗处朝新娘射水。开始，送亲的姐妹们和新娘都打着油纸伞，秩序井然地行走，一般很难分出谁是新娘谁是伴娘，等新郎村上的人开始发起“进攻”，那些送亲的姐妹便纷纷躲向一旁，立刻把新娘暴露在众目睽睽之下，成为重点攻击的目标。一个柔弱的姑娘对众多的“攻击”防不胜防，很快新娘娇艳的脸被涂得黑不溜秋，漂亮的新衣服也脏得不成样子，从头到脚都被顽童射来的水弄湿了。有些调皮的小孩故意汲一些阴沟水到竹筒里，射到新娘身上便散发出令人作呕的气味。此情此景，新娘不好生气，只能一边用伞遮挡，一边往前跑。好不容易狼狈地走到新房里，想从柜子里拿些换洗衣服时，又面临新的难题：讨钥匙。按照风俗，出嫁前，新娘的衣物都装在箱柜里，上好锁，钥匙交给随新娘去送亲的小侄子或外甥携带。临行时大人反复交代，不给多少钱就不交出钥匙。此时此刻，新娘只能一边递红包，一边哄小孩儿掏钥匙，如果碰到不肯妥协的顽童，这种谈判会非常艰难和漫长，但无论如何新娘不能发火，发火不仅会破坏喜庆气氛，而且影响新娘与娘家的关系。

还好，过了这一关，新娘便没有什么难堪的事了。她下面的任务就是作为女主人陪娘家的人参加中午的婚宴。通常男方的宴席比女方要丰盛些，鸡鸭鱼肉是必备的，此外还有走油的猪肘子、四四方方的“团子肉”、油豆腐、血灌肠等。菜任吃，酒任喝。酒席上一般都是男方的客人为一个阵营，女方家来送亲的客人为另一个阵营，双方相互叫阵，相互拼酒。喝到一定时候，那些不喝酒的都散席回家了，酒还没喝够的又重新组合，凑到一块继续喝。新郎是酒席上的主角，他先是轮流到每桌去敬酒，一巡过后，已有些醉意，看到大家兴致很高，又不好离席，一不留神，新郎便成了双方进攻的对象，男方的客人和女方的佳宾都逼他喝酒。到最后，一场酒席下来，醉倒不少人，一些客人喝红了脸，扶着墙，唱着喊着闹着回家去了。新郎更是醉意阑珊，早已不知自己身在何处、身为何人了，当初对成亲的渴望和冲动，都随酒水融进了浓浓的梦乡。

成亲是人生的大好事，民间的习俗却把成亲变成了一次大折腾、一桩苦差事。乡民们相信一条朴实的道理，事物太完美就容易引起上天的嫉妒，因此他们常常有意使完美的事物变得不太完美。这也许就是这种习俗最原始、最善良的理由。

看电影

在没有出现电视之前，农村看电影就像过节。当时只有县电影公司才有放映队，每一个村轮放一次电影要等上两三个月，年轻人盼电影的心情不亚于盼过年。同一部电影他们至少看三次：在隔壁村子放映时看一遍，到本村又看一遍，追到下一个村再看一遍。不知什么原因，有些电影不下到村里放映，只在公社甚至在县里放，不少年轻人得到消息也会长途跋涉几十公里去一睹为快。记得朝鲜电影《卖花姑娘》在县电影院放映时，很多人步行赶到县城去看，看完之后又日夜兼程步行回家。很多乡村学校也组织学生徒步去看，回来还要写观后感。一时间小县城的街道人山人海，电影院里泪水奔流。还有越剧《红楼梦》搬上银幕后，可能是片源少，最初只在公社所在地放映，不下村里，很多小年轻结伴走好几里的夜路，穿过好几片他们白天也不敢去的乱岗子，从这个公社追到那个公社，直到看饱看够为止。在这部电影里他们不仅看到了无数绝色美女，也第一次看到大户人家的气派与奢华。开了眼界的他们觉得村里的那几个姑娘没有以前漂亮了，地主家的房屋再不如以前气派了。

相比之下，到邻村看电影就是家常便饭了。收了下午工，吃过晚饭，少女们便相约出发。走在路上随时随地都可以听到姑娘们银铃般的笑声，随时随地可以听到小伙们浑厚的吵闹声，青春的气息弥漫在傍晚的天空。偶尔还能看到成双成对的少男少女依偎着漫步在山间小路上，一察觉前后有人，便倏然分开。到邻村看电影，为乡村的青年男女提供了宝贵的享受青春和爱情的机会。到了邻村放电影的地方，有的站在人群中伸着头看，有的找一个地势较高的地点坐着看，也有的根本不看电影，跑到僻静处和相好说悄悄话去了。还有个别老单身汉故意在姑娘堆中挤来挤去，不看电影看春色。等到电影散场，在没有月亮的夜晚，火把和手电光在山路上蜿蜒游动，场面很是壮观。人们一边走路，一边热烈地讨论电影里的人物和情节。

第二天，电影队要到本村来放映了。吃过早饭，村主任便安排人到邻村去抬放映机。最初的放映机体积很大，分量很重，四个青壮劳力抬起来，走不到一里路就要歇一次。后来机器小了分量轻了，一个劳力就可以把设备挑回来。由于农村没有电源，放映队都是自带发电机。放电影时，发电机放在离银幕较远处，以免机器的噪声影响电影的效果。村里专门安排一个人看守发电机，给他记一天的工分。这人一般也不会很负责地守在那里，而是跑到银幕的背后看电影，既没有耽误看电影，又可得工分。

到下午，放映员开始挂银幕、装机器、试音响。喇叭一响，各家的小孩赶紧背起凳子去操坪上占位置，在地里干活的人也提前收工回家，抓紧吃晚饭。等夜幕降临，本村的、邻村的人们相继来到放映场，整个场面人头攒动，人声鼎沸。大人寻找位置的声音，儿童呼唤父母的声音，婴儿的啼哭声，还有成人的谈笑声，汇聚成为模糊的音响大杂烩。不一会银幕亮了，喇叭响了。在现场明亮灯光和热闹声音的包裹下，乡民们个个脸上充满朝气，仿佛潜伏在他们内心的激情与活力被噪声和光明激发了出来，那些拄着拐杖的老年人觉得此刻的脚杆子比以前硬了，走路也更加稳当了。喜欢群居和热闹是人的天性，乡民们平日里过着日出而作、日落而息的单调生活，并不代表他们不喜欢热闹和激情。以前有宗族活动和乡村社戏为他们提供热闹的场所和机会，现在只有在放电影的时候他们才能找到这种被热闹激活的感觉。这时候他们既是热闹的旁观者，又是热闹的制造和参与者。在参与中他们释放自我，宣泄自我，重新找回了年轻气盛的感觉。这可能就是那些年乡民们喜欢、期盼放电影的深层原因。

这时，挂在银幕两边的喇叭突然不响了，银幕上也出现了月清水静的画面，提示大家保持安静。人们都以为电影要开演了，谁知喇叭里传出了村支书的干咳声。他以村里最高长官的身份挤到放映机旁作起了报告，先说村里的大事，比如要搞好“双抢”、注意防火、防止阶级敌人搞破坏等，再讲看好电影的要求，比如小孩不要吵闹、不要随地大小便，广大群众要认真学习电影里的英雄人物，学英雄见行动等。提完要求，停了分把钟，在大家以为讲话马上就要结束的时候，支书清清嗓子，又开始安排近期的工作。事实上没多少人听他的演说，甚至有人吹出了尖锐的口哨，但他一点也不在乎，只管自话自说讲下去，能听到自己的声音通过喇叭传出来，对他来说是一件十分开心的事。那时的乡民们心地单纯，缺少耐性，如果大家像现在一样对每一集电视剧前无休无止的广告习以为常的话，就会耐心听完村支书的重要讲话了。

好不容易电影开始了，场面立即安静下来。

那时放正片前要加映一个短片，多为科教片。有的是非常应景实用的农业科教片，有的是政治时事片。“文革”期间放映了一个《刘少奇访问印度尼西亚》的短片，是供批判用的，乡民们首次见识了国家元首出国访问的隆重场面。对这些加映片，大人们看得比较认真，小孩子并不感兴趣，他们只期待正片，正片多为战斗故事片和反特片。《南征北战》《智取华山》《地道战》《地雷战》等电影都是百看不厌。这些电影的内容和语言都比较接地气，很能抓住乡亲们的心，随着情节的展开，人群中时而发出沉重的叹息声，时而发出兴奋的尖叫声。每部电影的结局都是正义战胜邪恶，革命战胜反革命，这种大团圆的结局最为符合大众的心理，所以电影放完后，大家都轻轻松松回家睡觉。如果散场时碰见了邻村的好朋友，便热情拉到家里，摆上几碟坛子菜，舀出家酿的米酒，一边对饮，一边天南海北神聊。如果兴致好，还会叫正准备睡觉的孩子去邀几个交情好的人来共饮，推杯换盏，把酒言欢，不知东方之既白。

第二天，人们在茶余饭后和出工干活时，电影里的人物就是谈话最集中的主题，常常有百家争鸣、百花齐放的景象。有些问题争执不下，便决定当天晚上再去看一次。如此反复观赏，电影里的情节甚至每一个细节都差不多家喻户晓、妇孺皆知了。随着电影放映队的远去，人们的生活才渐渐恢复正常，他们又期待下一次电影的来临。

虽然每年只能看六七部电影，但在当时所有的文化类型中，电影对人们的影响是最大的。人们从电影里学会了很多歌，经常边劳动边哼唱“一条大河波浪宽”“洪湖水，浪打浪”。人们也从电影人物那里学到了很多台词，有些台词甚至成了他们的日常用语，在批斗地主富农时常常骂他们是“南霸天”“黄世仁”。也有人模仿电影里的人物动作，有一小孩看了电影《小兵张嘎》后，模仿嘎子的动作，将别人正在烧窑的烟囱堵死，差点使一窑砖瓦报废。特别是李连杰主演的武打片上演后，很多年轻人不仅对电影入了迷，拜师习武一下子成为乡村的时髦，特别是宗族械斗余风犹劲的村落，习武好斗之风更为兴盛，但凡有三拳两脚功夫的人，都成了受人追捧的明星，一些年轻人把他们田里的农活都包了，只希望能学到三招两式。受电影影响最深的是一位老者，当时已年逾花甲，平常朴实善良，与世无争，不知什么原因，对京剧《智取威虎山》里的英雄杨子荣崇拜得五体投地，跟着电影队看了十多场，最后竟然走火入魔：他把家里的白被单披在身上，削一把木头手枪别在裤腰带里，模仿杨子荣的姿势和腔调，将几个过去与他有过节的人当作座山雕和八大金刚，一见面就穷追不舍，到死都没有清醒过来。

电影就这样影响着那个时代的父老乡亲。

娱乐

小时候，农村的物质生活虽然匮乏，但空闲时光比较多，农闲季节，每天在地里劳作不会超过四个小时，特别是夜晚，孤灯独坐难消永夜，总得找点事情来打发时间。打扑克牌是不允许的，麻将根本没有，既无电视，更无电脑，也无卡拉 OK，除了隔几个月看一场电影，年轻人只能想办法自娱自乐，让日子充实起来。

读书本来是一种有益身心的休闲方式，只不过那时村里没有什么书可看，只有周立波写的《暴风骤雨》、曲波写的《林海雪原》，还有《新儿女英雄传》《日出》等书在互相传阅，不过早已缺角掉页。有段时间流传有手抄本的《少女之心》，因为是禁书，看书的时候很隐蔽，传阅的范围也很小，昙花一现之后便销声匿迹了。村里老人大多不识字，有点文化的年轻人看书只是浏览故事情节，看书的速度很快。大队订有《人民日报》和《红旗》等报刊，邮递员全都送到村支书家里，去看的人很少。读书看报并没有成为一种习惯或爱好。

那时，村里头除了锣、鼓、钹、唢呐等乐器外，还有几把旧二胡，是旧社会留下来的，再有几支简陋的笛子。锣鼓等器具只在大型活动中使用，能让乡民们自娱自乐的只有二胡、竹笛等乐器。在乐器演奏方面既没有专业人才，也无人进行科学的指导，都是看着别人拉几回、了解一点最基本弓法指法后，就自己试着或吹或拉。最初几个月拉出来的琴音或吹出来的笛声都是跑调刺耳的，声音飘进耳朵里，与其说是享受，不如说是忍受。好在村民们朴素的耳朵对这些噪音并不敏感，没有人去责备，去埋怨，去阻止。在乡村寂寞的夜晚，有点声音哪怕是噪音也总比死气沉沉的要好，它代表一种生机、一种追求。在乡亲们的包容和理解中，演奏的技艺也慢慢有所提高，最后达到了中规中矩的水平。拉二胡或吹笛子，也没有曲谱，都是凭借记忆中的曲调来演奏，那时的农村又有谁识得什么谱呢？高难度的曲子是拉不出的，二胡拉得最多是一些传统的花灯调，或当时很流行的《绣金匾》、东北的秧歌调；笛子就更没有讲究了，什么曲子都可以拿来吹，吹的最多的是当时的一些语录歌，如《我们共产党人好比种子》等。开始，都是一个人在自己家里拉，或坐在吊脚楼的阳台上吹，慢慢地，几把水平接近的二胡便会凑合到一块搞合奏，有时候二胡、笛子等几种乐器一起搞协奏。气势不同了，地点也从家里移到了村街上。每天晚上，琴声一响起来，村民们就不约而同地来到大街上，用非专业的耳朵欣赏非专业的演奏。拉的投入，吹的认真，听的高兴。从此乡村的夜晚有了一种别样的韵味。

当时有一个地主的儿子，三十多岁还找不到对象，父亲在解放初期被枪毙了，几个姐姐早已出嫁，只剩下母子俩相依为命，日子很是艰辛，只好用拉二胡来排遣心中的郁闷。开始是借别人的二胡拉，然后是自制二胡拉，因为用心学用心练，他拉二胡的水平成了全村第一，他的家也逐渐成了全村的“文艺中心”。每当夜幕降临，悠扬的琴声会准时从那里袅袅升起，飘入家家户户，成为村庄独特的文化标记，如果哪一天夜晚琴声止歇，乡民们反而会生出许多落寞和不适应。也许是姻缘前生注定，在一个秋天的夜晚，一位来村里走亲戚的姑娘，被那如泣如诉的琴声感动了，不顾“五类分子”的压力和亲朋的反对，毅然嫁给了这个地主阶级的“孝子贤孙”。令乡亲们意想不到的是，自打他们结婚后，村里“文艺中心”的琴声便逐渐稀疏了，到后来，只闻婴儿哭，不见二胡响。一把二胡成就了一段辛酸的姻缘。

有几年时间，村里的年轻人都爱上了二胡，一度形成了自造、自学、自拉的“二胡运动”。那时国营商店里一把二胡的售价要几十元钱，很多人拿不出或舍不得出这笔钱，于是就自己动手做二胡。竹筒和蛇皮都可以在当地轻易搞到，弓和琴弦可以去商店购买。材料弄齐后，就自己在家中动手做，不用一周时间，一把简易的二胡就做好了。当时只要有年轻人的人家，几乎都有一把自制的二胡。不需要政府动员，没有财政补贴，人们自觉自愿地参与到这项文艺活动中来，以至二胡演奏蔚成大观，形成一种十分独特的文化现象。只可惜没有专业人员来组织指导和提升，没几年青年人的这种热情就消退了。

过去，到了年关，村里总有些耍龙舞狮的把戏，人口多的村子有好几条龙。正月里，除了在本村舞狮外，还到附近的村庄去交流，使乡民们过春节除了喝酒还有丰富的文化生活。到了20世纪六七十年代，耍龙舞狮被作为“四旧”禁止了。于是村里的一些热心人便组织排演戏剧。到了冬天，冬雨绵绵不好出门，大家聚集到村公祠里，围着木炭火商量起演戏的事情来。没有资金，没有道具，没有导演，只有剧本是现成的，那时几乎每一种发行到农村的杂志上都刊载革命剧的脚本。剧中都有正面和反面人物，都有尖锐的情节冲突。由几个高中毕业生负责选剧本，定角色，配音乐。演员以本村的年轻人为主，也根据剧情需要请一些年龄稍大的爱好者友情出演。自古观众爱颜值，村里大家公认的最漂亮的姑娘是女主角的扮演者，最调皮的男青年是反派角色的扮演者，男主角的竞争则比较激烈，一来是形象高大，二来是和漂亮的女主角合作最多。角色确定后，便各自背台词，然后集中到祠堂的戏台上排练。排练的过程是愉快的，有的认真，有的随便；有的严肃，有的顽皮；有的进入角色快，有的入戏慢，总把握不住角色的主要特点。排演对白和动作时经常闹出笑话。有个女孩识字不多，在念一句“我炸死你”的台词时，把“炸”念成了“作”，从那以后，人们碰到她就会开玩笑说“我作死你”！也有的借排练之机暗传情愫、假戏真做。经过一段时间的排练，就到年关了，戏也可以开演了。首先是在本村作汇报演出，演出的地点就在村公祠的戏台上。

农村的文化活动太少，不论戏好戏差，看戏的人照例是很多的。开演之前，锣鼓唢呐先响起来。听到鼓乐一响，村民们都来到公祠看戏，有的坐着，有的站着，小孩子则像过节一样到处乱跑。看到平常很熟悉的人，在戏台上浓妆艳抹，拿腔拿调，本身就是一件很有意思、很有笑意的事。有些时候，演员突然忘词了，躲在台柱后面提词的人又恰好离开，他只能在舞台上东张西望、不知所措，甚至挤眉弄眼、频频招手，立马引来台下哄堂大笑。老百姓对演出并没有很高的要求，只要能让他们在节日里聚一聚、笑一笑，演出的效果也就达到了。

过了春节，就开始到外村交流演出。一般来说，邻村会主动发出邀请。这种交流演出都是义演，不收费。在约定的日子，演员、乐队共一二十人早早吃完晚饭，便前往邻村演出，到达演出地点的时候，那里已坐满了看戏的人。演员们在观众的掌声中走上戏台，马上着手化妆，乐手迅速将乐器架设稳当。不一会儿，帷幕拉紧，鼓点一敲，唢呐一吹，锣钹应声而响，现场气氛就起来了。先是村里的领导来到戏台上发表一通演讲，无非是一些欢迎感谢之类的客气话，接着便是演出。每当演到地主和富农剥削欺压农民，就会有人高呼："千万不要忘记阶级斗争！"看到坏人受到惩罚，贫下中农翻身得解放，台下就会响起热烈的掌声。观众的参与程度不亚于现在一些流行歌手的演出。演出结束后，当地村"革委会"会准备一顿丰盛的夜宵来犒劳演出人员。卸了妆的演员们坐在桌子旁，闻着香喷喷的酒菜，现实感又被唤醒，与村里的干部大碗喝酒，大块吃肉。人生如戏，戏如人生，此时此刻，这些质朴的乡民，不用去区别是戏还是人生，对他们而言，演出是他们生活的一种方式，喝酒吃菜是生活的一种内涵，一切都是他们的生活。他们的生活里没有戏，没有虚构，只有真实。

械斗

外人在评价湘南农村的风俗时，常常会脱口而出的一个词是“民风强悍”，原因是这里自古就有宗族械斗之风，俗称“大打三六九，小打天天有”。解放以后，特别是土地集体化以后，械斗之风有所收敛，但没有绝迹。人民公社解散，实行家庭联产承包责任制，械斗一度有反弹之势。很多在湘南农村基层任职的领导，最焦虑的就是两件事：宗族械斗和计划生育。直到改革开放后大量年轻力壮的农村劳力流入城市打工，械斗之风才渐渐淡出。

宗族械斗，可分为宗与宗之间的械斗和族与族之间的械斗。宗与宗之间的械斗，实际上就是不同姓氏之间的争斗，族与族之间的械斗，就是同宗同姓中不同家族之间的争斗。次数最多规模最大的，是宗与宗之间的械斗。家族之间的械斗，相对而言容易调停，即使调停不了，参与的人也不会太多。

在封建社会，引发械斗的原因很多。不同姓氏的两个人一次简单的口角，都有可能诱发大规模的械斗，特别是两个有宿怨的宗族之间，一头牛吃了对方的农作物，都会引起大规模的流血冲突事件。到20世纪中后叶，械斗大都缘于争山争水。争水，往往爆发于干旱时节水源紧张之际。湘南多旱，为了从共用的水库或河流中多引些水到本村的农田，或保证本村的人畜饮水，每个村都会派出强壮劳力在分水处守候。虽然村与村之间都订立了相关条约，甚至在分水坝的高矮上都固定了刻度，但总有些脾气火爆的年轻人会不守乡规民约，出言不逊，或强行拓宽流往本村的出水口。在事关本村本族利益和荣誉的问题上，对方的人决不会善罢甘休，必定会以牙还牙，寸步不让，结果很容易产生肢体冲突。这时候，如果一方吃了亏，受了伤，或者丢了性命，那么一场更大的械斗就在所难免了。到这个节骨眼上，任何公理都不起作用，追究谁是谁非、谁最先挑起的矛盾，已毫无意义。

争山，主要争山林权属。一直以来，村与村的边界线是比较模糊的，前辈留下的一些粗线条的界定契约，也大都在土改时丢失，因而埋下了山林权属纠纷的隐患。这类纠纷中，最有可能引爆械斗的是争坟山。古人过世后，为讲究风水，下葬的墓穴有时会选得比较远，甚至到了其他宗族的地盘。每到清明祭祖时，同宗同姓的人齐聚一堂，浩浩荡荡开到老祖宗的坟山，举行轰轰烈烈的祭祀活动。如果族人认为这座山风水好，能保证本宗族世代荣昌，想让这块地成为本族永久的风水宝地，就会放出风说，这块地、这座山，原本就属于这个宗族，有本族先辈的坟茔为证。这种霸王逻辑自然不能让这片山林的真正所有者信服，先是派人交涉，交涉不成，便大动干戈。

湘南的械斗不仅具备充分的动机，也具有充分的条件。一个自然村落最大的有两三千人，最小的也有二三百人，大多是同根同姓，加上累世联姻，一个村子里的人七弯八拐都有亲戚关系。平常大家日出而作，日落而息，散淡自在，看不出有多么友好、亲热，邻里之间隔三差五还会产生一些矛盾纠纷。但一旦出现“外敌”，基于宗法和姻亲的凝聚力便立即显现出来，前嫌隐退，隔阂消失，大家同心协力抵御“外侮”。除本村的人力外，同宗的外村人也是一股重要力量。湘南农村村落比较密集，而且很多都是由同一个祖宗开枝散叶衍生出来的。每隔几年，同宗的村落都会派人共同修订族谱，每年清明节都会一起祭祀共同的祖先。通过这些活动，确保宗族关系脉络清晰，层次分明，血脉畅通。超大的村落和宗亲关系，使湘南农村的械斗规模空前，参战人数高达三四千人。集结一个县的警力前去制止，也无济于事。

真正的械斗展开之前，有许多的准备工作要做。一是派出“外交使团”到同宗同族的其他村里进行游说，希望得到人力和物力的支持。一般来说，“使团”多少会有收获。除了经济上的援助外，还会借到一些鸟铳、梭镖、大刀等武器。但要请他们派人参战会有难度，除非被游说的村落也存在械斗隐患，以两村建立战略合作伙伴关系为前提，本着同宗同族、同仇敌忾的宗旨，会安排部分有战斗力的人员前去支援。二是战前动员，发动本村本族的人积极参加械斗。这个时候，村党支部一般是不出面的，在一些宗族势力强大的村落，村支部的号召力并不强，即使有号召力，也不愿挑这个头，怕上级追责问刑，最多在幕后摇摇鹅毛扇子。村里辈分最老、威望最高、家里实力最强的人会被大家推举出来主持大局，主要围绕械斗制订村规民约：家中有劳力不参战的如何处罚，在械斗中伤亡人员的家属如何抚恤，械斗所需经费如何筹措，等等，事无巨细，都要摆布清楚。三是检修器械，所有的武器都要搜罗出来，逐一检查，有锈的除锈，刃钝的磨快，把杆松的加固，然后按每个人的特点和特长，将武器分配到人，各自保管。有些地方的械斗还出现了大炮，一些复员军人回乡后，根据在部队学到的技术，土洋结合，造出了能让炮弹在对方阵地上开花的大炮，其震慑作用非常大。还有些复员军人按照部队的方式来训练村民，战斗力大为提高。

这些准备工作做好后，就正式拉开战幕了。这一天，村里会杀猪宰牛，主妇们都来办厨，全村青壮老幼还有外村来参战的人员一起会餐，大碗喝酒，大块吃肉，江湖义气，快意恩仇。在酒劲的作用下，每一个人都觉得自己力大无穷，战无不胜。会餐结束后，青壮劳力就会根据事先的安排，雄赳赳气昂昂奔赴械斗第一线。那些办厨办累了的妇女，目送她们的儿子或者丈夫的身影消失在弯弯的山路上，心中充满忧虑，深怕他们站着出去，横着回来。

械斗开始时，双方都在一定距离内用火铳进行射击，同时向对方喊出一些侮辱性、挑战性的语言。很多时候，上级派来的调解人员会及时赶到现场做工作，双方热闹一阵后，不分胜负，打道回府。如果这个时候调解工作不及时不到位，械斗就会向短兵相接的阶段发展，一些手持大刀、梭镖的青年人会嗷嗷叫着冲向对方阵地，刀光血影，喊声震天，顷刻间便有人受伤或丧命，也有人被对方捉住，捆绑起来，押回村里。通常经过这么一个回合，械斗就会告一段落，双方收兵回村，战败方把受伤的人抬回村里，延医治疗；把死者的尸体安葬好，安排专人做死者家属的安抚工作，并按事先的约定发给一笔不菲的抚恤金。

死者已矣，伤者光荣。最令村里人头痛尴尬的是赎回俘虏。一般情况下，获胜方不会杀俘虏，但会极尽羞辱迫害之能事，比如把他的双手反绑在村公祠的柱子上，不给他饭吃，村里人却在他面前大吃大喝；把女性的内裤套在他头上；把他的头发剪成阴阳头，等等，就像猫玩一只老鼠于掌中，尽力宣泄胜利者的傲气。俘虏方的人，不用费什么劲就能想象到俘虏的遭遇，会想尽一切办法去救赎。他们很少直接去找对方协商，这样做只会受到更多的羞辱，而是请另外一个村子的长辈去从中斡旋。即使这样，刚开始时对方也会提出很多苛刻的条件，经过中间人多轮商谈后，才会达成协议，放回俘虏。

这一次械斗虽然结束了，但事情远未了结。因为出现了人命，两个村子、两姓宗族之间的梁子结得更深了。输的一方总想重新挣回面子，胜的一方则想进一步扩大战果，威慑对方。所以只要有风吹草动，又会狼烟再起。从此，村民们不敢单独去远处的山上放牧砍柴，边界上的田地没有人敢去耕种，慢慢就荒芜了。

械斗中如果出现了人员伤亡，政府是要问责的。公安部门深入村里，调查谁是组织者，谁是直接伤害者，然后依律定罪，以宣示法律的权威。然而，要弄清谁是凶手并不容易，村里的每一个人，都不会或不敢提供真实情况，更不会说出是谁把对方杀死的。当然，到最后，总会有人被判刑，被问责，受到处理的人和他的家庭，村里都会有一个妥善的安排。

械斗是一种落后甚至野蛮的行为。作为宗法社会的残余，随着社会的进步，必将消失在历史舞台上。但它是特定时代的特定产物，是那个阶段农村生活的一个组成部分，也是很多过来人的深刻记忆。不了解械斗，就不了解湘南农村和农民的历史。

电灯

解放初期，人们心目中的幸福生活就是“楼上楼下，电灯电话”。到了20世纪70年代中期，有的村子破天荒地通电了。幸福生活已经悄悄靠近。

那时，村里卖一片林子，买回柴油机和发电机，安装在村子的祠堂里，并集体出钱把电线拉到各家各户门前，然后私人花钱将电接入家里。每到傍晚时分，随着柴油机的轰响，雪白的电灯亮了起来。虽然很多人家都是用五瓦或十五瓦的灯泡，但与过去用的煤油灯相比，已是天壤之别。家家户户都要等到电灯亮了才吃晚饭，在电灯的照耀下喝酒吃饭，觉得味道都比平常好。原来漆黑一团的街巷，也因路灯映照而亮堂起来，饭后串串门、聊聊天也变得容易和安全。特别是小孩子们，平常吃完饭就无所事事，两眼瞪着黄豆般大小的煤油灯火胡思乱想，一到九点钟就被父母赶去睡觉，现在丢下饭碗便和一干小伙伴去玩了，不到十点多钟都不会回家。最得实惠的是妇女们，在电灯下补衣服、纺棉纱，眼睛轻松多了，活儿也做得漂亮多了。

乡民们都有早睡的习惯，所以村里的发电机一般只运行到晚上十点半或十一点。很多村民家里没有钟，为了方便村民，熄灯前五分钟拉三下电闸，让电灯闪三下。村民们看到闪灯了，马上收拾好东西，上床睡觉。

刚通上电灯那会，很多老人都很好奇：这灯咋会这么亮？是怎么点亮的？有些不正经的年轻人告诉他们，每到天黑的时候，就有人来取下灯泡，用火柴点亮。开始老人信以为真，到傍晚就守在灯下，看这种灯是如何点的。等了老半天没看到人来，灯却叭的一下亮起来了，方知自己上当了。“这些打靶的鬼崽子”，老人们边笑边骂那些骗他们的年轻人。

照相

那些年，照相是一件新鲜事。最初只有县城里有照相馆，专门为城里人照结婚照或婴儿满月照。但凡有人来照相，照相师傅先问："照黑白还是彩色？"其实那时候相片洗出来都是黑白的，你若照黑白就直接给你，你若照彩色，照相馆的师傅会给黑白照片上点色，把嘴唇描红，腮帮上涂点桃红，显得艳丽动人。

偶尔会有人背个照相机到农村去照相。乡民们对照相不是很感兴趣，一个为大多数人所认同的看法是，照相是把人的元气摄取到相片上，因此照一次相就会损失不少元气，至少要吃一个鸡蛋才能补回来。年纪大的人舍不得浪费鸡蛋，都不愿意去受这个折腾。有些老夫老妻经不住子女劝说，勉勉强强坐在长凳上去照相，一个在这头，一个在那头，无论照相师傅如何做工作，就是不肯靠近一点。其中原由并非两人感情不和，而是在他们心里，夫妻亲密是门内之事，大庭广众之下不是秀恩爱的地方，更何况上了照片总会给人看见，太亲近了心里总是别扭。

年轻人思想活跃一些，特别是那些姑娘，知道青春易逝，总想把最美好的容颜用相片留下来，还有的姑娘正在谈恋爱，对象还是部队的，照张相寄给恋人是必需的。她们把自己最喜欢、平时舍不得穿的衣服穿起来，在额前梳出一个疏密有致的刘海儿，一根红头绳把浓密乌黑的头发拢到后面，没有口红，不做眼影，素颜面对照相机镜头。咔嚓一声，一张朴实的影像就保存在相机里了。那时照相都用胶卷相机，无论好坏，都是“一锤定音”。过十多天，照相师傅通过熟人把相片搭过来。老人们将照片镶到相框里，挂在墙壁上，等待岁月把照片变得苍黄。大姑娘则把相片寄给恋人，然后满怀期待地等待回信和赞美。

也有以照相为借口骗钱的。照相的人先把钱收了，然后举起相机“咔嚓”一响，说一声“好了，过几天把相片寄来”，然后杳无音信。某天，又来了一个照相的，打扮得像模像样，自称是县照相馆的专业照相师。碰巧有一个在县里搞摄影的人回到家乡，早听说过有人下乡以照相骗钱的事，便不声不响走上前去说：“给我照一张。”那人收了钱，照了相，正准备走，被他拦下，“我看看你的相机”，那人还没反应过来，相机已被他拿到手上，打开一看，照相机里胶卷都没装。其他乡亲一看，十分恼怒，把相机砸得稀烂。那人见势不妙，悄悄溜出人群跑了。

裙子

当年，邻村有一个男青年，师范毕业后就分到公社的小学教书，成了吃国家粮的人，很是令人羡慕。更令人羡慕的是，他找了一个吃国家粮的对象，她是城里人，也是他的师范同学，分配在另一个公社教书。每年到了暑假，她便到他家里来度假，他则带着她游山玩水，有时也带她走走亲戚。他们好像是有意挑衅似的，走山路时手拉手，经过村里的街道时便肩搂肩。这种情景在那时的乡村是很难得一见的，自然引来各种非议。他们刚一过去，便有骂他们不要脸的，也有说他们摆谱的，也有嘴上骂得凶心里羡慕得紧的。更让村民们喘粗气的是她穿的裙子，有时是连衣裙，有时是短裙，脚上穿一双高跟鞋，走起路来扭捏多姿，风情万种。高跟鞋踩在青石板上发出“橐、橐、橐”的声音，声声敲在乡民们的心坎上，让他们难受、郁闷、想入非非。

突然有个年轻人提出了一个大家都非常感兴趣的问题：她裙子里面穿了短裤没有？很快所有人围绕这个问题分成两派，

认为裙子里面穿了短裤的人数与认为裙子里面没穿短裤的人数势均力敌，难分上下。最后生产队长出来说话了：等到下次她再来的时候，争论的双方都派出一位五十岁以上的男人低头观察，眼见为实，用事实说话。输了的一方每人划十分工分给赢了的一方。生产队长话还没说完，就有好几个年轻人站出来反对，说五十多岁的人老眼昏花，看不清楚，要由青年人查验。生产队长马上严肃起来，说你们这点花花肠子我清楚得很，我安排老人看，是相信他们能稳得住，不会出事；让你们看，到时你们控制不住，要起流氓来谁负责？大家都觉得生产队长说得有道理，就不再吱声，耐心等待裙子重来的那一天。

正所谓世事难料，就在大家早也盼晚也盼的时候，裙子再也没有出现了。原来她家里不同意她嫁给一个农村的小伙子，她虽然很爱他，也顶不住家里的压力，就和他分手了。分手后，她再也没有到村里来。

多年以后，当村里的姑娘都穿起了裙子的时候，大家都觉得那个问题已经不是问题了。

灭虫

小时候，每当水稻生虫子时，并不像后来那样打农药，而是用一种非常环保的方法灭虫，这种方法因家庭联产承包责任制的推行而废弃。

每当禾苗里的虫子处于繁殖期的时候，公社的农技员就会及时通知村干部，在哪几天的夜里开展灭虫活动。届时，生产队就安排每家每户准备灭虫工作。根据统一分工，家家户户都会用三根木棍支一个三角架放到田里，上面放一只脸盆，装满水，水面上滴少许煤油，脸盆中央置放一盏煤油灯。太阳下山后，煤油灯的火苗在黑夜中闪烁，散落在田间地头，仿佛满天星斗坠入凡尘，有几分温馨，几分浪漫，让那些赶夜路的人不再孤寂。然而对那些虫子来说，这点点灯光，却是一个个温柔的陷阱。飞蛾天性趋光，暗夜里身怀六甲的飞虫绕着灯光跳起了欢快的舞蹈。古人说得好，乐极生悲，飞虫跳舞的弧度过大、频率过快，不小心，翅膀沾到水面，飘浮的油星把轻薄的双翅粘到一起，扑腾几下后，飞虫认命地躺在水面，带着它的一肚子小生命等待末日来临。一盏灯灌满油后可燃烧三四个小时，到晚上十一点多钟，那点点灯光才相继泯灭。第二天早晨村民们去收拾器具时，脸盆里浮满了厚厚的一层飞蛾。莎士比亚说过，人是万物的灵长。可怜的小飞虫，怎是人类的对手！不过，后来人类的智慧用过头了，采用更为简便的农药，灭虫效果更好。但此时受害的已不仅仅是害虫，也包括人类自己。小虫有知，应会“含笑九泉”吧。

熏蚊

夏秋两季，农村的蚊子特别多。屋旁的阳沟水，村边的棘木丛，都是蚊蝇繁殖的好地方。特别是阳沟水里，那些粉红色的孑孓不知疲劳地蠕动，几天后变成一架架微型轰炸机，嗡嗡地在家里的每个角落“巡航”，找准机会向人们发起攻击，不用说婴儿，就是成年人对这些侵略者也防不胜防。一把大蒲扇，一顶蚊帐，便是最常用的防护措施。除了这些被动的自我保护手段外，还有一种主动驱蚊的方法，那就是熏蚊。傍晚时分，天刚断黑，是蚊子最猖獗的时候，随便伸手一抓，就可抓到一把蚊子。乡民们吩咐小孩去砍一些生柏树和松树枝，放在家门口，树枝底下用引火材料点燃，一股浓烟瞬间升腾起来，小孩拿一把大蒲扇使劲把浓烟扇进屋里，带着柏树、松树枝特有气味的烟雾在家里的每个角落里翻滚，把那些在阴暗处歇息和正在“巡航”的蚊子全部熏出屋外，人若站在门口，能够明显感觉到蚊子不停地往脸上撞。烟不仅熏出蚊子，也把人熏到屋外空旷处。半个小时之后，撤去生树枝，屋里的烟也慢慢散去，这时房子里还残留着树枝的气味，蚊子不敢飞进屋来。人们走进屋里，开始安心吃晚饭。

没有考证过柏树枝和松树枝的烟雾对人体有没有危害，但让人不舒服是很显然的。这种与自然抗争的方式，很容易让人联想到旧石器时代人类刀耕火种的情形。人们用最原始最简单的方式达到目的，对那些给自己制造麻烦的动物，很少痛下杀手，除非它们对自己构成生命威胁。人类的这种生存理念延续了几万年，直到现代高度发达的科学技术赋予人类对其他动物更强的杀伤力。

采蜂蛹

湘南农村的小孩，都有过采蜂蛹的经历。多年以后，还会对此津津乐道。这一活动，既可替孩子们补充蛋白质，又能强化他们的冒险精神。

夏秋之际，山坡上的荆棘丛里，常常有那种小黄蜂筑巢。这种蜂个头比蜜蜂稍大，体形也稍长。它们的巢大都倒挂在荆棘的枝干上，大的有盛菜的品碗那么大，小的只有拳头大小。这些蜂巢一般都很隐蔽，只有人们开荒或割草时才会发现。人们劳作发出的动静很容易对小黄蜂产生惊扰，它们纷纷从蜂窝里飞出来查看情况，但此时并不蜇人。人们对这些成年蜂并不感兴趣，他们感兴趣的是蜂窝里的蜂蛹。从黄蜂的保护中攫取蜂蛹的办法主要有两招：水攻和火攻。对蜂窝比较大的，多用火攻，即拿一捆稻草罩在蜂窝上面，不露缝隙。此时的黄蜂并不知道危险，它们只感到家园更凉爽了。人们用火点燃稻草，燃烧形成的高温迫使黄蜂往外飞，而外面等待它们的是熊熊大火，薄薄的翅膀被火苗一扫便化作轻烟，黄蜂失去飞行能力，落到地上……等稻草烧完，拨开灰烬，只见地面上躺满了烧焦的黄蜂，个别的还在奋力挣扎。伸手把蜂巢摘下来，蜂房里塞满一条条生命。有白胖胖的蜂蛹，有刚刚成形的蜂雏，也有已经发育完整就要离巢的蜂子。可惜，一切都在此刻终止了。

蜂蛹的样子很憨厚，圆滚滚的身子上布满一圈圈的罗纹，头顶上长着两片黄褐色的器官，是黄蜂尚未成熟的眼睛。捏住蜂蛹的头，从蜂巢里拉出来丢进嘴里，牙齿一嚼，便可尝到奶酪般的滋味。吃蜂雏的感觉还好一些。蜂雏已基本成形，成年蜂的轮廓清晰可见，只是全身仍然是白玉般晶莹剔透，放入口中，已有吃肉的感觉，松软可口。人类虽然处于地球食物链的顶端，但蜂蛹和蜂雏应该不是人类食物链中不可或缺的一环。只是由于特定时期食物的匮乏，蜂成了不幸的替代品。最让人遗憾的是那些已经长成的蜂子，既无端失去了成长的机会，又无人敢吃，因为它们已装备了坚硬的外壳，身上也含有一定的毒素，只能随蜂巢丢弃在地上，被大地和芳草吸纳。

水攻就是用一捧稀泥覆在蜂巢上，黄蜂粘上稀泥一时无法飞起来保卫家园，只能任人把蜂巢摘走。水攻法不像火攻那么惨烈，一些黄蜂经过一番努力能从泥堆里爬出来，去其他地方重建家园。

也有一些少年胆子大，发现蜂巢，既不用火攻，也不用水战，拿一根树枝就去扑打蜂窝，虽然最后也可以拿下蜂巢，吃到蜂蛹，但身上不免被蜇出一个个肿包。好在这种小黄蜂的毒性不是很大，人没有性命之虞，只要用少妇的乳汁在肿胀处擦上几次，便可止痛消肿。

家燕

“旧时王谢堂前燕，飞入寻常百姓家。”诗人笔下的燕子，成了世事沧桑的见证。实际上，当年在王谢豪宅里筑巢的燕子，肯定不是后来飞进普通民居的那些燕子，因为燕子不会有那么长的寿命来跨越古今，再者燕子是一种恋旧的动物，它不会嫌贫爱富去改换筑巢之家。

不过，对燕子而言，择居不当，也是很头痛的事。当年，有一对燕子在某户人家的堂屋屋檐上筑了一个巢，这是它们年年都选择筑巢的老地方。也就是这一年，房子的主人正好在燕巢下面搭了一个灶，经常在这里煮饭炒菜。起初倒也相安无事。有一天，主人开始在火灶上炒菜，刚往铁锅里倒上猪油，随着温度的升高，锅里的油烟直往上冲。就在主人正准备往锅里倒菜的时候，只见从半空中跌落一团黏糊糊的物件，仔细一看，是一坨燕子拉出来的东西。那时，生活艰难，猪油很是宝贵，眼看刚烧热的猪油就这样被破坏掉，主人大怒，气呼呼去屋外操一根长竹篙，三下五除二把燕巢戳掉，随着燕巢的跌落，三个刚刚破壳的雏燕一起摔到地上。一只燕子在堂屋上空不停地盘旋着，哀叫着。一个幸福的燕子家庭顷刻间巢覆鸟亡。

谁之罪？成年燕子拉屎绝对是一种报复行为，因为主人炒菜的油烟影响了雏燕的生存，这种危害肯定超过雾霾对人类的危害。保护自己后代的生命安全，是世界上所有动物的本能。它往人的菜锅里拉屎，既是警告，也是提醒，希望人类换个地方去炒菜。燕子何错之有？

主人按照沿袭了几千年的习俗在家里煮饭炒菜，也是为了延续生命，她珍惜自己的食物，更是情理之举。燕子到家里来筑巢安家，原本就是自作主张，并没有经过自己授权，属于私闯民宅，一个非法入居者居然来破坏主人的正常生活，主人不应该生气、不应该行动吗？

有时生命之间真是对错难分。不过，那些燕子如果是在王谢堂里安家，把巢筑在火灶上面的概率会小很多，与人产生这种对峙行为的可能性也会降低很多，同样，家的安全性也会提高许多。毕竟大户人家的厅堂宽敞许多。

很多时候，选择等于命运。

辑二｜那些事

春耕

一年之计在于春。这话对那些一辈子与土地打交道的乡民来说是绝对真理。人误了吃饭可以补，误了农时是无法补救的。在所有季节中，最不能耽误的是春季，“人误地一春，地误人一年”。在春季所有的农事里，春耕又是最要紧的。一年之中，各种农事一环扣一环，春耕是最前面、最基础、最关键的一环。春耕耽误了，就会影响春插，春插耽搁了，不仅影响早稻的收成，还会影响晚稻的种植和产量。所以，平常在“吃大锅饭”的机制中“做事磨洋工，回家打冲锋”的人，在春耕时节也不敢偷懒，他们知道，春耕是耽误不起的。

所谓春耕，就是把需要插种水稻的田翻耕过来，耙平，再翻耕，再耙平。每丘田至少耕耙两遍。通过多次耕耙，把泥土弄碎，便于水稻生长；可以把田里的绿肥和野草翻转过来化作肥料；还可以防止田间渗漏，一些高岸田秋冬季没蓄水，土地开裂，翻耕之后，淤泥会把裂缝堵住，减少水分和肥料的流失。中国百姓历来讲究“精耕细作”，“精耕”就体现在春耕上。

春耕之前有一个备耕的环节。出了元宵节，大伙便要开始备耕。备耕主要做两件事：运肥和蓄水。早晨，生产队长哨子一吹，大家便挑着架子来到队里的牛圈猪圈，把猪和牛赶到圈外，用三齿铁耙把圈里积存了一个冬天的有机肥拖出来，装进架子，挑到田里。几千年来，乡民们养牛不仅仅是为耕作提供畜力，养猪不仅仅是为了吃肉，养猪养牛也是为了制作有机肥，一个牛栏猪栏就是一个造肥工厂。人与畜，畜与地，地与人，构成一个相成相长的有机链条。挑到田里的农家肥，在翻耕前均匀地抛散到田里，犁过后埋进泥土里滋养水稻。被清干的猪栏牛栏重新垫上稻草或青草，用不了多久，这些草又会成为上好的肥料。后来，人们用机器代替耕牛，用化肥代替家肥，古老的链条被切断，耕地的质量一年不如一年。也许这一天并不遥远：乡民们坐在已经长不出庄稼的土地上，伤感地回忆那些六畜兴旺、五谷丰登的过往岁月。

春耕离不开春雨。江南的春雨分两个阶段。立春后，就会出现阴雨绵绵连日不开的气象，这种雨无法让稻田蓄水，只能把冬天干裂的土地慢慢湿润，让小草等植物悄悄生长，以恢复地表的水土保持功能。等到大地春回、南风劲吹，细雨变成了大雨。这时候的雨，淅淅沥沥，一下就是好几天。到了这个时节，就要抓紧引水蓄水。社员们戴上斗笠、披上蓑衣，一路人马奔向田间，把一个个田埂的缺口堵上；另一路人马奔向山腰，疏通简易渠道，将下雨形成的径流引入山塘或田里。雨过天晴，行走在田间地头，远处青山层峦叠翠，似沉似浮；近前流水潺潺有声，忽高忽低。田野不寂寞，春色逼人来。用不了几天，塘里已蓄满大半塘水，田里也蓄积了不少的水，在水的浸润下，那些被秋霜冬雪冻松的泥土悄无声息地融化成稀泥。为了防止田埂渗漏，村民们用锄头铲掉田埂里边的草，再高举木槌将田埂的裂缝夯实，木槌砸在田埂上，发出低沉厚重的声音，有节奏地在旷野里滚动，仿佛是绵延了几千年的春耕号子。木槌砸过的地方，留下一个个叠加的弯月形印痕。接着从田里捧起一坨坨带水的软泥护在田埂内侧，并在上面点种绿豆。精耕细作，惜土如金，中华民族珍惜土地的传统，在那时还体现得十分鲜明。

过了农历三月三，真正的春耕开始了。天还没有大亮，人们就背上犁，赶着牛，耕田去了。太阳还没有出来，旷野里已经到处都是劳作的人，哪怕平常人迹罕至的地方，这时也会出现忙碌的身影。田洞里，山坡上，只要有田的地方，就会看见驱牛的鞭子在空中挥舞，听到策牛的吆喝声在旷野里回荡。牛的哞叫声、林子里布谷鸟的啼叫声和哗哗的流水声交汇在 一起，真正让人体会到“闹春耕”的韵味。在农村，犁田是一件显功夫的活儿，不会犁田的人不能算庄稼汉。手扶犁要扶得平稳，不能高，高则犁头会扎进地底，无法前进；也不能低，低则会使犁头冲出地表，达不到翻耕土地的效果。老把式犁田，又快又好，既不会有犁漏的地方，也不会有犁重的地方，犁出来的田规则有序，美观平整。最难得的是，老把式与耕牛之间有一种无言的默契，他手中握住的竹枝虽然挥个不停，却很少落在牛屁股上；耕牛也能够体会扶犁人的好意，勤勤恳恳、不紧不慢地负犁前行，偶尔偏头吃一把田边的青草或菜叶。用不了多久，一丘几分宽的田便翻耕过来，刚刚被铁犁翻卷过来的土块，在阳光照射下闪闪发光，各类小鸟欢快地在犁过的土地上寻找蚯蚓、草籽等食物。

在田地劳作的，不只是犁把式一个人，还有不少配套服务的劳力。有的在田埂边除草，有的把堆积在田中间的家肥抛向四周，有的用锄头翻挖耕牛没有犁到的地方。由于水田的形状不规则，犁头无法进入一些死角，这些边角地带就必须用锄头翻耕；还有的用手把高处的泥块往低处抛，尽可能把水田弄得平整。大家边动手，边交谈，给枯燥的劳动赋予别样的轻松。

春耕的时候，各种各样的鱼借着放水的机会，从塘库跑到田里来，在人们的脚周边穿梭游动，它们想突出塘坝的约束，却陷入了危险的境地。一旦发现目标，大家会停下手中的活，将鱼赶到水田一角，对鱼实行围捕，总有一些巴掌大的鲫鱼、鲤鱼被人逮着。还有藏匿在地里过冬的老泥鳅，熬过了冬天的严寒，却在春天被铁犁翻出来，暴露在光天化日之下，来不及适应新的环境，就被犁田的人装进篓子，最后成了人们的餐桌美食。这些意外收获，也为忙碌的春耕平添了几分愉悦。

等到日上三竿，人们都回家吃早饭了，田野变得十分寂静。犁田的牛被卸掉了轭，在山上，在田埂上，一边摇着尾巴，一边啃着青草，一些不知名的小鸟放肆地在牛背上跳动。放牛的孩子则坐在田埂上，望着田里浑浊的水发呆：刚犁过的田里，很多没有腐朽的植物根茎漂浮在水面，顺着风的方向缓缓地向田尖地角移动，像是千军万马在集结；几只小青蛙偶尔从水中冒出，圆眼顾盼，不时发出几声低沉的鸣叫，仿佛是运筹帷幄、指挥若定的将军。在这多雨的时节，田野上处处都是雨水积聚的小径流，小径流又汇聚成大径流。无所事事的放牛娃将顺着坡势奔腾而下的径流用泥巴砌成的水坝拦截起来，用不了多久，越积越多的流水一下就把泥坝冲垮，形成一泻而下的壮观景象。山村的孩子看不到行兵布阵的场景，看不到汹涌澎湃的江河，他们用自己的想象去放大身边的自然现象，体会大自然的壮观与神奇。也许他们永远成不了将军或水利工程师，但他们从中感受了自然的力量和乐趣。这时，早餐后的人们又陆续返回田野，把牛牵下田，套上犁，吆喝声又在旷野里喧闹起来。

犁过之后耙平，耙平之后再犁，经过两三次耕耘之后，所有的田都变得光鲜明亮。从山顶顺着山势往下看，一方方水田静静地镶嵌在田野上，像一块块明镜，反射着蓝天白云、绿树青山。这时春耕告一段落，春插便拉开序幕了。用不了十天半月，早稻插完了，明镜从原野上消失，绿色充盈着每一个角落。忙碌的人们又可以放松一下了。

春荒

大约插完早稻之后，农村有许多人家就要为吃饭的事发愁了。春夏之交那些青黄不接的日子，总是让人刻骨铭心，许多年以后仍然记忆犹新。

在大集体时期，农业生产效率低，交足了公粮以后，分到各家各户的粮食也就是每口人一两百斤。如果碰上差的年成，口粮会更少。由于肚子里油水少，加上从事的都是体力活，每天每人粮食的消耗量很大，有的青壮年每顿饭可吃一升米，约一斤二两。一般的主劳力，每餐吃完五到八两米饭还觉得肚子不饱。所以在农活不重的时候，都是吃大米与红薯掺和的饭，如果家里来了客人，也只是给客人吃白米饭，自家人还得吃红薯饭。这一方面可以节省大米，另一方面也能控制食量。即便这样，到了四五月份，大多数人家都会闹粮荒。

有一位老人说过：吃饭是第一件大事。在那种特殊的年代，想吃饱饭也是第一件难事。尽管年年都要渡春荒，年年都有带泪的教训，但没有人能逃脱春夏之交忍饥挨饿的命运。乡民们被紧紧锁定在那方土地和那种体制之上，他们只能在有限的空间里，做一些开源节流的事情，绞尽脑汁熬过那漫长的春荒。

开源是很有限的。那时生产队都会在旱土上种些小麦，麦子成熟的季节正是缺粮的日子。当一垄垄麦子熟了的时候，全村的青壮劳力都去割麦，老人小孩就跟在后面拾麦穗，村里的小学还会放几天假，让小学生去捡麦子。长期以来，乡民们对小麦的感情特别深，就因为它是实实在在的“救命粮”。最后，生产队统分的加上自家捡的，家家户户都能得到几十斤、上百斤小麦。他们把麦子磨成面粉，再将面粉煮成面糊，撒点盐，既当饭又作菜。这样将就着能度过十天半个月。有时候，上面看到乡民们日子过不下去了，还会拨点“救济粮”下来，这些本来是农民自己上交的稻谷，返回来却成了“救济”农民的粮食，说来也是很有意思。麦子和“救济粮”吃完了，大人们便向亲戚朋友和邻居家告借，虽然他们也知道，此时此刻家家都有本难念的经，但除此之外别无长策。那些家中缺粮的主妇每天早上拿个小撮箕到邻居借粮，她们低着头，轻轻地表明来意，诉说着家中的难处，脸上充满羞愧、乞求和感激之情。真的难为她们了。她们不好意思天天到某一户去借粮，而是轮流到村里境况稍好的人家去借，这样一个月只是去某户人家借一两次粮。在这种艰难时刻，乡里乡亲总会节衣缩食向她们伸出援助之手，有的送点干红薯丝，有的借点米，临别时还会好言宽慰一番。但面对漫长的春荒日子和一张张嗷嗷待食的嘴，这种救济和援助不啻于杯水车薪。

渡春荒最有效的办法是节流。所谓节流，就是忍饥挨饿。湘南农村百姓对饥饿的承受力当是首屈一指的。在春荒时节，全家人只有早餐稍微认真，想方设法填饱肚子，说是“早餐吃饱，一天不饿”。午餐只保证小孩能有吃的，大人则有吃就吃一点，没有吃就喝几碗凉开水，下午照样干活。晚餐全家多多少少都要吃些东西，为的是能睡着觉。有位伟人曾经教数亿农民吃饭的技巧：闲时半干半稀。春荒期间虽不是农闲时节，但乡民们吃不上“半干半稀”的食物，他们每天的主食是稀饭。这种稀饭，只是清淡的开水中漂浮着几粒化开的米饭，端在手上可以清晰地映照天上的流云和飞鸟。这种稀饭很容易喝饱肚子，但经不起饿，撒几次小便又是“肚皮贴背”了。为了增强耐饥效果，便在稀饭里掺入细糠，这种“糠稀饭”虽然耐消化，但口感特别粗糙，很难入口，而且很容易造成便秘，有的儿童“糠稀饭”喝多了，拉不出大便，痛得呼天喊地，大人便用铁丝一点点从他的肛门里把大便抠出来，他们经常是一边抠一边流泪。看见自己的小孩如此受罪，有谁不会深感自责和愧疚？可怜天下父母心！“糠稀饭”不能长时间喝了，便把主食调整为青菜。自留地里的青菜长得茂盛，扯几蔸回来洗净切碎之后，放进大锅里煮熟当饭吃，整锅青菜几乎看不见一点油星。当时农家炒菜，只是从盐罐里夹一小块肥肉在烧红的锅里抹上两圈，其目的不是增加人体的脂肪，而是防止铁锅生锈。过去的实践证明，再好的“绿色食品”，如果做饭时不放足够的食用油，都不会受人“胃”的欢迎。这种平常只做猪食的食品，吃第一餐还可以，吃第二餐就难以下咽，第三餐则闻到青菜味就感到难受，连续吃几天则需要坚忍不拔的生命毅力了。有时地里的青菜吃完了，就到山上去挖野菜当粮食。小孩最喜欢吃的是一种名叫“夏枯草”的野菜，在开着紫色小花的时候摘回来，洗净、蒸熟，做成野菜饼，会有一种幽幽的清香和淡淡的甜味。然而这些东西毕竟只能填饱肚子，几个月下来，缺乏营养的乡民们个个变得面黄肌瘦。好在田里的稻谷开始泛黄了，春荒就要结束了。

为了缩短春荒的时间，生产队在开春特意插一些早熟的水稻品种。到了农历的五月初，当稻穗刚弯下腰、叶子有点转黄的时候，乡民们就催促生产队长安排劳力割禾了。生产队长看到稻谷没有熟好，心有不舍，最后还是顶不住那一双双渴望粮食的眼睛，咬咬牙安排开镰收割。这一天，男女老幼脸上都绽开了久别的笑容，在田里收割的劳力也特别卖劲。第一顿新米煮的饭，家家户户都不掺杂粮。看着自家的小孩狼吞虎咽地吃着香喷喷的米饭，父母们长长地嘘一口气，最艰难的日子过去了。过不了多久，那些面黄肌瘦的儿童脸上又泛起了红晕，身体也开始壮实起来，他们很快就忘记了春荒的艰难，只有他们的父母亲在暗暗祈盼老天爷给一个好年成，让明年的春荒过得容易一些。

双抢

大集体时期，一年到头，大多数时候乡民们都是比较安逸轻松的。农闲季节，地里的农作物按规律自然生长，只要适时地施肥除虫，做好田间管理，就会有好的收成。平常日子里，村民们每天在集体的田地里劳作的时间不会超过四个小时。暑天，早上九点出工，十一点钟就收工了，而且在田地里也多是用锄头把撑住下巴聊天，或者躲到树底下纳凉，等村里的炊烟升起，便操起农具回家。特别是秋天收割完晚稻后，大伙去地里挖红薯，往往是太阳斜得很厉害的时候才出工，太阳一落山就往回走，在满天霞光的映照下，村民们说说笑笑，很有“遍地英雄下夕烟”的意境。这种劳动方式，谈不上什么效率，但高效率就意味着对地球更多的索取。20世纪以来，很多历史学家担忧人类借助科学的力量过度掠取地球资源，反过来推崇石器时代简朴低效的生活方式，每个人只求获得温饱，不储藏过多的食品，不奢华浪费，保证人类与地球自然循环，和谐相处。大集体时期的湘南农村，倒很符合这种生存理念。虽然温饱问题没有完全解决，除三年困难时期外，也没有出现饿死人的现象。乡民们按照自然的节奏生活作息，环境、土地、农产品、心灵都没有被污染，人心没有太多的欲望，日子没有太大的压力，虽谈不上世外桃源，也算得上知足长乐。

当然，一年之中也有既忙又累的时候，那就是“双抢”。“双抢”的全称是抢收抢插，也就是抢收早稻，抢插晚稻。湘南农村人多地少，只要水源有保障的田，都要插两季水稻。农业生产最重要的就是不违农时，祖祖辈辈以稼穑为业的乡民们最知道这一点。所谓“抢”，说到底就是抢时间、抢季节。抢收，主要是为了抢插，晚稻必须在立秋之前插到水田里，差一天都不行。立秋之后插的秧，晚稻扬花的时候，正值寒露风吹拂，无法灌浆，到头来收获的只有稻草和秕糠。为了实现这个目标，用现在流行的说法，乡民们要按问题倒逼的思路，往前安排农活，一直安排到早稻的收割。从收割早稻到立秋前插完晚稻，这中间只有一个月左右的时限。在这一时段内，要把早稻收割完，并晒干车净进仓，还要把割完早稻的田翻耕两遍，把晚稻秧苗插入水田，一个步骤都不能少，一块水田也不能落下。也许会有不谙农事的人问：为什么不提前插早稻？早稻早插早收，不就拓宽了双抢的时限了吗？实际上，也有几年时间，上面强迫生产队从春播春插就开始抢季节，要求插完早稻过“五一”，结果提前播下去的稻种，一遇“倒春寒”全部烂在秧田里，既浪费了宝贵的谷种，又耽误了农时。湘南的季候决定其只能插种两季水稻，而且时间上掐得非常紧，仿佛是老天故意出的难题，前后没有一天以上的宽余。乡民们祖祖辈辈积淀的经验和智慧，使他们对时节的应用精确到每一个时辰。多年以后，乡民们不用交公粮了，粮食生产成了无利可图的劳动，很多乡民全年只种一季中稻，自产自食，季节的约束就此破除。

进入“双抢”时间，凌晨很多人还在蒙头大睡，出工的哨声惊破了他们的梦乡。年轻人拿起镰刀、挑起箩筐，中年人抬起打谷机，纷纷来到稻田边。在晨光熹微中，青年人在田埂边排开，弯腰，举镰，随即响起嚓嚓声，浓密的稻田被割开一个大口子。这时，第二拨人下田，大都是年纪比较大的劳力，他们的任务就是将割倒的稻谷抱拢，堆成两垛。紧接着青壮年一声号子，把打谷机拖下水田，两个汉子站上去，一只脚踩动踏板，呜呜声立即传遍田野，把正在酣睡的各种鸟儿从树林里、稻田中惊飞，鸣叫着四处逃散。打谷机旁站立两个人，双手将垛上的早稻一把把递给踩打谷机的人。踩打谷机是最费劲的活儿，一边用脚踩，一边用手捧紧稻梗将稻穗送到脱粒的滚筒上，滚筒遇到的阻力立马传送到踩踏板的脚上来，这时候只要稍一松劲，滚筒就会停下来，只能加大踩踏的力道，确保滚筒的转速和惯性，这只脚踩累了，换只脚继续踩，不用一会工夫，汗水就湿透了他们的衣服和发梢。等到双脚都松软发麻时，换另一拨人上去继续踩，被换下来的人去做点相对轻松的活。

其实，割禾也是很累的事。连续几个时辰弯腰劳作，腰板又酸又胀，伸一下腰就能听到腰椎“嘎嘎”的爆响声。特别难受的还不是累，是早晨各种小虫借着露水沾在人身上，不停地撕咬爬行，让人又痒又痛。最烦人的是稻飞虱，刈禾的行为不仅惊扰了它们的清梦，更毁坏了它们的“家园”，它们义愤填膺地从稻梗跳到人身上，疯狂地撕咬人的皮肤。开始，大家会停下手中的镰刀拍拍大腿和手臂，消灭或驱赶来犯之敌，然而几轮交战过后，小虫越灭越多，大家也就放弃了抗争，任其欺凌侵害，双手不停地挥舞镰刀，把稻子一片片割倒。他们知道，把小虫的老窝端掉了，太阳出来一晒，它们就没有了威风。尽管如此，等太阳升起时，刈禾人身上早已布满密密麻麻的红点。后来，乡民们的生活条件好些了，年轻人割禾时不再卷起衣袖和裤腿，一任小虫在濡湿的衣服上绝望地跳跃肆虐。

除了小虫的骚扰，还有睡眠的诱惑。年轻人平日里就总觉睡眠不足，现在又老早被唤起来割禾，经常是手中镰刀在挥，眼皮老在打架，一不小心，镰刀往手指上一剐，一声“哎哟”，鲜血顺着刀刃滴到水中，洇成一朵朵桃花。这时，睡意也没了，旁人就地取材，用一根稻草将伤口的上位扎紧，待血凝固后，松开稻草，又继续割禾。然而，能伤人的不仅仅是手中的镰刀，还有一片一片稻叶。按照进化论的观点，地球上的所有生物在生存竞争中都获得了自我保护的技能，水稻也不例外，每一片叶子的边缘都是锯齿状结构，在清晨露水的浸润下，锯齿具有相当的硬度，刈禾人用手臂去搂稻梗时，稻叶的锯齿轻松就可将手臂划出一条条血痕。好在乡民们的皮肤久经风吹日晒，具备了相当的韧度，不至于鲜血淋漓，但也足以让人浑身难受。

日上三竿，每担箩筐都装满了湿漉漉的稻谷。经过一个晚上的消化，又经过一个早晨的苦力劳作，大家都已饥肠辘辘，于是生产队长一声招呼，挑起稻谷倒到晒谷坪以后，回家吃早餐。

吃过早饭，不能休息太久，农事不等人。大家又自觉拿起工具来到田里，继续抢收早稻。这段时间，是干活的最佳时间，太阳升得老高了，但还不算炎热。回家吃了几大碗饭，有的还喝了几碗米酒，肚子充实，疲劳退去，干劲又上来了。毕竟收割还是一件很有成就感的农活，从早春三月的春播春插，到后来的田间管理，乡民们付出的辛劳汗水，都是为了今天的收获。看到金灿灿沉甸甸的稻谷铺满田野，他们知道今年的早稻又铁定是丰收了，尽快把它们收割归仓，就不怕老天爷再耍什么花样了。对这一点，每个人都心照不宣，都把心思和劲头用到收割上。一丘田割完了，割第二丘田。通过几天的集中收割，队里一二十亩稻田的谷子全部归仓。这时，生产队的劳力就要调整分工，分头作战：一路继续收割早稻，一路翻耕稻田。那些五六十岁的劳力从收割的队伍里分离出来，扶犁策牛，把收割之后布满禾蔸的稻田翻耕过来，用耙耘碎泥土。经过两次耕耘，刚收割完早稻的水田又光亮如镜了。真正的“双抢”序幕就要拉开。

队伍还是两支。一支队伍由年纪比较大的劳力组成，人数不多，专门负责翻耕稻田。另一支大部队由青壮年劳力组建，他们早晨、上午从事收割，下午负责插秧。这种安排是很有讲究的。一天之中，太阳最烈的时间是中午，早晨和上午收割的稻谷，可以借正午的阳光迅速干燥；而下午把秧苗插进水田，既避过了中午阳光的炙烤，又可趁夜晚相对凉爽的气温让秧苗扎稳脚跟，恢复元气。乡民们对自然气候的运用已达到炉火纯青的地步。

有道是世事难两全。照顾了稚嫩的秧苗，乡民们就要付出更大的代价，这个代价就在中午扯秧的活儿上，这是整个“双抢”中最累最难受的农事。

上午收割完早稻后，中午回家吃饭，往往筷子还没放下，催工的哨子又响了起来。连日来高强度的劳作，已是精疲力竭，此时此刻，多想在家门口那张竹椅上躺一会儿、眯下眼啊。那只平日里雄赳赳追着母鸡到处跑的大公鸡也在阴凉处打着盹呢。不过，哨声已经响起，季节逼人哪，于是，从家中的水缸中舀一箪井水，咕噜咕噜灌进嘴里，操起农具，顶着烈日向田间进发！

湘南的秧苗都是育在水田里的，为了洗秧方便，扯秧之前秧田都会灌满水。经过太阳的暴晒，此时田里的水温已能让皮肤感觉发烫。刚丢下饭碗来扯秧的人们，走进没膝深的水田中，弯下腰开始扯秧。双手抓住秧苗，轻轻往上一扯，然后在水中上提下压，将附着在根须上的泥巴洗掉，然后左手握住扯好的秧，右手将另一缕秧苗搂进左手，双手又一扯，把秧苗的泥洗净，这样反复几次，当左手的秧苗快要握不住的时候，用一根稻草将秧苗捆好，往田埂旁一丢，又重新扯另一把秧。看起来，这桩农活并不是很费力气，其实用“苦不堪言”来形容半点也不为过。

由于时值正午，气温是一天中最高的，空气灼热而沉闷，田野就像一个桑拿房，即便在树荫下也会感觉呼吸困难。人们在水田里弯腰扯秧，阳光从天空直射下来，像一股无形的火苗烘烤着后背，用不了五分钟，毫无遮掩的腰背就会汗流如注，汗水里还夹杂着油花，那是暴烈的阳光从坚韧的皮肤里烤出来的。背部被“煎烤”，前胸也不好受。阳光射在水面上，水表温度高达四十多度，弯腰劳动时，胸部与水面的距离不到一尺，因为水温大大高过体温，湿度又很大，让人极不舒服；更难受的是，水面因阳光暴晒而产生一种上升的气流，就像蒸笼里往上冲的热气，近距离地包裹着正在劳作的人们。不一会儿，汗水挂满了眉梢、鼻尖，浑身上下都有汗水流淌。没有人去擦它，因为谁都知道，此时的汗水是永远擦不干的。男人们可以脱掉上衣，未出嫁的姑娘们则吃亏得多，哪怕再热，她们也不敢穿得太少，因为汗水湿透衣服后，丰满的体形暴露无遗，青春的气息会引来不少别样的目光。每逢扯秧时，妇女们会形成一个独立的群体，不和男人搅在一块。谁敢保证，如雨的汗水能洗去那些青壮男人的非分之想呢？不过此时此地，即使有什么念想，也只能像种子一样深埋心底，在如此炙热的阳光下，任何种子都不敢发芽开花。无论男女，都默默地干活，无人叫苦，无人抱怨，甚至没有人提出来休息一下，只有洗秧苗发出的哗哗声。太阳毫不留情地把热量洒向那些脸朝黄土背朝天的乡民，并悄悄地变换投洒热量的角度，等到直射变成四十五度角的斜射后，扯秧苗的工作才告一段落。大家慢慢地伸直腰背，迈上田埂，将一把把秧苗装入木架，径直挑到平整好的水田里。赤脚走在被阳光晒得滚烫的石板路上，留在上面的脚水印，不到五秒钟就化作了水汽。

接下来是插秧。把秧苗抛到水田里，大家又顶着斜阳把秧苗插入水田，一行行，一排排，一周前还是密密麻麻的稻谷，此刻已变成了排列整齐的绿色秧苗。随着太阳西沉，气温渐渐凉爽，大家又开始说话，开玩笑，田野里重新获得生机。等到晚霞布满西天，大家插完了秧苗，在小溪边洗去汗水和泥土，这一天忙碌、疲惫的劳作才算结束。他们知道，“双抢”还远没有结束，明天，天蒙蒙亮的时候，还得早早起床，重复今天所有的经历，包括那上煎下熬的扯秧。日复一日，没有间隔，没有例外，也不会有奇迹发生。

终于到立秋了。早稻已收割完毕，晚稻也已经插完。一个多月的辛劳让那些强壮的男人瘦了好几斤，姑娘们细嫩的皮肤也变得粗糙墨黑。好在，“双抢”终于结束了，在农闲的日子里，失去的这些美好都能得到恢复。

抗旱

湘南多旱，旱灾是这个地区发生最频繁的自然灾害，多数年份发了端午水之后雨水就稀了，甚至断了雨脚。有个别年份出现夏秋冬三季连旱，河流干涸，山上的野草和树木都成岭成片地枯黄，一遇火星就能燎原。山塘和稻田开裂，成年人的巴掌能轻易插进裂缝。旱情严重时，不仅粮食严重歉收，而且造成人畜饮水困难。人们先是排队去井里取水，泉井干涸后就去远处的岩洞里挑水。湘南很多地方都是石灰岩地区，地表水很容易渗漏地下，地下岩洞里偶尔会有些水源，虽然距离村子比较远，但可以缓解燃眉之急。如果旱情持续下去，水源没有了，在旧社会乡民们就会携家带口外出逃荒，解放后政府会组织消防车挨村送水，帮助乡民们缓解生活饮水困难，大家伙也就无须逃荒了。特别是 20 世纪五六十年代，政府组织农民投工投劳兴修水利，因地制宜修建了不少山塘、水库和河坝，农村抵御旱灾的能力有了很大提升，在一些旱情不重的年份，可保粮食生产和人畜饮水无虞。即便如此，湘南农村也远没有达到旱涝保收的程度，抗旱依然是乡民们经常从事的农活。

抗旱基本集中在秋季。如果旱情来得早，出现在夏季，由于山塘水库都在雨季蓄满了水，对早稻不会有很大的影响。抗旱大都是为保证晚稻收成而展开。那时候，乡民们为了解决吃饭的问题，总是尽可能多插些晚稻，除了水源有保障的田洞插晚稻外，还要想方设法在高岸田插晚稻。这些田大都是“靠天吃饭”，山塘里的水在插晚稻的时候就差不多放干了，晚稻插下去后，如果个把礼拜不下雨，就会面临旱灾的威胁。

在一年二十四个节气中，乡民们最看重的节气有两个。一个是立春，他们认为一年的真正开头是立春而不是大年初一，如果这一天做事顺就全年顺，所以每个人都会谨小慎微，不能做错事，也不能说错话。另一个是立秋，立秋这天不仅是插晚稻的最后期限，过了这天插的晚稻基本上没有收成。同时，这一天的气象兆示整个秋天乃至冬天的气候。有民谚说：立秋落一滴，秋天落一尺。只要立秋下点雨，整个秋天都会风调雨顺，那么抗旱的任务就不会那么重。如果立秋之日天干物燥，老百姓便开始揪心了。

立秋虽然标志着夏秋交替，但立秋之后，还有二十四个“秋老虎”，就是立秋之后至少还有二十四天的酷热，用“秋老虎”来形容那一段的气候，足可表明乡民们对那种酷热的惧怕。如果立秋那天没下雨，“秋老虎”的日子基本上不会下雨。火辣的日头从早到晚散射到土地上、庄稼里，将地表的水分快速蒸发，远远望去，能看见农作物上面有战栗的水汽直往上升。几天后，绿油油的庄稼便被晒弯了腰，叶子也打了卷，变得无精打采。开始这些天，庄稼地里还保持着一些水分，白天被晒痨的农作物到晚上也能回过神来。村民们也只是拿把锄头把山塘库坝里剩余的水放出来，其余时候，他们大都坐在屋檐下，手中摇着蒲扇，察看天象变化，渴望下一场透雨解除旱情。有时看见天空乌云聚集，云层加厚，眼看就要下雨了，却突然一阵风刮起，吹散云层，又露出毒辣的日头。有时看见天边厚厚的雨帘正朝头顶上空移来，就在快要到达的时候，云稀雨疏，只像蚊子拉屎似的下了几滴雨，连石板路都没有打湿，又“雨后复斜阳”了。在群星闪烁的秋夜，纳凉的人们看见山那边的天空不停地打着闪电，猜想最近一两天会下雨了吧，谁知太阳照常升起，知了照常鸣噪。眼看着田里、塘里、溪里的水一天天地蒸发，大家知道，靠老天爷不行了，再不起来抗旱，今年的晚稻就没有指望了。

那时村里没有抽水机，抗旱用的是一种古老的水车。据历史学家考证，早在公元前，人类就发明了把水从低处引到高处的水车。北方的水车大都是脚踏式，湘南则以手摇式为主，通过人力转动手柄，带动几十块木板顺着四五米长的水槽把水提到高处。那时一个生产队有十几架水车。平常，这些水车都统一放在生产队的仓库里，要抗旱了，先延请木匠对水车进行检修。准备工作做好后，紧张的抗旱便拉开了序幕。

一般情况下，车水抗旱是白天干的农活。青壮劳力或一人一架，或两人一架，将水车抬到田间，选择恰当的地方把水车安置好。安放水车的地方都是相对固定的，引水的水渠和蓄水的水凼都是现成的，略加修整就行。水车的吸水部位放入溪流或塘库中，出水部位固定在田埂上。做完这些，便套上手柄，弯下腰，开始了最古老最原始的人与天的抗争。在炎炎烈日下，他们光着膀子，脱掉短裤，在腰间围条汗巾，双手不停地摇动水车，弓起的身子上下起伏，溪水随着水车木叶的旋转流进田里，又掺和着农人的汗水汩汩地漫向那些嗷嗷待哺的禾苗。如果阳光太辣，他们会在水车旁插一根茂密的树枝用来遮阳。车水车到累乏的时候，他们往往会情不自禁地昂起头，看看天空是不是有下雨的迹象，心想要是此时此刻降下一场大雨该多好啊！只有他们才真正知道什么是喜雨甘霖！

如果旱情还是没有缓解，即便是晚上也要出工车水。一来时间不等人，早灌溉效果好，田没有开坼，水不易漏失；二来晚上比白天凉快，不至于累得中暑。晚上车水灌溉的一般都是高岸田，提水水程比较高，有时需要七八架水车层层提水，才能把水引到田里。下午生产队长便派人把一架架水车安置好。吃过晚饭，青壮劳力顶着月色来到田野。这时候的月亮绕着一圈厚厚的光晕，像一位少妇围着一条华贵的南极狐皮领子，看上去很美丽。但对那些有经验的老农来说，看到的却是焦虑，他们知道，只要月亮戴着光环，十天半月都不会下雨，旱情会越来越严重。他们忧心忡忡走到水车边，装好手柄。先是最底位的那架水车转起来，水把第一级水凼装满，接着第二架水车转起来，从第一级水凼把水提到第二级水凼，第二级水凼装满之后，第三架水车又转动起来，依次层层将水提到高处的田里。不一会儿，七八架水车同时转起来，木轴转动的吱呀声和流水的哗哗声交汇在一起，像一曲古老而忧伤的歌谣，响彻宁静的星空，响遍漫长的秋夜。这种活儿环环相扣，需要很强的协作精神，中间一个环节出现问题，就会影响整体效率，比如中间某架水车的车手稍有怠工，就会造成下一级水凼的水外溢浪费，同时导致上一级水车吃水不足甚至空转。在这种场合谁都不敢“磨洋工”，稍有偷懒便一目了然。不知哪位思想家说过，农民是小农经济的代表，缺乏组织协作精神，因而难与现代社会相适应。可以说这些人并不了解农民，这种集体抗旱的行动难道不是协同作战的生产方式?

有些年份，这种旷日持久的抗旱会取得良好的效果：就在大家精疲力竭时，天公被感动，下了一场透雨，不仅旱情完全解除，而且长时间的高温使晚稻的光合作用十分充足，谷粒饱满，丰收在望。但也有年份，旱情持续不断，乡民们把所有的水源都弄进稻田里，水库干了，溪流干了，山塘也干了，天还是没下雨，最后高岸田的晚稻颗粒无收，只剩下一丛丛枯草。乡民们付出的所有心血和汗水，都打了水漂。按现代经济学的理论去评估，也许他们的付出得不偿失，但他们只是在尽自己的一份责任、一份努力，长期生活在社会底层，他们对得失已显得有些麻木，他们不去抱怨苍天，也不想去与社会抗争，他们只是用自己的韧劲去诠释一种生命的意义：人活着的价值就在于劳动。

打石灰

在湘南农村，土壤的酸性偏重。那时候，化肥的使用还不普遍，每到早中稻即将吐穗扬花的时节，生产队就要安排给水稻打石灰了。这是屡试不爽的招数，石灰属碱性物质，可以中和土壤的酸性，只要石灰一撒下去，一两天工夫，泛黄的水稻叶子就会转绿。不知道不懂土壤墒情的祖先们是如何发明这一技术的。

石灰是生产队自己烧制的。用炸药将石头炸开，整成大小相当的石块，然后一层煤一层石头地垒到土窑里，烧上三四天，等窑内的火熄了，温度降下来了，再将过了火的石头也就是石灰石搬出来，放到空旷的坪子里。这时的石灰石还保持着原来的形状，只是重量轻了许多。在农村，这种石灰石有着广泛的用途：放一两块石灰石到大坛子里，上面可以贮存许多干货，只要把坛子口封好，里面的食品放上一两年都不会霉烂变质。石灰石吸水性强，又没有副作用，是上好的干燥剂。如果将石灰石用清水化开，滤去杂质，用石灰水蒸鸡蛋，可以清热祛火。

在没有发明水泥的时候，石灰是制作三合土的主要原料，用三合土铺设的地面，防水防虫防风化，其使用寿命不比水泥地面短。所以，农村砌屋打灶，修路架桥，都离不开石灰。因为用途广泛，每到石灰石出窑的时候，总会有一些家庭妇女拣些小块的带回家。

将石灰石变成石灰的工序很简单，就是在石灰石上浇水。生产队安排劳力从池塘里挑来一担担水浇在石灰石上，一股股热气从石灰石上冒出来，同时发出轻微的爆裂声，虽然水是冷的，石灰石也是冷的，当水和石灰石接触的那一刻，温度却相当高，足以烫伤人的手脚。所以乡民们浇水时特别小心，将水泼到石灰石上后立即退开，防止被水汽和石灰石灼伤。石灰石遇水后不断裂变，最后粉化为洁白细腻的石灰。

这时候的石灰还不能打到田里去。石灰里还隐藏有没烧透的石头，必须将石灰过筛。筛石灰是一件脏活累活。乡民们不习惯戴口罩，只是用汗帕将嘴鼻包起来，一个人弯下腰，双手端起一网竹筛，另一人用铲子将石灰铲进筛子里，端着筛子的双手随即摇动起来，石灰落下去，留在筛子上的石头被倾倒在一旁。接着又开始第二筛……随着竹筛的摆动，一团团白色的石灰尘雾升腾开来，整个现场看不到筛石灰的人影。不一会儿筛石灰的人已是全身皆白，头发眉毛都像染上了霜，仿佛西方的圣诞老人。手脚碰到任何地方，都会留下一个白色的印记，解下蒙嘴的汗帕，抽打身上的任何一处地方，都会冒起一股白色的烟尘。石灰筛好后在收工之前要用塑料薄膜盖好，防止淋雨。这时的石灰遇水就会凝结成块，无法撒播到稻田中。

接下来，就要把石灰撒向稻田了。选一个晴朗的日子，生产队长安排几个身强力壮又有经验的劳力做这桩活。吃过早饭，被派工打石灰的青壮劳力挑一担箩筐，筐里装一个撮箕、一个瓜瓢，到石灰窑前装满两筐石灰，挑到田边。这时，太阳刚出来不久，禾苗上的露珠还没有干，乡民们认为，在这个时段上打石灰，可以让石灰黏附在禾叶上，有利于禾苗生长。但这也给打石灰的人带来很大的不便。当他走进稻田播撒石灰时，齐腰高的禾叶会将他的全身弄湿，石灰会不失时机地粘在皮肤上，产生令人难以承受的烧灼之痛。然而，为了使石灰发挥更好的效益，为了粮食的丰产，必须付出这样的代价。

在下田打石灰之前，有经验的农民先会摘一片草叶测一测风向。这个季节，山谷里总是有些风的，打石灰的人不喜欢无风的天气。测出风向后，便将筐里的石灰舀到撮箕里，左手将撮箕夹在腰间，右手拿着瓜瓢，从上风处走下稻田，用瓜瓢舀起石灰，顺着风一扬手，一大片白色的尘雾呈扇形展开，小部分随风飘去，一部分落在禾叶上，一部分沉入水里，发出一阵沙啦啦的声音。第一瓢石灰的尘雾还没有散去，第二瓢石灰又播撒开了。乡民一边撒石灰，一边往后退，一簇簇白色的烟雾依次在他的面前升腾，仿佛是腾云吐雾的神仙。站在远处看打石灰，就像一团白云在绿油油的田野上慢慢飘移，使古朴的乡村平添一分田园牧歌式的诗情画意。几天工夫，所有的稻田都撒播了一遍石灰。如果不下雨，禾苗上黏附的石灰，会一直保存到稻谷收割。

对于乡村的儿童们来说，打石灰的日子总是激动人心的。只要晓得哪天生产队打石灰，他们就没有心思学习了。学校下课铃一响，便打飞脚跑回家，拿起鱼篓和网兜冲向打了石灰的田。石灰撒下去一个时辰左右，稻田里的鲫鱼、鳅鱼，就会出现中毒症状，纷纷往田埂边游来，有的刚到田埂边上就翻白了，有的痛苦得在水里上下翻滚。儿童们沿着田埂巡查，发现有鱼，不论死活，立即用网兜捞进鱼篓。用不了半个时辰，不用湿脚，就可以捡一两斤鱼。拿回家中，母亲除去鱼的内脏，用水洗净鱼身上的石灰，煎好之后，放些辣椒大蒜，加水稍煮一下，就是一道香喷喷的荤菜了。这时节，正是青黄不接的关口，虽然被石灰闹死的鱼不那么鲜，但那也是很珍贵的伙食。

后来，随着化肥的广泛使用，打石灰这种古老的耕作方法已被彻底遗弃，在绿色的原野上，再也看不到手扬雾起的壮观场面，再也看不到在田埂边巡游的快乐少年。

割草

在我的童年和少年时期，割草是最常见的活儿。青草割回来，主要用来垫猪圈牛圈，青草经过猪和牛的踩踏，并与猪粪牛粪一起发酵后，成为上等的农家肥，再施放到田地里，滋养农作物。可以说，在那个时候，没有哪个年轻人没有割过草的，没有哪个人对割草不是记忆深刻。很多人从十来岁开始割草，一直割到五六十岁，每个人左手的手指上都留有割草时意外被镰刀划破的累累伤痕。在当时生产队里的所有农活中，只有割草始终坚持按劳计酬：按所割草的重量计工分。割草多不仅可以多挣工分，而且可以博一个能干的好名声，这对农村的青年男女来说，是非常重要的。媒婆在介绍某某青年的特长时，如果说他或她割草很麻利，是很能在对方父母那里获得加分的。

一年四季，除冬天外，其他都是割草的季节。在不同的季节里割草有不同的感受。春天，当吹过耳边的风变得温润柔和的时候，当桃花刚刚在枝头绽开的时候，被漫长的冬季拘束了很久的乡民们，便要准备割草的事了：找出生了锈的镰刀，磨得锃亮；钉好装草的“架子”，选好挑草的扁担。在某个晴朗的清晨，东方刚刚现出一缕亮色，便带上镰刀、挑起架子出发了。赤脚走在浸凉的石板路上，满眼所见都是春意：田埂上、石缝里、行道边都冒出了油油的开着小花的野草；晨雾在山谷中飘行，白云在山顶上缭绕，让人仿佛觉得冬天不曾出现过，觉得草木荣枯、人事谢代都不曾发生过。到了山上，放眼四野，张嘴吸进一口满满的、凉凉的、甜甜的空气，然后悠悠地吐出来，冬天的郁闷、生活的艰辛都会畅然释怀。接下来便要开镰刈草。找一块青草茂密的地方，弯下腰，左手反腕抓住嫩嫩的草叶，右手握紧镰刀朝草根处割过去，伴随沙沙的声音，一把青草被割掉了，把它们放在身后的地上，再继续往前割，不一会儿，就割出了一块光秃秃的空地。那些本来隐藏在草丛里的小昆虫受到惊吓后四散逃窜，一些原本被青草覆盖的不知名的植物，也因此获得了它生长所需的阳光和空间。从来没有人比农民更能接近春天，从来没有什么活儿比割草更能感知春天。当晨雾消散、白云升空，田野家园露出清纯面目时，刈草人的身后已经摆放一溜带着露水的、躺倒的青草，在阳光的照射下，它们释放出一股淡淡的草香。刈草人站起身，把草归拢到一起，抱起来装进木架里，迎着温煦的阳光，挑起满满的草担回家。

也有人出来割草时连带着放牛。他们牵着牛，拿把镰刀，带根绳索，到山上找一块野草丰茂的地方，将牵牛绳系在牛角上，让牛自由自在地啃吃鲜嫩的青草，自己则一心一意刈草。等到草割得差不多的时候，牛也吃饱了，便用绳索将刈倒的草捆扎成两捆，用根绳子连起来，放到牛背上，牵着牛，吹着口哨，打道回府。

夏天常常是在不知不觉中到来的。田野上处处都是绿色：田里是绿绿的水稻，地里是油油的蔬菜，山上是青青的野草，就连开春割过的地方也长出了第二茬青草。山塘蓄满了清亮的雨水，一些小虾小鱼在水草丛中游弋。翠鸟在山塘周边的树枝上静默着，不时扑向水中的小鱼，翠鸟触水时在水面泛起一圈圈涟漪，把树影拉得好长好长。山村的夏天，昼夜温差大，早晨雾浓露重。行走在田畴山野，身影被浓雾包围着，熟悉的山山水水突然消失了，只听得见四周传来湿漉漉的人语犬吠、鸡鸣牛嗥。山草的叶尖和草穗挂满露珠，谦逊地弯下了腰；蜻蜓的薄翅沾湿了露水，无法飞翔，只能栖息在草叶上听天由命；平常难以发现的蜘蛛网让晶莹剔透的露珠现出了原形，历历在目，放眼望去，星罗棋布的蛛网镶嵌在青山绿野，好似仙女创造的童话世界。刈草者穿行在齐膝的草丛中，把草上的露珠碰落，露珠跌落在地上，跌落在鞋上，跌在裤脚上，顷刻间裤脚变得湿漉漉，而且在他们走过的地方留下一条清晰的痕迹。这时是割草的最佳时刻：露水不仅给人野草茂密的感觉，而且能够增加草的重量。趁着晨露，静静地割草，一任露珠从草叶弹到脸上，体味那份清凉；一任山风在草丛中低吟轻唱，欣赏那份柔和。当太阳升高，露水蒸发时，每个人都割好满满一担草往回走了。在半路上，放下担子，跳进路边的山塘痛痛快快地洗个澡，洗去满身的草屑，洗去满身的汗水，也洗去满身的疲惫。

在夏天割草还常常有意外的收获。有时候刈草人发现草丛中有一株野百合亭亭玉立，便会暂时停下割草的活，用镰刀挖开野百合周边的土，起出根茎，把外层的泥土拿掉，剥下一瓣瓣白色的百合放入口中，清凉、爽脆，还有一点点甜。有的时候，割草人割到松树下，发现一丛淡黄色的天鹅菌俏立在地上，便小心翼翼一朵朵摘下来，用衣服包好。这种菌子是湘南最好的菌类，因多生长于大雁飞过时节而得名。将天鹅菌与新鲜猪肉同炒，或与土鸡同焖，味道十分鲜美。运气更好的是割草时发现一只正在草丛中孵蛋的野鸡，如果碰巧野鸡孵得晕晕乎乎，就会一动不动任人抓捕，如果它还保持清醒，会立马振翅飞走，留下一窝野鸡蛋送人。大自然的馈赠无所不在，又往往显得漫不经心。

秋天的降临最先从草的变化显现出来。先是草的边缘卷起来，接着是自上而下慢慢变黄，只有水塘边的野草还顽强地抵御季节的更替，不肯轻易放弃生命的竞争。一些小蝗虫在枯黄的草地上跳来跳去，麻雀和另外一些不知名的小鸟在低矮的灌木间飞来飞去，觅食各种昆虫和野果。有时还会看见几只野兔在秋草中迅跑。秋风吹过山坡，穿过一丛丛野荆棘，发出沙沙的声响。枯叶随秋风在空中飘零，像彩蝶翩翩起舞。在这个季节割草，已显得有些苍黄。草叶已经枯干，不仅重量上不打秤，而且因为没有了水分，也不适合做肥料。所以秋天割草，大多是各家各户为过冬准备燃料，冬天快要来了，准备一些干草也是必要的。在这个季节刈草，大都要到较远的地方去，村落附近的草已差不多割光了。挑一担木架，沿着弯弯曲曲的山路，翻过一座座山头，去寻找理想的草地。这时候，只有背阴的山坡和池塘边、田埂下还有比较稠密的草，不要多长时间，割掉的草就能将架子装满。不过，这些地方也是蛇类经常出没的地方。秋天，各色各样的蛇纷纷出来寻找食物，为冬眠积蓄能量，人与蛇常常发生冲突。好在很多情况下，蛇都会主动让人，听到脚步声就赶紧溜开了，碰到不愿避让的蛇，因为人手中握有镰刀，也足可自卫。所以人被蛇咬的情况并不多见。割完草，时间还早，便在山坡上休息片刻，让自家的小狗肆意去追逐草丛里的野兔和麻雀。秋阳平和宁静，躺在山坡上，双手枕着脑袋，一边享受阳光的照拂，一边呼吸秋野安恬的气息，双眼漫视流云在蓝天自由舒卷，双耳聆听云雀在空中尽情歌唱。春天的忙碌、夏天的劳累都在秋天里有了结果，该是放松心情、放松身体、放松期盼的时候了。在秋天里割草，与其说是劳作不如说是远足，是对全年割草活动的小结和回顾。

记工分

在大集体时代，每一个劳动力都是生产队里的社员，都必须参加生产队的劳动。参加劳动的天数乘以个人每个劳动日的分值，就是年终分配的依据。所以每个社员在生产队里的劳动时间都必须登记，登记的形式就是记工分。

首先要对每一个参加生产活动的劳动力评工分。那时，工分的档次很简单，所有劳力分为“主劳”与“半劳”，“男劳”与“女劳”四大类。“主劳”是指体能和技能都完全成熟的劳动力，“半劳”指那些身体还没有发育成熟、劳动技能还没有全部掌握的未成年劳力。一般“主劳”的工分是每出一天工记十分，“半劳”每出一天工记五分。“女劳”主要指那些长大成人还没有出嫁的姑娘，家庭主妇是不参加集体劳动的，“双抢”大忙季节去帮生产队晒谷子除外。女劳力的体能比不上男劳力，很多农活女劳力也不会干，比如犁田、耙田，自古就被视为男人的专利，从来不会让女人去做，所以女劳力出一天工最高不会超过八分。在这个大的原则下，凡是第一次参加生产队劳动的人，队里都会组织一些人对他进行评分，评分既会考虑本人的年龄和生产技能，也会考虑他的学历，并兼顾他的家庭背景。工分一旦评定出来，两三年内就按这个标准登记，不会更改。那时候，人民公社搞公益事业、办社队企业，都要从生产队征调劳力，凡是被抽调去的，无论“主劳”“半劳”，一概记“主劳”的工分。有些年轻人读完高中回家务农，尽管年龄还没有达到“主劳”的标准，因为有文化被公社抽调去办企业，十五六岁就拿“主劳”的工分，也算是重视文化了。

定了工分标准，大家就按生产队长的派工参加劳动。生产队只考核出没出工，不考核出工是不是出力，只要去点了卯，无论干活卖力与否，都是按评定的工分记工。这种制度设计是基于每个社员都有很高的思想觉悟，能把集体的事当成自家的事来做，一旦达不到这种思想境界，制度就沦为鼓励社员偷懒的政策，这也是大集体生产效率低下的根源所在。开始的那几年，每天晚上给社员们记一次工分，后来觉得太麻烦，加之工分越来越不值钱，又改为隔一天记一次工分。每年的开初，生产队就给每一个劳力准备一个“记工本”，本子的封面上写着本人的名字。每到记工分的时候，社员们便揣着“记工本”来到记工员家里。记工员是生产队选出来的，需要会打算盘、能写一些常用字。记工分的时间大都在晚上，记工员早早吃完饭，打扫好桌子，拿出算盘等候，最先到来的社员先把“记工本”递上去，然后口述这两天出了几次工，做了哪些事，记工员一边听，一边在工分本上记录下做了哪些农活，出勤几次，然后拨弄算盘，按该社员的工分标准算出应得的工分，记在本子上，简单明快。那时，社会风气还算好，一般不会虚报出工次数，再者记工时有其他社员在场，互相知根知底，也不敢乱报出勤。有时候，一家有几个劳力的，到了记工分的时候，就会委托其中一个人带着大家的本子去记工分。如果家里来了客人，晚上没空去记工分，就等下次一起记，生产队的农活都比较单一，也比较有规律，不容易忘记。记工员只能记别人的工分，不能给自己记工分，为此生产队另外确定一个人专门给记工员记工分。记工员的工作本身是一种劳动，也要给予适当的报酬，这报酬就是每月加二三十分工分。

正常出工的工分好记，但一些定额工分和临时性的工分难记。虽然经常开展阶级斗争和割资本主义尾巴，但在生产队里也有一些与“大锅饭”不同的劳动，比如，割草就是论重量，每割一百斤青草就记十分工，一个十几岁的姑娘一个早上可以割回一百多斤青草，相当于一个主劳一天的劳动价值。到五月份野草长得茂盛的时候，有的姑娘一个早上要割两担草回来，挣得的工分抵得上两个“主劳”一天的劳动。家里有三四个大姑娘的，一个早上可得工分五六十分，很让那些家中没有女劳力的人眼红。有个别的“主劳”早上也去割草，但绝大多数“主劳”丢不下面子，不肯去做这些被看作小孩子做的事，他们只是经常提意见，说割草的工分定得太高。由于大多数家庭都子女繁多，提反对意见的是少数派，最后总是不了了之。草割回来之后，大家先回家吃饭，然后由指定的称草人逐一过秤，并将草的重量记在本子上，每到记工的夜晚，记工员再把草的重量折算成工分。

碰到脏活累活，也会适当增加工分。“双抢”时节，抢收抢插的时间紧，任务重，经常起早贪黑，那是要加工分的。踩打谷机是一桩十分费力的活，半天踩下来，两腿软绵绵，走路的力气都没了，所以踩打谷机的劳力也是要加工分的。这类情况加多少工分，都是由大伙提议、队长拍板，而且干活的人都一起加工分。有些临时性的重活、急活，没人愿意做，就由生产队长决定加多少工分，比如有一丘田缺水不能开犁，季节又不等人，必须车水灌田，生产队长就规定灌满这丘田总共给多少工分。诸如此类的“按劳定酬”的萌芽在整个大集体时期都存在，只是没有冲破体制的束缚形成气候而已。不过临时加工分的口子一打开，大家都往这上面想办法，加来加去，最后造成工分贬值。

工分是那时候生产队唯一能给社员的东西。一些有传统手工艺的社员，如木工、弹棉匠、补锅匠、砖瓦工等，想出去做做手工，免得手艺荒废，而且家家户户都免不掉要修修补补。尽管这些脱离集体劳动的行为是当时的政策所不允许的，还是有人挑着行头到外面去走村串户揽些生意，这些人在当时有个专用名词，叫“抓现金”。他们虽然能够挣到钱，但不允许也不可能脱离生产队，他们与生产队的联系就是签订合同，每年给生产队交一定数额的现金，生产队就给他记一个“主劳”全年的平均工分。凭着这些工分，“抓现金”的人可以享受其他社员的一切权利。他们交回生产队里的现金，在那时是一笔可观的集体收入，他们本人的生活也比在家里做事的社员宽裕许多。

每到月底，生产队就要安排人对每个劳力的工分进行审核和统计，每季度要张榜公布一次。这样做，不仅使每一个社员心中有底，而且可以防止作弊。个别社员悄悄更改记工本上的出勤次数和工分总数，常常在每月一次的统计过程中，通过回忆和分辨笔迹被清查出来，并公之于众。这类投机取巧的人会在生产队里抬不起头来。

到年底，生产队的会计就会将全年队里的实际收入包括实物收入和现金收入统计出来，然后再将全年全队的工分总数当作分母，去除实际收入，算出每个日值也就是每十分工分的价值。一个日值最低的年份是八分钱，有些年份工分卡得紧些，年成好一些，日值可以升到一角多钱。每天不分寒暑冷热、日晒雨淋，脸朝黄土背朝天地劳动，最后只获得八分钱、一毛钱的收入，现在的人看来不啻于天方夜谭，在当时却是铁板钉钉的事实。所以，那时生产队的社员并不很看重工分，主要原因就是工分不值钱。

其实，工分贬值还有另外一个重要原因，那就是劳动力被平调去做其他的事。县里要修大的水利工程，政府投入很少，主要从各个生产大队征调劳力去搞人海战术。那些年很多中小型水库都是用这种办法建起来的。更有甚者，当年国家修建“枝柳铁路”，也从各地农村征调民工。所有这些劳动，全部都回生产队里记工分。就全国或全县而言，这些劳动创造了价值，但就农民所在的生产队而言，这些价值并没有得到体现。生产队里的工分就以贬值的方式体现出来。在这里，我们再一次感受到农民的朴实、勤劳和宽厚。

下雨

小时候，在所有的气象中，对下雨的印象是最深的。虽然现实中的雨经常给人的生活带来诸多不便，但记忆里的雨总是让人心旷神怡，回味绵长。

春雨总是守信的，到了时节就如约而至。春雨总是缠绵的，用着耐心淅淅沥沥不紧不慢地下个不停。晚上躺在床上，伴着进入梦乡的是“滴答滴答”的雨声；早上醒来，映入眼帘的是窗外断断续续的雨丝；白天静坐家中，陪同的依然是屋檐滴水的炸裂声。如果碰巧有一块破塑料布搁在屋檐下，就会产生“留得残荷听雨声”的效果。有人来串门，最先传来的是胶鞋踩在泥地里发出“扑哧扑哧”的声音，接着是奋力甩掉斗笠上雨水的声音，在门前的石板上使劲蹬掉脚上软泥的声音，再就是耳熟能详的抱怨声：“这鬼天气！”然后邀客人在火炉旁落座，架上桌子，筛一碗热茶，一起谈论雨后的农事，推测这雨还要下多久。当两人都觉得无话可说的时候，就会双眼盯着窗外的雨丝发愁，一任桌下熬猪潲的铁锅咕咕冒着热气。如果一个人闷得难受，就趴到楼上的窗台上看看天气。天空云层厚薄不均，有的地方浓云簇拥，有的地方出现大块亮色，仿佛阳光就要破空而出。然而春云不停地滚动，天空忽明忽暗。远处的山峰笼罩着云雾，山谷里的白云携带着村庄的炊烟，匆匆而过，像是梦幻般的羊群迁往那神秘的绿色之国。雨依然沥沥下着，浓密的雨丝把远山近水装点得清新、温润而朦胧，一个冬天积累的干冷、枯燥都洗得不见踪影了。绵绵春雨在尽情浑洒数天之后，天空终于露出明媚的阳光，蜗居多日的乡民来到田野，湿润沁凉的风拂过发梢耳根，令人心旷神怡。抬望眼，不经意间发现枯黑的树干上已悄悄冒出油绿的新芽；桃花、杏花已经隆起了骨朵，就要迎风绽放了；久违的燕子又悄然出现，在春天的原野上轻快地飞翔。春雨用自己润物无声的谦逊品格将春色融进原野和乡民的心田。

夏天的雨就不似春雨那般轻曼柔和，常常挟雷带电，风起云涌。最有威势的降雨一般都在端午节前后。长辈们讲故事，最常用的开头就是：“那一年，端午节发大水……”可见自古如此。当温润的南风吹过，有经验的农民知道这两天就要下雨了。晚上还是满天星斗，第二天起来已是浓云密布。这时候早稻已经长得比较稳壮了，田间里的农事不是很忙，村民们便待在家里静候大雨的到来。只听得一声炸雷响起，乌黑的天空仿佛被撕破了口子，暴雨倾盆而下。粗大的雨点砸在干燥的地面上，冒起一股股烟尘；砸在屋顶上，叮叮当当如大珠小珠落玉盘。不一会屋檐流水如注，倾泻在屋外的缸盆上，先是乒乓作响，稍后等盆里积得雨水，便换作稀里哗啦，缸盆里水花飞溅，仿佛有无数银鱼在游动。密密的雨帘笼罩整个世界，窗外的一切景物都模糊起来。过一会儿，雨水汇成水流，携带着地上的干草、枯叶和泥土，沿着墙脚的水沟流向村前的小河，整个村庄顿时变得清新而洁净。几个时辰之后，雨柱变成雨丝，慢慢地停歇了，天空露出花花太阳。乡民们荷锄戴笠来到田野，查看田埂塘坝的安全，了解农作物受损情况。只见草尖上缀满了水珠，在阳光的照射下晶莹透亮，池塘里荷叶上银色的水珠随风滚动，青蛙躲在青莲底下使劲鼓噪，在湿润的空气中更显得雄浑苍凉。雨后的山峰青翠欲滴，远处的山峦和梯田都把收集的雨水向低处释放，形成无数条白色的小瀑布，四周传来水流的轰鸣声。原来清亮的小溪已经浑浊了，洪水挟持着朽木和枯草滚滚而下。阳光很快把石板路晒干了，闷热的空气中没有一丝风的影子，燕子擦着地面飞来掠去，大块乌云从山那边压过来，天空又阴晦了。乡民们匆匆赶回家，他们知道，大雨又要来了。果然，刚刚踏进家门，就听见一串雷声从屋顶滚过，隐隐消失在后龙山的丛林里。紧接着，屋顶上响起一阵黄豆在簸箕上滚动的声音，豆粒大的雨滴又砸下来了，没有了蛙噪，没有了鸟鸣，连那些好动的公鸡都静静地龟缩在屋檐下避雨：暴雨重新统治了一切。雨就这样时断时续地下上四五天，地势比较低的地方已经成了一片汪洋泽国。青壮的禾苗不见了，往日闭上眼睛都能走的石板路也不见了，乡民们站在自家的阳台上，心平气和地打量着这个有些陌生的世界。他们心里并不着急，他们知道，这水淹不了多久，过一两天就退走了。

最叫人揪心的雨，是早稻收割时节的雨。天气很热，青壮劳力在田里收割，童稚在草地上、树底下玩，妇女们则穿梭于家里和晒谷坪之间。晒谷坪常常建在村庄边沿空旷之处，这些地方日照充足，从田里将湿漉漉的稻谷挑过来也方便。等谷子晒干后，将稻草和秕谷用风车“车”在一旁，只把干净谷子挑回家，这样可以省很多事，不过也给家中的主妇增加了劳动量，每隔一两个小时她们就要去太阳底下翻耙谷子。人们常说，天有不测风云，这句话用来形容此时的天气是最贴切不过的。本来烈日当空，妇女们正放心地在家喝茶，不知不觉间，一朵乌云飘过来，在天空中魔术似的扩张，很快遮蔽了太阳，随即平地刮起一阵大风，把地上的枯草落叶吹得漫天飞舞。妇女们着了急，匆匆丢下手中的茶碗，用毛巾拢好头发，带上扫把和箩筐，跑向晒谷坪，一边跑，一边向正在野外玩耍的小孩呼喊：快回家去，天要下雨了。一时间，整个村庄显得紧张而热闹。正在田里干活的人们急忙跑上岸，带着两腿泥赶去帮助收谷子。但是，老天经常以一种调侃的态度来对待乡民们的忙碌：有时候，人们刚刚把摊晒的谷子扫拢，还没有来得及装进箩筐，大雨就倾盆而至，晒得半干的谷子被淋得湿透；有的时候，人们刚把谷子收好挑回家，天上的乌云却散得一干二净，一滴雨也没下来，于是又把谷子挑到晒谷坪上重新摊开。男人们常常一边挑谷子，一边埋怨自己的女人：我讲了雨下不下来，你硬咬紧要收谷子，你看现在又要辛辛苦苦挑出来。贤惠的女人此时会默不作声，泼辣的妇女则会和男人争个高低：上次我讲要下雨，你总说那是过路云，没得雨下，我听了你的话，结果几百斤快晒干的谷子淋了个透湿。两口子经常会因此吵上一架，几天都互不搭理。

最值钱的雨是秋雨。晚稻插下去以后，很快便断了雨水。这时候气温高，干燥的西南风带走了大量的水分，小溪一天比一天瘦，山塘的水一日比一日浅，稻田里的泥土几天工夫就露了出来，由软变硬，由硬变白，眼看就要开坼了。旱地里的庄稼也耷拉着叶子，渴望雨水的滋润。乡民们不分白天黑夜地车水抗旱，十天半月之后，除了井里汩汩冒出一些清凉的泉水供人畜饮用外，几乎已没有可用于抗旱的水源了。这时候，乡民们只能收拾好抗旱器具，祈求老天爷下雨。这个季节，北方没有冷空气南下，能够形成雨的只有地面升腾的水汽与冷空气结合，在午后产生阵雨。所以，上午出工回来，吃过中饭后，那些满脸沧桑的乡民，便自发地聚集到村口的门廊上来，坐在凉爽的青石凳上，凝神关注着气象的变化。天空中不时有几朵乌云出现，乡民们目不转睛地盯着云的变化组合，希望它能化作一场甘霖。突然一阵风吹过，浓云转眼间又消失得无影无踪。有时候，天际云幕低垂，厚厚的云层在西南风的鼓动下，向头顶上飘移。在浓云的下方，密密的雨帘横向展开，在亮色云彩的映衬下，显得十分清晰壮观。看着这种气势，脸上承受着带着水汽的热风吹拂，乡民们的心开始躁动，纷纷从石凳上站起来，走到野外的青石路上，去迎接雨的到来。这时候如果有谁冒出一句“这场雨下不下得来还难说”，那肯定会被当作乌鸦嘴受到最无情的唾骂。然而不合时宜的话往往代表了事实。那黑油油的乌云一路飘来，一路转化为雨水，一路渐渐变得轻淡，快到村口时，黑云已挥洒殆尽，雨帘也隐遁天空，山雨欲来风满楼的态势变成了风轻云淡艳阳天。两眼望穿秋水的乡民，最后得到的只是一阵凉爽的风。

秋夜繁星闪烁，坐在户外纳凉的人们一边摇着大蒲扇驱赶蚊子，一边谈论着有关下雨的话题。每当月亮周边笼罩着美丽的光晕的时候，乡亲们知道，雨一时下不了。经常在寂静的秋夜，看见天边无声的闪电，把云层的轮廓清晰地显现，村民们久久凝望那时隐时现的闪电，心中又腾起对雨的希望。在这不断交替的希望与失望中，旱情一天重于一天，就在乡亲们都望着即将失收的晚稻叹息时，东南沿海的台风登陆，给湘南的上空带来湿润的空气。早晨村民们睡眼惺忪起来时，才发现雨已经下了半夜了，昨晚忘记带进屋的板凳和忘记收的衣服都被淋湿了。然而没有人会抱怨，他们带着微笑看着下个不停的雨，心中的烦躁郁闷一下子不见了。戴个斗笠，背把锄头去看看那些晚稻和庄稼，在路上碰到同样是去巡看作物的村民，第一句问候的话就是：“这场雨下得真及时啊！”举目望去，在雨水的滋润下，庄稼恢复了绿油油的生机，干涸的池塘已经蓄了一些水，溪流又开始活动起来。这阵雨下过之后，气温会有一段时间的下降，秋旱也渐渐退却了。

到了冬天，雨虽然不大，却因为与寒冷相伴而来，总叫人刻骨铭心。轻飘飘的雨在寒风的裹挟下，无原则地到处乱钻，甚至打破万有引力的原理，横向而飞，钻过窗户的缝隙，钻进行人的衣领，让人时刻感知其冰冷的存在。原野上的动物和植物对冬天的雨麻木不仁，缩起头来不闻不问，只有田里的鸭子在凛冽的细雨中蹒跚漫步，不时发出几声单调的聒噪。还有地里的青菜，独自绿油油地生长，不理睬冬雨的冷酷，反而将细雨当作润肤水把自己打扮得油光水亮。

按照秋收冬藏的自然规律，在冬雨飘飞的季节，农作物都贮藏好了，乡民们的各种愿望和期盼也收藏起来了，家家户户围坐在火塘边，一边烤火取暖，一边惬意地看着窗外的雨丝在空中漫舞。妇女们利用这一年当中难得的空闲做一些女工活儿，碰到雨歇云散，冬阳高照，则把被褥晒到门口的竹篙上，吸收一些阳光的味道。男人们闲坐久了觉得郁闷无聊，便邀上几个朋友到家中来，在火塘上架起桌子，上几碟坛子菜，暖几壶水酒，不紧不慢地喝起来。没有催工的哨声，没有农事的牵挂，也没有妇女的唠叨，窗外的冬雨耐心地下个不停，成了喝酒最好的理由和陪衬。酒壶里的酒倒入杯中，冒着丝丝热气，一口喝进嘴里，暖暖地流向喉咙和胃里，随之一股热量顺血液流遍全身，几杯下肚，额头上冒出细汗，仿佛身处与窗外的寒风细雨截然不同的另一个季节。冬天里的这种喝酒没有功利的目的，也不受时间的限制，只是一种纯粹的消遣和享受，慢慢地喝，细细地聊，经常是喝着喝着，天色就暗了下来；喝着喝着，外面的冬雨悄然换成了雪沙子，飘落在窗台的塑料布上发出沙沙声响。

第二天早上起来，抬眼所见一片银妆素裹，冬天的雨以一种更加妩媚的形态展现给乡民们。随着家家户户烧火做饭和取暖，屋顶上的积雪慢慢融化，从屋檐边滴滴答答落下来，给人以下雨的错觉。阳光从窗户射进来，男人又在火塘上架起桌子，取一块腊肉切成薄片，和青蒜、辣椒一起烹炒，肉和大蒜的清香夹杂着酒香袅袅飘飞在雪后初霁的湛蓝天空。一壶酒，一场雪，一个闲淡的冬季。人生如此，夫复何求。

摸鱼

改革开放前，吃猪肉对湘南的乡民们而言是一种奢望，除了逢年过节和贵客登门，平时一个月能吃上两餐肉就算不错了，家境不好的，几个月也见不到一点油星子。虽然家家户户都养了几只鸡鸭，那是用来下蛋换钱的，再嘴馋也舍不得杀。不过也有一条日常改善饮食的途径：摸鱼。俗语说“煎鱼送饭，锅底刮烂”。将鱼稍煎一下，然后放入生姜、辣椒焖熟，香鲜俱全，确实大开胃口。

那时候，农村还没有使用农药、化肥，水质没有被污染，有水的地方就有鱼。水面上有鲫鱼、鲤鱼、草鱼、大头鱼、标杆子、“花青婆”、千年鱼；水底下有泥鳅、鳝鱼、脚鱼、沙鳅；水中的石缝里有鲢鱼、螃蟹、水虾。稻田里、小溪里、池塘里到处都是游弋的鱼群。长脚的白鹭经常在如镜的水面上空盘旋，捕捉水中的小鱼带回巢穴喂养雏鸟；长嘴的蓝色水鸟时而在小溪边低空飞翔，时而静栖在斜横于溪流之上的小枝丫，伺机扎入水中捕食鱼虾。当然，面对大自然的馈赠，人是不会甘于落后的，捕鱼的手段和工具都是地球上其他生物所不能企及的。湘南人从四五岁起就开始摸鱼，他们的童年、少年都是在摸鱼、吃鱼中度过的；他们最美好的记忆也与摸鱼、吃鱼紧紧相联。

乡民们都习惯把捕鱼叫作摸鱼。“摸鱼”强调人手与鱼的亲密接触，含有借助手的感觉在泥水里寻找、摸索和捕捉各种鱼类的意思。一个“摸”十分传神地表达出湘南农村抓鱼的特点，体现出捕鱼的技术性而非工具性，比用炸药炸鱼、用渔网捕鱼和后来的用电击鱼，显示出更多的生态性、艺术性和人性。

在湘南，一年四季都可以摸鱼，一年四季都有鱼可摸。

春天是可以摸鱼的，但最好在暮春时节。那时田里的禾苗长得茂盛了，鱼儿长得有二三两重，雨季也来临了。一场大雨过后，到处都是哗哗的流水，稻田里腹中装满鱼子的鲫鱼、鲤鱼会聚集到水流湍急的地方，奋力往上腾跃，银白色、金黄色的鱼鳞在阳光下闪闪发亮，很容易被发现。急于找地方产卵的天性让它们置任何危险于不顾，当一条巴掌大的鱼被捉住以后，其他的鱼也不会四处逃散，而是继续向上腾跃，直到把它们捉完为止。不要半个时辰，就可以轻易获得好几斤野生的鲫鱼、鲤鱼。

小溪里、洪水中有很多的小虾、标杆子、千年鱼逐水游戏，用一个绑在竹篙上的小网，随便往水中一捞，便会有不少的收获。上游的水库溢洪时，十几斤重的草鱼顺流而下，乡民们手持木棍守候在溪边，看见鱼身浮现，一棒下去，便可将大鱼敲翻，打捞上来做成美味佳肴。乡民们喜欢把春天的摸鱼叫作“捞洪水鱼”，因为发洪水的时候正是摸鱼的最佳时候。这个词如果用在别处，还有浑水摸鱼、轻而易举的意思。

夏天是摸鱼的好季节。小溪里的水变浅了，各种各样的鱼在茂密的水草里来回游动，弄得溪水经常是浑浊的。约两三个要好的朋友，或是与自己的兄弟姐妹，带上脸盆、鱼篓，将一段小溪用软泥截成数节，先用脸盆舀最下游一节的水。随着溪水渐渐变浅，水中的鲫鱼和标杆子感觉到大事不妙，开始上窜下跳；小鲤鱼、草鱼和鳅鱼则处变不惊，悄悄往水草和稀泥里钻。不过，绝大多数的鱼都逃脱不过地毯式的搜捕，最后都被装进鱼篓里。有时候，在摸鱼的过程中，感觉脚底板踩到了一块瓦片，而且瓦片似乎在移动。把手探到泥里，将瓦片夹出来，一看是一只两三斤重的脚鱼，这种俗称鳖的动物对人体有大补之功效。把第一段落的鱼摸完之后，将拦截第二节小溪的水坝挖一个缺口，把水放入刚摸完鱼的地方。为了防止水里的鱼趁机跳跑，用五个手指放在缺口中作栅栏。水放干后，不用费什么力气就可以把第二节的鱼捉上来。这样一节一节将溪里的鱼摸完。运气好一个中午可以收获八九斤鱼。用这种方式捉鱼，难免有漏网之鱼，它们就成了繁殖新的鱼群的种子。加之小溪的源头是一座中型水库，水库每放一次水，溪里的鱼又得到补充。半年之后再来同一地点摸鱼，仍然会有不少收获。大自然就这样生生不息地为生于斯长于斯的人们提供必要的动物蛋白。

秋天，晚稻收割之后，金色的秋野充盈着成熟的宁静，稻谷已经收割完毕，只剩下一片禾蔸。田里的水早已放干，只有农人留下的脚坑和早先挖出的排水沟里还剩下一些水。经过大半年的调养，田里的泥鳅又肥又大，正在到处寻找洞穴准备过冬。这正是捉鳅鱼的最好时机。把鱼篓绑在腰间，顶着秋阳来到田里。正在水坑里晒太阳的泥鳅，感觉到行人产生的震动，匆忙一摆尾巴钻入泥里，原本清亮的水霎时变得浑浊。摸鱼的人看见浑水就知道此处有泥鳅，便弯下腰，双手慢慢伸入水中，顺着脚坑往下探，快到坑底时手指会触碰到泥鳅光滑的躯体。这时动作要轻柔，否则受惊的泥鳅立马会钻入坑旁的软泥逃之夭夭。在温柔的接触中，泥鳅会屏声静气以不变应万变，这时右手虚握，左手柔柔地用点力，把鳅鱼挤进虚握的手掌中，再轻轻地带出水面，放进篓子。摸鳅鱼最忌讳用猛力，它的身子很圆滑，加之皮肤能分泌出一种油滑的黏液，越用力越握不住。没看到科学家研究鳅鱼智商的资料，实际上鳅鱼跟老鼠等动物一样会装死。有的人把它捉出水面后，放在干爽的泥面上，泥鳅一动不动，故意把黄色的肚皮露在上面，捉鱼的人以为胜算在握，稍不留意，鳅鱼便一个鲤鱼打挺，跳入一旁的水坑里逃走了。被摸过一次的鳅鱼是很难再被捉住的。秋天的稻田里，只有脚坑里有水，水坑就成了鳅鱼聚集的地方，第一条鳅鱼摸出来后，再轻轻地伸入水坑捉第二条泥鳅。很多时候，一个脚坑里可以抓出三四条泥鳅。除了脚坑，田里的排水沟也是藏鳅卧鳝的地方，把水沟里的余水舀干，将淤泥一点点翻过来，会看见米黄色肚皮的泥鳅活蹦乱跳，看到大拇指粗的老鳝鱼扭动身躯在水沟里逃窜。鳝鱼在水中和淤泥里逃得很快，只要被揪到地面上，它就因身子太长而在劫难逃。

冬天气温下降，水已冰凉，按理不是摸鱼的时节。但喜欢吃鱼的乡民们还是有法子摸鱼。比较常见的是用竹篓子“装”鱼。先到集市上买上十几个竹篓子，这种篓子两头小、中间大，一头的口子有倒篾，鱼只能进不能出。竹篓子买回来后不能马上使用，必须放到水中浸泡个把星期，把竹子的生味去掉，否则鱼是不会入篓的。然后挖些蚯蚓剁碎后做成诱饵，放到一坨软泥上，附在竹篓的腹腰处，在黄昏时分把竹篓放入水田中，插上标记。第二天一大早去收竹篓，每只竹篓里都会有几条泥鳅或鳝鱼跳来跳去，它们是因为挡不住诱惑而钻入了人类设置的圈套。

冬天还有另一种摸鱼的方法就是“闹鱼”。湘南人说“闹鱼”的意思就是毒鱼。但这种毒鱼是绝对环保的，既不污染水土，也不影响吃鱼。冬天的水田到处白茫茫一片，如果发现某丘田的水比较浑浊（有鸭子觅食的除外），而且水面经常冒气泡，说明田里的泥鳅和鳝鱼比较多，就选定这丘田来闹鱼。先把田里的水放浅一些，水刚好盖住泥土即可。然后在田两头的尖角处分别垒一个高出水面的泥台。做好现场以后，回家将榨茶油时留下的茶枯，用火烤出香味后捣碎，泡入水中，等到天色将晚，将茶枯水挑到田里，均匀泼洒在水面上，但不能泼到垒好的泥台上。晚上，田里的鱼吃了芳香的茶油后，呈中毒症状，本能驱使它们纷纷向那两个没有被茶枯水污染的小泥台游去，钻进泥里寻求避护。这样，田里绝大多数的鱼都集中到那两个泥台里了，只等第二天早上人们去捉它们。喝了茶枯水的鱼不会死去，回家放在清水里生养一阵，就能恢复元气，人吃了这种鱼对身体也没有任何不良影响，茶油所含的不饱和脂肪酸还有益健康；茶枯本是很好的有机肥，施放到田里可以提高土地的肥力。

还有一种更为简便的摸鱼方式，就是“照鱼”。夏秋之夜，繁星闪烁。乡民们把富含油脂的松树或柏树的木料劈成小块，装在用铁丝编就的网兜里，用火引子点燃，沿着田埂往水田里照。晚上正是鳅鱼鳝鱼放心大胆钻出水面纳凉的时候，它们从来没见过火，对突然出现的火光没有任何反应。这时乡民的右手高高举起鱼刀（这种刀是由一排整齐的钢丝组成的），狠狠地朝一动不动的猎物砍下去，嘭的一声，钢丝刺进猎物的身体，鱼被带出水面，装进鱼篓里，水中留下一缕鲜红的血迹。有经验的人鱼刀砍下去基本上百发百中，生手则往往被水的折射原理所骗而失手 。“照”到的鱼因为受了伤，回家后必须连夜煎熟备用。

乡村里也有以摸鱼为职业的，其摸鱼的水平已达到出神入化的地步。在春天还没插早稻的水田里，他们在腰间别一个小竹篓，卷起衣袖和裤腿，在齐膝的水中往来巡查，右手在水面上弹出响亮的水花，眼睛察看水里的反应，如果泥里有水泡冒出来，双手就慢慢伸进泥里，用不了几秒钟，当双手抽回时，右手已握住一条老鳅鱼。这种方法相对省力，也需要更高的技巧。他们将鱼捉回之后，放养在家中，随时供乡亲们购买食用。

鱼以无私的精神奉献给乡民们健康、欢乐和难以忘怀的美好记忆。

烧窑

烧窑是一项十分古老的技术活。过去农村砌屋最主要的材料就是木材和砖瓦。家境贫寒的人家砌屋用的是土砖，也就是没有经过烈火煅烧的砖，容易受风雨侵蚀；盖在屋顶的也不一定是瓦，而是茅草、杉树皮之类。而大户人家如后来被划为地主、富农成分的，盖的房子都是青砖灰瓦，这些砖瓦便是在窑里烧制出来的。

从泥土变成青砖的工序相当复杂。先得选一块没有石砾的黏土，翻挖过来弄碎，然后浇上一定数量的水，再牵头牛上来，反复在黏土上踩踏，一直到泥土像揉好的面团一样又黏又软。然后在上面盖上一层稻草，防止泥土干裂，后来塑料布进入农村，就改用塑料布覆盖。这时，在旁边筑一个米把高的台子，台子左边置放一块平整的青石板，右边掏出一个土坑，上面放一些草木灰。这些前期准备工作做好之后，真正的制造砖坯的活儿就开始了。每一块砖的形成，一般都需要三个青壮劳力协作配合。一个劳力专门负责取土。他用一个形状像“A”的取土工具，从整堆踩踏好的熟泥中分割出一坨坨大小适当的泥坯，运到台子的青石板上，滚上一层草木灰，排列在石板一旁。第二个劳力专门打造砖坯。砖模架是早就做好的，将模架用水沾湿后，放在土坑里抹一层灰，于青石板上放稳，然后双手取一坨泥，高高举起，顺势砸在模架里。这砸的力道很有讲究，不能太轻，轻了砖坯就会缺棱少角，也不能太重，重了就会将泥坯中的水分挤压到四周，导致砖坯与模架粘连，造成表面不光滑甚至变形。泥坨砸入模架后，迅速将模架侧立，底部垫一块薄木板后重新放平，再拿一种特制的弓弦一样的工具，用绷紧的弦顺着模架上沿刮过去，把多余的泥割开并去掉，将模架轻轻提起，一块有棱有角的方形土砖就出现在木板上。第三个劳力主要负责“走砖”，就是将成形的砖坯运到旁边夯实平整的地上码放起来。他将四五块砖坯摞在一起，一次搬运到码砖的地方，放稳了，再端起薄木板，用双手的大拇指将砖坯轻轻夹住，竖着排列在地上后将木板抽回，此时的砖坯还有点软，用力稍有不匀，就会使砖坯扭扭歪歪。端端正正地码好砖坯后，再将薄木板送回到石台上，供制造下一批砖坯使用。相对而言，打砖坯的人最耗力气，一般都是体力好的壮汉。“走砖”主要靠技术，一般由经验丰富的人担任，并在这个生产小组中居领导地位。如果大家的技术都比较全面，就会互相轮换角色。三个人一天下来，可以打造四五百块砖坯。

做瓦则需要更加专业的技术。第一道工序是用树干和树枝搭建一个简易的凉棚，只遮阳不避雨。还要在凉棚旁修整一块平地出来，用于晾晒泥瓦。第二道工序和打砖坯差不多，将颗粒细腻、黏性较强的泥土浇湿踩好后，搬到平地上打成泥垛，泥垛一米多长，三十厘米宽。用细钢丝将泥垛纵横分割成四块。第三道工序是在泥垛旁边立一根木棍作轴，上面安一个木制转盘，转盘上放置一个瓦桶。瓦桶是一个特制的工具，由几十块小木片用棕绳连接而成，成圆锥状，底部较宽，上端稍小，可以往里收缩。转盘旁边放一个小水缸，缸里装满水。第四道工序就是制作泥瓦。用一个装有长柄的木架（架上装有一根绷直的钢丝），从泥垛的表层推过去，就切割出四块大小适中的薄薄的泥坯来。这时转盘上已经放好了瓦桶，瓦桶外套上一层布罩。做瓦师傅用双手将一块薄泥坯轻轻捧起来，围在瓦桶外面，一边转动转盘，一边用一个棕榈树做的手柄，沾上水，将泥坯打磨光滑，再用工具割掉瓦桶上沿多余的泥，提起瓦桶放到外面整好的平地上，将瓦桶收缩提出来，把布罩取掉，就剩下一个圆形的泥桶竖在地上。类似的流程从早到晚要重复几百次，手脚勤快的人每天可以做三四百个这样的泥桶。第五道工序就是收瓦。等泥桶在阳光下变硬之后，双手提起泥桶向内挤压，泥桶就会拆成四块规格相同的泥瓦。将这些瓦整齐码放在旁边，让它们在风中进一步晾干水分。

打砖做瓦都是秋天干的活。这时，农事不是很多，更重要的是这时节湘南地区雨水少，最适宜做这类活。到了仲秋，清晨的风已有几丝凉意，正是做体力活的最佳时辰，人们早早就来到凉棚里干起了活儿，泥坯砸在砖模架里发出的沉闷声音、做瓦时转盘转动发出的吱吱声，与林子里的鸟叫声、村里的鸡鸣声，汇集成一支协调自然的晨光交响曲。等到太阳冒出山顶时，一行行泥瓦桶、一排排新砖坯已整齐地排列在坪子里了。上午阳光还有很强的热量，山谷的风刮过凉棚，发出阵阵沙沙声，阳光穿过树叶的缝隙，投下斑驳的光影。在地里干完活回家的乡亲路过时，会时不时到凉棚里来看一看。做泥瓦的师傅放下手中的活儿，洗净手上的泥，从口袋里掏出装有烟丝的塑料袋，卷一支喇叭筒递给老乡，自己也卷一支叼在嘴里，一边抽一边天南海北地神聊起来。下午，太阳快要落山的时候，土坪上的泥瓦桶晒得比较干了，可以收了，做瓦师傅脱去身上的围巾，走出凉棚，弯下腰将一桶桶泥瓦收拢，码放好。这时晚霞退尽，一天的劳动宣告结束。等待他们的是家中可口的饭菜和一壶淡淡的家酒。

经过二十多天、个把月的劳作，泥砖泥瓦都达到了相当的数量，而且水分也干透了。接下来就是烧窑。砖瓦窑一般是现成的，都是掘地而建。内部是一个直径四五米的圆柱状空间，到两米高的地方开始向内收缩，形成一个蒙古包似的圆形穹顶，顶部中央留有一个直径一米左右的天洞。窑的前面砌有一扇小拱门，用来装窑、烧火和卸窑；后半部有三个相距两米左右的烟囱。平常窑里阴暗潮湿，杂草丛生，烧窑前都要重新清扫干净。烧窑是一道很关键的工序，关系到前面所有的付出能否得到认可和回报。所以，农村都有专门从事烧窑的师傅，他们平时耕田种地，到了秋天便去替人烧窑，找点收入。烧窑师傅到来后，先要杀鸡祭窑，然后选一个黄道吉日装窑。装窑这一天，请十多位劳力来帮工，大家用架子或箩筐将泥砖和泥瓦运进窑内，烧窑师傅一层一层地把砖瓦码放好。这码放是有讲究的，必须留出合适的通火道。通火道留不好，会导致有的部位火烧不到，产生废品，而有的地方则火势过猛，把砖瓦烧扭曲。如何预留通火道，是烧窑师傅的看家本事，不会轻易传授他人。窑装满后，将窑前的门洞和顶端的出口封好。门洞上要留出烧火孔和观火孔，底部还有一个出灰口，也是通风口。

接下来就是烧火了。最初烧窑的燃料都是从山上砍来的干柴，大把大把的柴不间断地从烧火孔送进去，熊熊火焰顺着通火道流进砖瓦间，把干硬的泥坯烧得通红，改变它们的分子结构。三个烟囱没日没夜地冒着黑烟。从烧第一把火到最后封窑注水，这中间的火一刻也不能停，因此必须白天黑夜轮流派人烧火。烧窑师傅每隔两三个时辰就要上窑顶去查看火情，掌控火候，经常半夜三更从床上爬起来观察窑情。日以继夜地烧上四五天，烧窑师傅觉得所有的砖瓦都经过了火的煅烧，就下令停火封门，并安排劳力挑水灌窑。一担担清水从窑的顶部灌进窑内，热气夹着热浪腾空而起，来不及被窑内吸收的水最后都汇集到窑门口，形成一池滚烫的热水。据说这种热水能治皮肤病，所以每到灌窑的时候，总有一些家长带着自家的小孩来这里洗澡。

后来，农村的人口快速增长，山上的柴被砍得差不多了，特别是随着简易公路通到农村，手扶拖拉机开到了家门口，外面的煤可以源源不断地运进来，烧窑的燃料逐渐以煤为主了。将粉煤掺点黄泥，加水踩腻后，做成一个个铅球大小的煤球。窑门的烧火口也要作一些改进，安装上铁炉架。烧窑的时候，只要不停地往炉里送煤球就行了，劳动强度比烧柴减轻了许多。但由于煤的火力不如柴的火力大，烧窑的时间要多一两天，烧出来的产品质量也有所下降。

灌窑之后要等上三四天，待窑里的温度降下来之后才能开窑。打开窑门，里面的气温还是比外面高许多，待上几分钟就会大汗淋漓。将窑里的砖瓦依次搬出来，露天码好。刚出窑的砖瓦都是灰色的，曲起中指在瓦片上敲一下，会发出清脆的金属般的声音。淋几场雨之后，就会呈暗青色，敲打时发出的声音会变得浑厚一些。青砖黛瓦经过建房师傅之手，最后变成一栋栋古色古香的精美建筑，与山村的青山绿水融为一体。

到了 20 世纪 70 年代，农村兴起了一股烧红砖的风潮，青砖的烧制基本绝迹。红砖都是用立窑烧制的。选一块平地，将砖坯呈圆形状一层层码上去，每隔两块砖要夹一块方形煤片。垒起的砖窑外形就像日军侵华时期修筑的碉堡。砖坯垒好后，从底部的烧火孔将砖坯中间的煤引燃，让整个砖窑自燃自灭，最后也不用灌水，劳动量自然比烧青砖黛瓦少许多。不过，红砖砌就的房屋，颜色参差不齐，给人一种心浮气躁的观感，总比不得青砖黛瓦砌成的房子那么踏实稳重，赏心悦目。

但愿烧制青砖黛瓦的技艺不要绝迹，但愿欣赏青砖黛瓦的品位不要泯灭。

建房

安居乐业，是千百年来人们向往的生活状态。安居与乐业，是人生中关联度很高的两件大事。安居是乐业的前提，居无定所就谈不上乐业。有一个属于自己的“窝”，不仅肉身有一个休息“充电”的场所，灵魂也有一个可供安放的地方。在国人的价值观中，最不幸的事是无家可归，最贫穷的人是上无片瓦。自古以来，“家”被赋予十分丰富的内涵。这里不仅是安享天伦的“天堂”，也是生儿育女的“秘境”；不仅是储存财物和情感的“仓库”，也是受法律和道德保护的“圣地”。古今中外，任何侵犯行为，发生在门里还是门外，哪怕这个门是纸糊的，性质都大不一样。对付欺上门来的人，总是能在道义上占据主动。西方一些国家的法律明文规定，枪击非法入侵民宅者无罪。很多牲畜甚至野兽，都不会轻易进入他人的宅第。家，就是这样重要而神圣。

湘南的乡民们对家也看得很重，无论境况如何，都要想方设法砌几间房。在农村，建房的材料是很有讲究的，看一户人家家境如何，不用入户调查，看一看房屋是用什么材料砌的，就一目了然。家境富裕的，建的是砖瓦房，解放前地主富农的房屋都是青砖黛瓦，飞檐翘拱，画栋雕梁，并在屋脊等抢眼的地方盖上琉璃瓦，十分气派。湘南雨水多，很多大户人家的房屋靠地面的墙都是用大块的条石砌就的，既大气，又防水。室内用专门烧制的地砖铺地，平坦干燥，宜居宜家。家境殷实但不富裕的人家，就建一般的瓦房，没有条石墙，地面用简单的三合土覆盖，俭朴而实在。家庭条件再差一些的，就盖几间土砖房。这种砖是用田里的稀泥压模制作的，制作时中间放一小把干稻草，以增加土砖内部的粘连度，自然风干后，不经过大火煅烧，就直接用于砌墙。家境贫穷的，房子大都是干打垒的墙，就是先用木板装出一个模，然后填入湿土，用大木槌夯实，一节节、一层层地摞，需要预留小门小窗的地方，就横一块结实的木板，夯到一层楼高的时候，再盖上稻草或杉树皮，安上木制门窗，就成了一个供人居住的"窝"，大凡土砖房或干打垒的房子，外墙都要粉刷一层石灰，以减少雨水对土墙的侵蚀。里墙就保持本色，在人经常接触的地方，贴上一层旧报纸。这种房屋看上去很"土"，实际上居住其中也很舒适。因为墙体比较厚，隔温性能比较好，既有冬暖夏凉的效果，又没有影响健康的因素。这些人不仅"来于尘土、归于尘土"，就是在短暂的人生之旅中，也是土里刨食，用土垒"窝"，与土地寸步不离。

建房是一辈子的大事，也经常耗费许多人一辈子的精力。一个新婚家庭，从第一个小孩呱呱落地，如果是男孩，父母就知道非建新房不可了，如果以后又接二连三生儿子，父母就要发愁了。乡民们永远都生活在矛盾之中：家里多生几个男孩，劳力多，拳头硬，势力大，传宗接代更有保障，但付出的成本也很大，其中最大的成本就是建房。如果生的是女儿，这笔钱是可以省掉的。受传统重男轻女思想的影响，农村青年男女比例失调比较严重，男性找对象比较困难，女方择偶的一个起码条件就是要有新房，没有房子，其他一切都免谈。有些不错的男青年因为天灾人祸致贫，建不起新房，如果不愿意“倒插门”，就可能一辈子打光棍。所以，盖房子永远是父母挥之不去的心事。看到孩子一天天长大，他们的心事也一天天加重。

用心的父母，成家之后就会考虑建房的事，每年都节省一点钱，购置一些木料存放起来。多年后等到小孩长成壮小伙了，就开始利用农闲季节选址下地基。地基一般都是选自己家的宅基地，或村旁自家的自留地。尽管村中间有光滑平坦的青石板路，甚至有现成的地基，但很少有年轻人愿意把房子建在村中央，村边建的房屋通透开阔，便于以后扩建。十多年后，很多村落中央只剩下颓墙断瓦，成为“空心村”。在老村址的外围却形成了一个新的居民圈，户与户之间相对分散，过去那种邻里之间笑声相闻、守望相助的氛围已无从延续。现代文明造成人们情感的疏远，在农村也无法幸免。

那时建房子不需要很复杂的设计。旧社会，富裕人家讲究聚财旺气，房屋都比较封闭，有的甚至把一栋大宅第的正门隐藏在一条曲折的过廊里，临街开的是小门或后门。一些不知深浅的叫花子跑到小门去乞讨，不仅会因为不懂规矩而得不到施舍，还会受到呵斥甚至羞辱。建筑是凝固的历史。时代的印记总是通过不同时期的建筑充分显露，湘南农村也不例外。到了20世纪七八十年代，二三十年的集体所有制，使乡民们具备了相当的开放意识，体现在房屋设计上，流行一时的式样是屋前为敞开式走廊，进门为厅，相当于餐厅和客厅；厅后为室，即长者的卧室。整个布局方便而简洁。后来，一批又一批乡民乘着改革开放浪潮去沿海打工，若干年之后，他们不仅带回了建房的资金，也带回了房屋的图纸，一栋栋粤味浓郁的小洋房在乡间拔地而起，一堵堵围墙、一道道铁门又把“家”拉回到封闭和保守的情境中去了。当然这是后话。在打工潮汹涌之前，建房还没有这么复杂。父子几个人商定好大概的房屋轮廓，就开始挖基脚。先用石灰画出地基的大概形状，每天利用空余时间在白线内往下挖掘，边挖边把假土取走，直到挖到实土为止。然后填上石块和沙土，靠近地面的基础，用三合土把石缝填满找平。地基下好之后，并不会立即砌墙。具体什么时候砌，还要看其他方面的准备情况。一般来说，主要看砖瓦、木料什么时候能准备齐全。砖瓦大都是自己烧制，木料的准备则是一件难事。

那时，无论公家或者私人建房，很少使用金属材料，门窗都是木制的，所以木材在当时非常紧俏。那些年，木材都是国家或集体所有，购买木材需要批指标，一般的乡民根本弄不到这种指标，买不到适合建房的杉木。所以生产队就开会决定，允许建房的社员砍伐一定数量的古树。现在看来，那是一个十分荒唐的决定。很多 1958 年大炼钢铁时有幸遗存下来的古树，这一次都遭到了灭顶之灾，基本上荡然无存。一棵棵上百年甚至几百年的大柏树、大松树、大栗树、大枫树、大槐树、大樟树——树干几个人手拉手都围不拢——在一片砍伐声中“轰”然倒下。曾经年年在古树上做窝的鹭鸶、喜鹊和老鸹，都因家园被毁，作鸟兽散。这些树，见证了湘南农村的风霜雨雪，见证了乡民的沧桑岁月，是一道道无法复制的风景，一代代人无法忘却的记忆。有多少童年不是在这些大树底下唱童谣、捉迷藏长大的？有多少男女不是在这些大树底下相识、相恋的？这些古树若能保存到现在，每一个村子都是一个风景旅游胜地。很多古树因年轮过大而内部空虚，锯不出几块有用的木料；有些古树因木质太硬而难以加工，有的古树因过于曲折而难以取材，然而都无一例外地被砍倒、肢解。智慧的庄子曾说长得弯弯曲曲的树会因“无用”而获永年，他若知悉湘南农村当年大砍古树的运动，不知会作何感想，至少不会那么逍遥自信了吧。

解决了木料的问题后，就请木匠来做门框、木门和窗框。木匠也是七十二行之一。不过解放以后，木匠们的手艺都比较粗糙，只能做一些粗线条的家具，绘画、雕刻、上漆等传统工艺都已失传。再者，经过“文革”的“教育”，乡民们早把那些“花鸟虫鱼”视为封建文化，没有人稀罕了。木匠挑着工具来到家里，斜着眼睛，端着墨斗，把一根根木头锯成方料，然后量、刨、凿、敲，把方料变成门窗。有的人家还会趁此机会做一些柜子、桌椅板凳和床榻。

所有准备工作做好后，就开始砌屋。时间一般都选在秋天，这时节天气凉爽，雨水稀少，农活也不多。那时，除了请砖瓦匠要付工钱外，其他帮工都是隔壁邻居和亲戚，只管饭，不付工资。砖瓦匠一心一意砌，其他人挑砖的挑砖，和泥的和泥。家里的男人在工地上既帮工，又协调；家中的主妇负责办厨和给工地送茶水。在有条不紊的劳动中，墙体慢慢增高。建房过程中，有三个环节是比较隆重的。一是立门，墙砌到一个人高的时候，就要把大门的门框树起来。对一个家来说，门是非常重要的，关系到一家人的气数，平常用“倒楣”来代表运气不好，就与门相关。立门时，门框上方系上一条红布带，并燃放鞭炮，杀鸡酹酒，行祭祀之礼。二是上梁，那些年，农村的房屋大都是两层，第一层稍高，第二层则比较矮，靠屋檐的墙体一般都不足一个成年人的身高。一楼与二楼之间也不是水泥预制板，而是木制横梁上钉上木板，一架简易的木梯连通上下。楼上可以住人，也可以贮存粮食、衣物和放置杂什。当墙体砌到要收顶的高度时，就要把“人”字形的梁架吊上去。“梁”是房屋最要害的部件，支撑着整栋房屋，所以上梁的时候也要参照立门的规矩举行隆重的仪式。三是封顶。农村建房的封顶，实际上就是盖瓦，盖瓦标志房屋的主体工程要完工了，是一件可喜可贺的事。所以到了盖瓦这一天，凡是来帮过工出过力的，凡是一直在走动的亲戚朋友，都会前来帮忙助兴。新烧制的瓦已经搬到新房的四周，地上的人双手捧起一摞一摞的瓦往屋顶上抛，屋檐边专门有人接瓦，看似惊险，其实都配合默契，有惊无险。砖瓦匠负责把屋顶上的瓦一片片盖起来，每片瓦都要上下相承，正反相覆，确保滴水不漏。很多家庭还会从日杂商店买几片“明瓦”盖在屋顶上，所谓“明瓦”就是瓦状的透明玻璃，嵌在屋顶可为室内提供自然光。为防止屋檐边的瓦片跌落，还要用石灰做若干个扇形的瓦托，衬起最外面的那片瓦，白色的瓦托一字排开，仿佛给黛色的屋檐镶了一条明亮的银边，美观又大方。大伙边干活边说笑，气氛非常热闹。半天工夫，整个屋顶都盖上了瓦，封好了顶。于是擦把汗，洗把脸，来到酒席上，大快朵颐。最高兴的是东家，新房建好了，心事已经化解，儿子谈亲娶妻已不成问题。明天，做媒的人就会登堂入室，子孙满堂、其乐融融的幸福景象似乎就在眼前。想到这些，便情不自禁地提起装酒的大茶壶，挨桌敬酒劝酒去了。

挑煤

挑煤是一项最耗体力的“农活”。

那些年，山上的草被割到田里做了肥料，树林砍去建了房子，煤成了农村生活最主要的燃料：煮饭、炒菜、熬猪潲、冬天取暖，都离不开煤。当时乡村没有通公路，只能人工去挑。凡是成年人，不论男女，不问寒暑，都要从事这项重体力活。在走“五七”道路的教育方针指引下，一些初中学生也被学校安排去挑煤，他们虽然从小就参加各种生产劳动，但挑煤这样的苦差事还是让他们稚嫩的身子骨不堪重负，很多学生都是笑着出发，哭着归来。从学校到煤矿有十几公里路程，来回需要七八个小时。有的学生挑到半路上实在挑不动了，把煤担子丢在路边，搭信要父亲来挑回学校去。

等到家中的煤快烧完的时候，就要约上三五个人一起去挑煤。一般情况下很少有人单独行动，为的是在路上相互有个照应，特别是夏天容易中暑，有几个同伴在身边心里才会踏实。碰到矿上人多的时候，难免要发生些争抢，这时候人少总是吃亏的。

挑煤的艰辛非亲身经历难以理解。选个好日子最为重要，下雨天是不会去挑煤的，不仅路滑消耗体力，而且雨水落在煤担上加重负担，冲失细煤；大热天也不好，出汗太多容易疲劳；太冷的天去挑煤最是难受，去的时候穿在身上保暖的衣服，回的时候都会成为累赘。最好是不冷不热的阴天，还吹着不大不小的风。当然很多时候，人算不如天算，去的时候还是凉风习习，回的时候却变成雨雪霏霏了。

到了去挑煤的这一天，鸡叫三遍后，家中的女主人便起床做饭。无论家景如何，这顿饭必须是有质有量的：煮一斤白米饭，煎一个土鸡蛋，有条件的再蒸几块腊肉。消化功能强的，还要准备一个饭团带到路上吃。吃完饭之后，挑煤的人在女主人无声的目送中，拿起扁担，挑起箩筐，走进深深夜色里。在村口等齐人之后，一起往煤矿出发。

去的路上是轻松的：夏日有蛙鸣一路相随，秋夜有霜月无声守望。刚出村时还会相互絮叨一些家常，走着走着大家都沉默了。在朦胧的静夜里，清脆的脚步声传得很远，偶尔可以听见林子里传来几声鸟叫。在不经意间，东方渐白渐红，远山近树现出了清晰的轮廓，晨雾和炊烟从山谷中飘升，乡村开始喧闹起来。

到达矿上一般都是七八点钟了。先是去排队购买煤票，然后去矿井装煤。这些煤矿虽为集体或国家所有，但采煤工艺还非常原始，那些采煤工人头上戴着柳条编的帽子，帽子前面系一个电筒，拖着装满煤块的竹筐从地底下爬出来，除了两只眼睛黑白分明外，其他地方都是黑油油的。他们把筐里的煤倒在洞口的斜坡后，贪婪地看几眼蓝天又掉头钻入深深的地层深处。采煤工人的收入比一般的农民要高得多，所以很多村民很羡慕他们，但采煤的活儿除了辛苦之外，还有生命危险。那时经常听到某某地方的小煤窑垮塌的消息。

大部分时候，煤场都是人山人海。大家都聚拢在煤窑的坑口，等待争抢采煤工刚拖出来的新煤，这样的煤没被人选过，也没有被雨淋过，是最好的。但里面还夹杂着一些黑色的石头，必须仔细拣出去。等到把煤装满箩筐，已是满头大汗，清早吃的饭菜已经消耗了大半。

下一步就是挑起煤去排队过秤。人多的时候排队要花上一两个小时。过秤是一件大家最为急心的事。每一个人都先把箩筐装得满满的，轮到自己过秤了，把煤票交上去，将箩筐往磅秤上一放，就两眼盯住过秤员手中的小铲子，每次小铲子从箩筐里铲出一锹煤，心中就紧一下，暗暗祈求小铲子停下来。好不容易过秤员喊一声“行了”，定睛一看，箩筐上隆起的煤堆已被铲平，甚至挖出了一个坑。即便如此，筐里的煤仍然会比所购的数量多出一二成。有时候，过秤员喜欢搞点恶作剧，如果他看到挑煤的是一个小年轻，特别是一个十七八岁的女孩，无论箩筐里的煤超出多少都不动它，喊一声“可以了”。小年轻以为赚了大钱，暗笑着挑起煤就走，等走到半路上，才发现上了当：因为煤的重量远远超出她（他）的承受力，每走一步都非常吃力，这时那多出来的煤就成了曹操的“鸡肋”，挑之无力，弃之可惜。最后，当他们几步一歇把煤挑回去时，肩膀上磨出了大水泡，浑身骨头都像散了架，好几天都使不上劲。不过他们也从中获得了生活上的教训：以不贪为本。平常时候，买煤卖煤双方都是精明到家的，也有个别时候充满了人情味，如果碰巧在端午、中秋等传统节日去挑煤，矿主会比较慷慨：交一百斤煤的钱后，任由你的箩筐装个够，连过秤都免了。当然挑煤者也会向矿主和矿上的人献上祝福和谢意。

这一切忙完后，就起步回家了。回家的路程是艰苦的，没有挑过煤的人是无法想象的。很多煤场都是开在山窝里，回家的第一段路就是爬出山窝窝。挑着一百多斤的重担爬一两里长的斜坡，是最磨人的。由于地心的引力作用，人在斜坡上攀爬的时候，肩上的担子总是往后滑，挑煤者除了用力抵消箩筐向下的重力外，还要向前用力以消除向后的拉力。因此爬完这段坡路，没有一个人不是大汗淋漓。爬到坡顶大家放下担子，歇歇气，等齐一同来挑煤的伙伴。早上吃的饭菜，此时已经消耗得差不多了。这歇息不能太久，阳光已经有点灼人了，气温也升高了，稍微缓过气来，就必须开路。走在相对平缓的道路上，起初一百多斤担子压在肩上并不觉得重，越往后，感觉担子越来越沉，走着走着，汗水不知不觉又冒了出来，眉毛上、鼻尖上的汗珠子像雨天的屋檐滴水滴答滴答砸落在地，汗水把衣服浸透后，又顺着身子往下流，积聚在脚上穿的解放鞋里，走起路来“扑哧”“扑哧”地响。身上的能量随着汗水流到体外，肚子越来越空，腿脚越来越软，步子越来越重。这个时候，每个人都勾着头走路，没有一个人说话。原来整齐的队列这时候也混乱了，年轻有力的奔到前头去了，年龄偏大经验老到的边走边保存体力，踩着不变的节奏往前走；那些初出茅庐的小年轻，步子已明显慢下来，他们的体力在开始的路程中耗得太厉害，此时已感觉后继乏力。

挑煤的人都有自己相对固定的歇息点，除非万不得已，不到歇息点是不会撂挑子的。歇息点大都是有树木可以遮荫、有泉水可以解渴的地方。到了歇息地，把担子放下，在井眼里洗把脸，洗去手脚上的汗渍，喝上几捧清凉的泉水，然后回到煤担旁，把扁担架在两只箩筐上，人坐扁担上，让全身放松。带了饭团来的人，趁机把饭团消灭掉。劳累过后的这种小憩很是惬意。坐在树荫下，用手掌当蒲扇摇摇风，放眼看看周边农作物的长势，看看不远处村庄冒出的炊烟，感觉体力又在慢慢恢复。有时候他们也会想，如果自己的家离煤矿也这么近，那该多好啊，挑煤就是一件轻而易举的事情了。想归想，歇归歇，有经验的人都知道不能歇得太久，时间长了，全身都会疲软下来。于是稍作休息后，又打起十二分的精神，继续前行。

那时候，也有专门挑煤卖的人。他们挑煤都是一次挑两担。先将一担煤挑到歇息地，再步行回去挑另一担，返回去的过程就成了休息的过程。把另一担煤挑到歇息地后也不停留，继续往前走，到了第二个歇息点把煤放下，再回来挑这一担煤。这样交替着把两担煤挑回家里。好在那时民风还算淳朴，一担煤放在那儿无人看管也没有人打主意。挑煤卖的人除了体力好之外，韧劲也很强，没有吃苦耐劳的精神，哪能吃得了这碗饭。那时去煤场挑一百斤煤的本钱是一块多，到集市上去卖，可以卖到三块多，在那个一斤猪肉卖七毛八的时期，挑煤卖的收益也算不错了。

挑煤的路上必须经过一条河。那时河上没架桥，过河须得乘渡船。那种小船一次只能坐二三十人，人多的时候也会挤上四五十人，超载后渡船的安全就没了保障，每年都会有几次翻船事故发生。大多数时候挑煤的人掉进河里后，能够游上岸来，他辛辛苦苦挑回来的煤则沉入河底化为乌有。也有个别时候掉入河里后会被不会游泳的人死死抱住，一起淹死在河流里，那充满艰辛的生命便在这里画上句号。每年河流涨水的季节，总有一些鸟儿在两岸的山林里发出凄惶的啼叫声，有人说那是那些淹死在河里的挑煤人的魂魄在呼叫，提醒人们注意安全。

过了轮渡，离家就不远了。此时肩膀已经被扁担磨得辣火辣烧，肚子里也是空空如也，两条腿更是疲软无力，汗水早已出完，被汗水浸过后又慢慢风干的衣服上，出现了一条条白色的曲线，像一幅不规则的地图。好在快到家了，咬咬牙，挑起煤担又往前走，原来是五里一小歇的，现在就两里一小歇，甚至一里一小歇，终归要把煤挑到家。这个时候，如果家中兄弟姊妹多，就会有人来接。老远看到家人的影子，挑煤人就像泄了气的皮球，瞬间软塌下去，放下担子，坐在地上等待家人到来。卸掉重担之后，也感觉不到“如释重负”的轻松，反而觉得浑身酸痛难忍，走起路来更是无精打采。

如果没有特殊情况，中午三四点钟就可将煤挑回家。家里已准备了饭菜，狼吞虎咽之后，稍事休息，下午还可以出集体工。生产队长知道谁去挑了煤，大都会安排一些轻松活儿给他，既不误挣工分，又可以和大伙聊聊矿上和路上的见闻。满身的疲惫很快就消除了。第二天，将挑回来的煤倒在地上，把块煤敲碎，和上黄泥，掺入适量的水，用脚踩成煤泥。然后弄成一个个煤团，往墙上一砸，砸成煤饼，并在煤饼上按出五个深深的指印，便于以后掰开使用。等煤饼干了，将煤饼铲下来，在墙角放好备用。挑煤的所有程序到此就全部完成了。

后来各乡各镇都通了简易公路，手扶拖拉机把煤运到村口，价格比较实惠，就很少有人去矿上挑煤了。但挑煤仍然是人们茶余饭后常聊常新的话题，也是那一辈人向后辈炫耀的资本，就像他们的前辈炫耀去广东挑盐的经历一样。

碾米

在没有碾米机的时代，碾米是一件很烦琐的事。因为每天都要淘米煮饭，碾米又是一件非做不可和经常要做的事。把谷子变成雪白的大米，要经历好几道工序。

“碾”是最费力气的活儿，主要是把米粒从谷壳中剥离出来。每个自然村都有几台专门用来碾米的楅子。这种楅子不能是石头打制的，石头做的太沉，容易把谷壳里的米粒碾碎，所以做楅子原材料要用轻便一些的。做楅子是技术活，必须请经验丰富的老师傅来做。楅子分上下两扇，先用坚硬的木板做两个直径一米左右、高二十厘米左右的圆形木桶（用于上层的稍厚一些），将石灰、黏土和蒸熟的糯米捣揉之后填充进去，然后用坚硬的木片按放射状镶进每扇楅子的一个面。这些木片就是碾磨谷子的齿条。上下的齿条不仅要平整，还需反向对应，方能磨破谷壳。再将承重的那扇楅子的中心位置穿一个洞，有齿条的一面朝上，用一根耐磨的实木将楅子固定在木架上，这根实木同时又是整个楅子的轴承。置于上方的楅子则需做更多的加工，除了在有齿条一面的正中位置挖一个一寸深的坑用于对接轴承外，还要在礌子的一侧穿一小洞，作为谷子进入磨盘的通道，在礌子外沿挖一个长方形的深坑，用于安装推杆的曲柄。等礌子干实之后，配装好长长的推杆就可以碾谷子了。湘南农村碾磨东西，很少以牲畜作动力，而是用人力推动，所以礌子的推杆是 T 字形的，推杆一端的横杆就是双手把持使劲的地方。

要碾米了，家里年轻力壮的男人就会挑一担谷子来到碾米场，妻子拿把扫帚跟在后面。到场后，女人先把场地打扫干净，然后用瓜瓢把谷子舀到礌子上，男人双脚呈马步站立，双手握住推杆，先推后拉，循环往复，按逆时针方向推动礌子旋转。谷子随着礌子的转动，顺着浅槽向外滚动，当谷子从礌子四周落下时，饱满的米粒已经破壳而出。男人不停地转动礌子，谷子不断地从箩筐落进礌子，再从礌子的磨擦中跌落出来，在哗哗的响声中，实现了糠米分离。有时看到男人推磨推累了，妇女也会搭把手，分点力。等到一担谷子碾完，妇女把散落在地上的米粒和谷壳扫进箩筐。碾的工序就算完成了。

“车”相对轻松一些。经过礌子加工过的谷子，米粒和谷壳还是混杂在一起的，必须进行人工分离。工具就是过去常用现在偶尔还能一见的风车。利用米粒、糠壳比重不同的特点，用风将其区分开来。风车一共设有三个出口，前面的出口离风车顶部的漏斗最近，落下的是比重最大的米粒；后面的出口离漏斗稍远，出来的是裹有碎米粒的糠头；侧面的出口就是横着出去的风口，也是纯糠的去处。把碾过的谷子装进漏斗后，车主右手摇动风轮，左手握住可调控的闸门，慢慢将米糠混合物从漏斗放下，风轮鼓动的风把最轻的糠横向吹到最远的出口，糠头则在风车背后的口子落下，装进备好的筐里，而雪白的大米则跳跃着跌进风车前面的箩里。这道工序里最重要的是要控制好风速和闸门，若风大而料少，大米会吹落到装糠头的筐里，对缺粮的村民来说，这是一种无法容忍的浪费。如果风小而料多，糠头甚至糠壳都会掉进米箩里。当然对风力和闸门的控制不可能十分精准，爱惜粮食的乡民们宁愿减少风力，让米里有点糠也不愿糠里掺杂有米。有时看见米里的糠太多了，再重新放进漏斗里车一次。车完后，米箩移到一旁，再将吹落一地的糠壳扫拢一堆，用布袋或薄膜袋装起来，放进装有糠头的箩筐里，一头米一头糠挑回家去。

到这里活儿还没有结束，最后一桩活就是“碓”。主要是利用杠杆原理，将谷壳碓成糠。经櫺子磨出来的谷壳，还很粗糙，不能直接用来喂养畜禽，须进一步碓成粉状。一般在喂养牲口的房屋内，地上安装一个用花岗岩石雕凿而成的碓臼，取一根两米多长的老树干，粗壮的一头镶嵌一个带有铁齿的木桩，作为碓臼的钻头。在树干距钻头三分之二处，安装一根轴承并固定在支架上。树干较细的一头，刨出两个浅浅的脚窝子。碓，一般是妇女的事，等到要碓糠的时候，成年妇女把谷壳倒入碓臼里，然后用脚踩在树干的脚窝子上，用力一踏，带钻头的一端高高抬起，然后妇女脚一松，铁钻重重地砸在谷壳上，发出一声沉闷的声音，在无数次的冲压下，谷壳渐渐变成了细糠。

为了使妇女保持相对稳定，会在其上方悬一根粗绳子，妇女在碓糠时，一只手抓住绳子，一只脚踩压树干，其情其景，很像一种古老的祭祀舞蹈；那从石臼里发出的声音，仿佛是来自远古的打击乐，单调而悠远，响彻村庄的每一个角落。在月亮高悬的夜晚，这种有节奏的响声，会让山村显得更加宁静苍凉，与晴朗日子里妇女们在池塘边响起的捣衣声一样，成为那个年代无法忘却的记忆。

糠头平常是用来喂牲畜的，但在那些青黄不接的日子里，妇女们也会把糠头在石臼上碓成粉末，然后掺进稀饭里，用来填饱肚子。虽然她们知道，吃这样的糠头，会导致便秘，但相比吃树皮和观音土而言，算是不错的食物了。

到 20 世纪 70 年代中期，乡村陆续有了机动的碾米机，这种原始的碾米方式很快被淘汰。先是用柴油机带动的碾米机，后来村里通了电之后，电动碾米机更加普及，家境殷实的，都在自己家里安装了碾米机，既方便自己也惠及邻里。

刚出现柴油碾米机的时候，人们都非常好奇，一些年轻人专门跑到隔壁村子观看机器是如何碾米的。那震耳欲聋的轰鸣声，让他们莫名地兴奋；看见谷子倒进机器里，转一圈出来便米是米、糠是糠，感到新奇。开始那几年，有碾米机的村子会规定开机的日期。到了碾米的日子，无论刮风下雨，本村和附近村里的人就会挑着满满的谷子来到机房，有时排队排到机房外面的路上。在碾米的过程中，有一个环节最容易发生争执：前面人的谷子碾完后，接着碾下一个人的谷子，这当中，如果等前面人的谷子全部碾完之后再让后一个人倒谷子进机器，就会产生机器空转，既浪费柴油，也损耗设备，还耽误时间。于是，操作人员一般会在前一个人谷子快碾完时，马上将下一个人的谷子倒入机器的漏斗，估算着前一个人的谷子碾完时，立即用下一个人的箩筐截住源源下落的米和糠。因为没有准确的计量，前面的人认为截早了，把自己的粮食留给了下一个人，后面的人认为截迟了，自己的粮食漏到了前人的筐里。一般来讲，碰到这种情况，大多数人只是嘴里咕嘟一下，挑起担子就走了；碰到较真的，就会自己拿起箩筐去接，引起吵架甚至肢体接触。操作人员会及时居中做些调解工作。当然，这类矛盾纠纷的最佳调解人还是时间：没有过多久，私人电动碾米机多了起来，村里的碾米机房便关闭了，再也听不到机器轰鸣和人的吵闹声了；没有过多久，礧子被丢弃在墙角里，无人理睬了；没有过多久，碓臼上落满了垃圾，再也看不到妇女碓糠的优雅姿态了；没有过多久，很多乡村年轻人已不知礧子、碓臼为何物了。

织布

自古以来，在“衣食住行”中，“衣”总是排列首位。穿衣是野蛮人进化为文明人的重要标志。特别是宋明理学“饿死事小，失节事大”成为中国封建社会的普遍价值观后，“衣”重于“食”更是顺理成章了。

在自给自足的小农经济社会中，解决穿衣的问题是每家每户必须面对的事情。从种植棉花到纺纱织染，都是成年妇女必备的技能。解放后，政府按人头发放一定的“布票”，用于购买现成的机织布。但布票供应有限（发“票”的目的就是限购），同时，村民的购买力也严重不足，很多村民将每年无力兑购的布票私下转卖。所以，那时手工织布还是一种比较时行的手艺。大姑娘出嫁置办的被褥，老人穿的衣服，大都是用家织布做的，不过用作嫁妆的被褥，面子会尽可能用机织的色彩艳丽、寓意美满的缎子。

织出一块家织布，工序并不简单，其中有些工序还需专业人员才能完成。

每个家庭都会在自留地里种些棉花。夏天摘收晒干后，到秋天，请专业的手工弹棉师傅来弹棉花。弹棉师身背一根富有弹性的竹竿，竹竿吊起一把长长的弹弓，弹棉师左手握弓，右手握一柄木锤，一边用木锤击打弓弦，一边将弓弦送入摊在台面上的棉花。开始两弹，棉花缠绕在弦上，声音显得沉闷；再弹，棉花在牛筋弦的强力震动下，变成飞絮，飘落台上，弦声变得空灵。在弹棉师有节奏的“咚咚”声中，棉籽弹掉了，棉花变成了棉絮，整个现场变成了雪花飞舞的梦工场，弹棉师也成了须发皆白的仙人。

棉花弹好后，下一道工序就是搓棉花。空闲时，妇女将棉花放桌上，一只手拈一点棉花，摊成长条形，另一只手握一根细长光洁的木杆，放在长条形棉花的中间，用力一搓，棉花粘连在木杆四周，再将木杆抽出，一根外圆中空的棉花条就产生了。等所有棉花都搓成棉花条，就要开始纺纱了。

纺纱有专门的纺车。纺车是家家户户必备的工具，有些父母亲还把纺车当作嫁妆送给女儿。纺车的样式不尽一致，但功能都是一样的，就是通过手柄摇动大轮，带动一根铁芯高速旋转，在旋转中将棉花条转变成缠绕铁芯的棉线。每当夜深人静的时候，妇女坐在矮凳上，在一盏昏暗的煤油灯映照下，一只脚搭在纺车上，右手摇动纺车，左手握着雪白的棉花条，慢慢在铁芯上纺出线头，然后将棉花条轻轻往后拉，拉到手臂的尽头，又有节奏地缩回来。在这样不停的拉伸收缩中，铁芯被棉纱缠成两头尖、中间大的纱锭。一个纱锭纺完了，换根铁芯又纺。

纺车不停地发出匀和的“呜呜”声，如歌如诉，成为农村孩子记忆最深的催眠曲，也是漂泊在外的游子最难淡忘的乡愁。

接下来，还有许多烦琐的程序，都是家庭妇女独自完成的。将纱锭上的纱缠绕到一个轻便的竹架上，让纱线变成一个个直径约一米的纱圈，再借助自制的工具，将纱圈转换成盘绕在木架上的纱。木架是专用的，四根直立的约一尺长的木条，两头用木十字固定。农村老人过世了，入殓前常用这种木架垫头。一匹布织多长，就由缠在木架上的纱线的长度决定，一匹布织多宽，由木架个数的多少决定。

这些事做完后，织布的工作就由专业织布匠来完成。织布匠有男有女，男的居多，也是当年农村众多的工匠之一。有时织布匠背起织机到别人家里去织，饮食由该户人家提供，吃饭时还会上点家酒。有时，织布的人家把缠有棉纱的木架挑到织布匠家，谈定价钱包给织布匠，约定取布的时间。如果相距不远，织布人家的主妇隔三差五会送壶米酒或几个鸡蛋来犒劳织布匠。

织布匠选一块平坦的地方，一般是村里的公祠，在两头钉入相互对应的巴掌大的竹板，每头五到六片。空中横悬一根绳子，绳子上等距离系上小铁环。然后将十字木架依次摆在地上，把木架上的纱线头穿过上方对应的铁环，最后归拢在织布匠手中。织布匠先将棉纱固定在最里面的一块竹板上，然后手攥棉纱走到另一头，弯腰将棉纱扣住靠里面的竹板，又站起来走到这一头，将棉纱固定在第二块竹板上。这样不断地来回巡游，将十字木架上的棉纱全部有序地扣到竹板上。一匹布的经纱就这样成型了。织布匠把纱收起来，进入下一个程序，把纱镶入织布机。

镶纱是一件细活，也是一件体力活。织布匠先要把线头逐根穿过织布机的竹篦子，然后将所有的经纱平整地收拢到织机顶部的滚轴里。为了使经纱绷直，织布匠会把纱的一头固定在滚轴上，另一头用大石块压住棉纱，通过转动滚轴，一边抻紧棉纱，一边将棉纱卷到滚轴上。做完这些，就可以织布了。

织布是一件手脚并用、默契配合的活儿。织布匠坐在织机上，在预留的经纱中间的折返处横穿一根木棍，木棍的两头用一根宽幅的布带固定好，布带绕过织布匠腰椎部，将经纱绷直。织布匠双脚踩在织机底部的踏板上，踏板的升降，带动上下两片经纱有序交替。双手的作用就更复杂了，两手的大拇指和食指架住织布机的摆子，另外三个手指专司穿梭和接梭。摆子是扣在竹篦子上的实木框，悬吊在半空中可以前后移动，其作用是将纬线压实在经线上。当摆子推上去的瞬间，梭子引着纬线从右边穿到左边，拇指一松，摆子压下来将纬线压紧；这当口，双脚一踩，两片经线交错，双手再把摆子推上去，梭子从左边穿到右边，摆子又压下来。无数次这样的重复，才使棉纱一厘一厘地变成布。这里特别讲究手脚的协调性，摆子前后移动、梭子左右穿插、用脚带动经线上下交替，所有动作都必须十分默契，否则会经常出现断线、损毁织机的故障。为了使棉布结实耐用，织匠不仅在摆子上安放了一根铁棍，而且将摆子与织机后面的两块重木相连，以增加摆子的重量，使织出来的布紧实美观。在织布的过程中，织布匠的眼睛始终跟随梭子移动，从右到左，又从左到右。中间如果出现纱线断裂，就要及时接好。接线也是有技巧的，织布匠接的纱线不仅牢固，而且平滑美观。

织布机上的很多部件都是木头的，只有梭子是用牛角做的。织布时，各种部件的转动或移动，都会发出不同的声响。脚踩踏板的声音浑厚，摆子下压的声音沉闷，木轴转动的声音尖厉，各有特色却又协调兼容。

布织好了，雇主按约定付款后把布拿回家去。织布匠的事算忙完了，雇主却还有一些事要做。先是染布。那时也有专门的染坊，也有自己动手染的。颜色都比较单调，都是靛蓝，但可以染出一些简单的图形。上色晾干后，根据事先的安排，做被褥的做被褥，做衣服的做衣服。这种家织布做的被褥和衣服，接触皮肤会觉得粗糙，但透气性好，且不伤皮肤。为了保持衣服的硬挺，穿过的衣服洗干净后，都要用米汤水浆一遍。这种米汤水不是淘米水，而是煮大锅饭煮到快熟时舀出来的乳白色的汤。衣服在河边用棒槌捶打漂净后，拧干水，泡入装有米汤水的盘子里，让衣物沾满米汤，晾晒干后，就可以穿了。这种米汤水含有大量的营养，村民们舍不得吃，而用来浆衣服，再一次证明乡民们“衣”重于“食”的价值取向。

补锅

那时候，经济拮据，崇尚节俭，很多家具、农具都是“修修补补又一年”，给各种专事修补的匠工提供了源源不断的生意。“修”就有修手电筒的、修锁的、修伞的；“补”的则更多，有补鞋的、补木桶的、补箩补筐的、补锅补盘的。此外还有磨刀磨剪的，不一而足。匠工的存在，方便了群众，改善了生活，也丰富了记忆。

最有意思的是补锅。

铁锅是农村最常见的不可或缺的工具，有煮饭用的锅，炒菜用的锅，还有熬猪潲用的锅。那些年，国家大力发展重工业，好钢好铁都用来造机器，供销社卖的铁锅材质都不好，很容易生锈开坼。加上群众生活艰辛，煮菜的铁锅因为缺油经常锈迹斑斑，不耐久用；煮饭的铁锅则总被那些没吃过饱饭的年轻人刮个不停，一粒烧焦的锅巴也会刨刮到嘴里。天天刨，餐餐刮，自然会影响饭锅的使用寿命。一不小心，好好的铁锅底部就出现了砂眼，或从锅底向锅帮裂开一条缝。碰到这种情况，家庭主妇们一边将就着用这些铁锅煮饭菜，一边托人搭信给邻村的补锅匠，要他过来补锅。

除了铁锅，农村常用的铁器还有搪瓷脸盆。从最先用木盘到使用搪瓷盘，是一个进步。木盘笨重且容积小，搪瓷盘既轻便又美观。但搪瓷盘容易破损，一不小心摔在地上，表层的搪瓷被碰掉，用不了多久，失去搪瓷保护的铁皮就会锈出漏洞。漏洞小的时候，用一绺棉花堵好尚能使用，漏洞一大，就只能和补锅匠做生意了。

补锅匠是悄悄进村的。他来到老地方，支起小火炉，拿出几块烂铁敲敲打打，叮叮当当的声音很快引来那些喝茶的妇女和不爱读书的玩童。而且补锅匠来了的消息，不知道通过什么方式，就在全村迅速传播开来。不一会儿，手持烂锅破盘的人就把补锅匠围得里三层外三层。补锅匠接过一只开了坼的铁锅，翻来翻去看了几看，左手把铁锅靠在铁砧上，右手拿小铁锤把铁锅裂缝边的锈铁敲掉，然后放到三足铁架上。做完这些，补锅匠生起火炉，炉中央放一个泥罐，罐子里放入一些碎铁块。随着风箱的拉动，旺旺的炉火很快把泥罐里的铁块熔化为铁水，蛋黄色的铁水不时冒出绚烂的钢花。这时补锅匠左手拿一块叠了好几层的小布块，迅速从地上掏一层草木灰在上面，大拇指在灰上面压一小坑；右手用铁钳夹一个小泥勺，把炉中的铁水舀到左手的小坑里，形成一粒圆圆的铁水球。左手平稳迅速地移向那只铁锅，把那粒铁水对准铁锅的裂缝，往上一抬，铁水挤进裂缝变成了月偏食的模样；右手放下铁钳，快速拿起一支用破布扎成的布柱，将布柱蘸上水对准那粒“月偏食”压下去，“嗞”的一下布柱被灼热的铁水烧出一道火苗。补锅匠不理不睬，手握布柱左右扫压，几秒钟的工夫，铁水被凝固，被压平，铁锅的缝隙弥补了一小节。若干次这样的重复后，铁锅补好了，补锅匠拿一把棕刷蘸上黄泥浆，在修补处刷几把，这件活就算做完了。刷泥浆为的是将那些肉眼看不见的缝隙封住，泥浆经火烧结后可防渗漏。妇女将铁锅拿回去洗干净，就可以炒菜或煮饭了。不过修补过的铁锅就像缝过针的皮肤，疤痕容易破裂，炒菜时锅铲用力过度就会铲掉那些铁补钉，造成铁锅重新开坼。因此，主妇们在使用补过的铁锅时，都会特别小心。

如果碰到铁锅不是开坼而是破裂，那就是另外一种修补方法：给铁锅换底。补锅匠将铁锅破损处的边缘敲击整齐，这种敲击是需要技巧的，敲击的动作要准要快，不能拖泥带水，否则会把原本完好的区域震坼。敲好后，另找一个合适的锅底用篾片扣在铁锅上，先用铁水将铁锅与锅底固定好，撤掉篾片，按先前的方法将空隙补好压平。

补锅很讲技术，也十分辛苦。夏天气温高的时候，旁观的人都是站在远处围观，补锅匠则要贴近火炉操作，用不了几分钟就会满头大汗。一个铁锅补下来，到处沾满锅灰，像小煤窑的采煤工，浑身上下只有两只眼睛在发亮。

现在补锅匠已经绝迹好多年了。乡民们的铁锅、脸盆坼了烂了，只会当作废铜烂铁卖掉，不会再去修修补补了。但对那个年代的少年儿童来说，他们从补锅匠的劳动中晓得了铁是可以熔化的，熔化的铁水是黄颜色的；晓得泥巴看上去比铁软，实际上比铁更不怕火；晓得冷冰冰的铁块在特定环境下可以变成一朵朵绚丽的钢花，绽放出惊人的美丽。这些知识，都是他们在学校里学不到、看不见的。

辑三 | 那些人

麻生

麻生家三代单传，父母打小就十分疼爱他。小时候，麻生出麻疹，用手在脸上抓了几下，便留下好几个小坑，大人顺势给他取名“麻生”。麻生长得虎头虎脑，憨厚可爱，街坊邻里都喜欢他。长到十来岁，人们发现麻生走路的样子与众不同，总觉得有点重心不稳。十一岁时，麻生父亲病故，从小不太干活的麻生不得不与其他伙伴一起参加生产劳动。在劳动中，麻生的身体缺陷暴露无遗：挑担子很费劲，左右两头起伏很大，走路的速度也比常人慢了许多。细心人发现，原来麻生两只脚不一样长，左脚要比右脚短一些。这种短，不是小儿麻痹症引起的结果，只是一种生理上的缺陷，没有痛楚，没有变形，所以小时候这种缺陷并不容易发现，长大后，繁重的体力劳动既暴露了麻生的缺陷，而且也在肩挑手提中加重了这种缺陷，以致到二十岁以后，即使空手吊脚走路，别人老远就能发现其姿势有毛病。

在农村，这种缺陷是致命的，乡民们视为“半残废”。尽管麻生母亲多方张罗，始终没有媒人上门说亲。麻生的姐姐出嫁了，妹妹也嫁人了，麻生还是光棍一条。麻生为人坦诚，也喜欢拉二胡，所以村里的男男女女都喜欢去他家闲坐聊天，麻生母亲也愿意他多与人交往，希望能在交往中碰到有缘人，把家里的香火传承下去。但缘分一直没有来，直到麻生母亲离世，也没有看到麻生吹着唢呐娶亲的场景。不过麻生并不寂寞，村里有个比他大几岁的小寡妇对他很好，夜深了，在麻生家闲坐的人都走了，她还陪着麻生不走。大家都知道麻生的情况，没有人去管他们的闲事。

麻生对这样的生活感到满足。他每天和大伙一起干活儿，队里同情他，总是给他评主劳的工分，生产队长一般都派点轻活儿给他做。他收工后就在家里拉拉二胡，和男男女女扯扯家常。也有人想撮合麻生与小寡妇，小寡妇想了几天没同意，她担心麻生年纪大了不好照顾。麻生心里也明白，打这以后，再也不去想传宗接代的事了。他相信，一切都是命。每每夜深人静的时候，小寡妇不在身边，他思前想后，内心也会有一种不安：烟火在自己手上断了，以后逢年过节都没人给列祖列宗烧炷香，不知百年后如何去见他们。等到天亮，看到太阳照常升起，麻生又把这种不安丢到了九霄云外。

日子就这么静静地过下去。麻生三十五岁时，上面来了新政策，要实行家庭联产承包责任制，各家各户都各自种自己的责任田。麻生无兄无弟，无家无室，顿感孤苦无助。他默默地吃力地打理着分给自己的那几亩田土，脸上的笑容越来越少，二胡的声音也越来越稀。关心麻生的人发现，他的脚跛得更显眼了，人也越发显得苍老，好几次小寡妇都被他关在门外。大家在忙完自己地里的活儿之后，也抽空去帮帮麻生。这样将就着又过了几年。

具体说不清“打工潮”形成于哪年哪月，只是不知不觉间，留在田地里干活的只剩下老人和妇女了。当初麻生的姐夫来约他去广东打工时，麻生就像久旱逢甘霖一样喜出望外。他想，去那边打工，坐在工厂里的流水线旁做点手工活儿，自己腿脚不便的毛病就没什么影响了。于是在一个秋天的夜晚，麻生和姐夫乘坐长途卧铺大巴，来到人生地不熟的广东。他们先在广州市转了几天，没有找到愿意接收他们的厂子，后来又去了东莞，进了一家合资企业。厂家把麻生的身份证收走了，还要他交了两百元押金。麻生坐在流水线旁边做小灯泡里的钨丝，从早上八点一直做到晚上十二点，中间只留出两个十分钟用来吃中晚饭，双休日也不放假。起初麻生还蛮有兴致，做了半个月后，他感觉自己很疲劳，有时手里还做着事，眼皮子就合上了。他时常想起在家乡的那些时光，想起小寡妇聚精会神听他拉二胡的情景，也想起冬天躺在床上懒洋洋地看麻雀落在窗台上叽叽喳喳叫个不停的样子。那种闲淡、那种缓慢，让麻生有恍如隔世之感。刚做满一个月，麻生就要求辞职。小工头与麻生是一个乡的，没有为难他，把身份证和押金还给他，还另给了他八百元，算是麻生一个月的劳动报酬。

出厂后，麻生在东莞晃荡了好几天，没有找到自己满意的活儿，就去建筑工地应聘，对方看出他腿脚不便，也没敢要他。经人介绍，麻生辗转从东莞来到佛山，进了一家厂子。麻生运气算好，这家企业每天只上十个小时的班，每月有四天假，麻生不紧不慢地做活，一个月也能挣到两千元到两千五百元。于是麻生便安安心心在厂里做事，他盘算着，在这里打上十几年工，挣个二三十万之后就回到老家安心养老。

不知不觉，麻生到广东差不多有一年了。这天是星期天，麻生休息，他姐夫来找他，说是自己过生日，请麻生出去搓一顿。麻生很久没见着姐夫了，便满口答应。两人离开工厂，朝附近一个湖南人开的小饭馆走去，那里的炒血鸭很正宗。这当中要横过一条铁路，麻生的姐夫在前，麻生因腿脚不便有些落后。麻生姐夫刚穿过铁路，突然听到一阵刺耳的汽笛声，他回头一看，麻生刚好走到铁轨中间，看到轰隆隆驶来的火车，正使劲迈那条短腿，不知怎么的，就像被人施了定身法一样，麻生的腿始终没有抬起来。麻生姐夫想喊却喊不出声，眼睁睁看着火车朝麻生轧过去。这一年，麻生还不满四十五岁。

铁路部门告诉麻生姐夫，如果麻生是城市户口，按规定可领到八万元赔偿金，由于麻生是农民，只能赔偿三万元，外加一千元的安葬费。麻生姐夫看了一下摆在桌面上的政策文本，没有说什么，拿起笔签了字，领了钱，在铁路部门的帮助下，将麻生火化后在当地安葬了。麻生姐夫没有把麻生出意外的事告诉他人，他用麻生的抚恤金在佛山租了两间房子，自己开了一个小炒店，生意逐渐红火。来吃饭的老乡问他："麻生过得怎么样啊？”他笑呵呵地答道：“我也好久没见着他了，应该过得还好吧。”

多年以后，麻生同村的一个伙伴找到了一份在铁路部门做保洁员的工作，有一天他在打扫储藏室时，无意中发现了几年前的一份报纸，上面说某年某月某日发生一起火车撞人事故，死者是一个跛腿的中年男人，叫麻生。他惊讶之余把这消息告诉了其他老乡，大家才知道麻生早已不在人世。麻生的妹妹和妹夫去找姐夫分抚恤金，姐夫死不认账。当年和麻生要好的小寡妇听到音讯后，伤心了好几天。打那以后，每年的清明节，她都要去麻生以前住的房子门前，点几炷香，烧点钱纸，顺带扫扫窗户的蛛网，扯扯门前的杂草。后来，小寡妇改嫁了，麻生的那几间老屋慢慢坍塌了，成了野草、野猫和老鼠的家。麻生，连同他的梦想、琴声和一瘸一歪的身影，永远地消失在急速变动的岁月里，没留下一丝痕迹。

毛领大衣

解放后，乡民们都是穿棉袄，很难得穿大衣，至于毛领大衣更是难得一见。有一个中年人，在县建筑公司当了一个小包工头，生活水平远远高于一般社员的生活，所以他穿得起毛领大衣。每次回家，只要天气不热，他就会把毛领大衣披在外面，走路时两个膀子甩得老大，站立时，双手叉腰，把大衣撑得老开，无意之中显得更加伟岸。乡民们都习惯地叫他“毛领大衣”。

乡民们也搞不清他大衣上的毛领是人造的还是真正的动物皮毛，只觉得衣服上有毛领的人肯定是有钱有地位的，所以不自觉地就会心生敬意。无论什么场合，只要“毛领大衣”一开口，其他人立马缄口；只要他想落座，那怕辈分再高的老人，也会把主位让给他。他说每一句话，都不会有人反对，也不会有人怀疑，如果他说过两天太阳要从西边出来，大家都不会觉得惊讶，相信那就是事实。“毛领大衣”很享受这种感觉，如果在单位上受到领导批评，心里郁闷，就会穿上毛领大衣回到乡里，那种自信、快乐就会失而复得。他的发型跟伟人标准像里的发型很像，说话的速度、挥手的动作都与伟人的神韵有几分相似，特别是抽烟的姿势已几近酷似。他特别喜欢伟人穿毛领衣服坐在竹椅子上的照片，家里张贴的伟人像，除了标准像都是穿毛领衣服的像。每次有人到家里来，他都会不厌其烦地声明，他衣领上的毛和伟人衣领上的毛是一样的，都是老虎毛。

他太太见的世面比不上他，对这些攀龙附凤的事不太感兴趣，她最大的享受就是跟自己的男人一起回娘家。每次看到以前那些做姑娘时的伙伴纷纷提着茶壶来敬茶，看到她们眼珠子里流露出来的羡慕嫉妒恨，心中顿感幸福满满。她生有两男一女，男孩均已成年，到了谈婚论嫁的时候。有这样的家庭背景，找城里吃公家饭的姑娘虽然有点困难，但找农村妹子完全可以揪住头发任意挑。她放出风来，说自己想在娘家找儿媳妇，弄个亲上加亲，便有很多条件不错的大姑娘前来请她或陪她喝茶。她先是说自己的儿子如何好，好到貌比潘安，才胜伯虎。再从口袋里抽出几张新崭崭的十元五元的票子，在姑娘们眼前晃个不停："只要谁愿嫁我家，'大五大十'任她花。"当时一斤猪肉只卖七毛八，人民币最大的面值只有五十元的，面值十元五元的钞票，很多乡民只在梦里看到过。这一晃确实很有杀伤力，让很多姑娘心神摇动。不过谨慎的乡民们通过各种途径了解到，她的两个儿子都不成器，大事做不来，小事不愿做，整天游手好闲，是典型的"二流子"。消息一传十十传百，姑娘们再也不去看那晃动的"大五大十"了。

多年以后，"毛领大衣"因为对一起工地事故负主要责任，被批准提前退休。从此家景一年不如一年，他回乡的次数一年比一年少，即使回来，也很少去串门，躲在亲戚家里，吃餐饭就悄悄走人。但还是有乡民发现，他依旧穿着那件毛领大衣，只是衣领上的毛已经秃了好几块。

木鱼脑壳

有一壮年汉子，大家都记不起他的姓名是什么了，无论老人小孩，都喊他“木鱼脑壳”。木鱼是和尚手中的法器，中间空虚，敲打能发出脆亮的声音。村民们常常用“木鱼脑壳”来形容那种“脑袋空洞嗓门大、四肢发达一根筋”的人。他荣膺这一称号算得上名副其实。

“木鱼脑壳”长得人高马大，浑身有使不完的力气。祖辈都是靠给人打长工养家糊口，土改时划的成分是雇农，属于苦大仇深的行列。“木鱼脑壳”从小没读过书，连自己的名字也只能认不能写，性格却十分暴躁，动不动就把拳头竖到对方眼前，一副天不怕地不怕的样子。左耳根下方有一条一寸多宽的疤痕连到嘴角，稍一激动这条疤痕就闪闪发亮，就像眼镜王蛇吐出的信子，让人心惊肉跳。谁家的小孩子不听话，只要说一声“木鱼脑壳”来了，马上就变得乖巧老实。有一个道士看了他的骨相后，摇着满头白发说：“可惜了，可惜了，如果生逢乱世，拜将封侯也有可能啊。”

更为可惜的是，“木鱼脑壳”既没有生于乱世，也没有碰上平和安适的小农经济时代。他原本可以凭力气土里刨食养活自己和家人的，无奈造化弄人，他一次次被卷入时代的潮流中，身不由己地做了很多得罪人的事。

在高唱阶级斗争主旋律的那些年，批斗“四类分子”是“家常便饭”。但很多地主富农并没有宣传的那么可恶，解放以前一些大户人家与村民的关系本来就比较和谐，解放后，很多地主富农没有了土地，为人做事更低调，很少说不满的话、做得罪人的事，所以在乡民们的眼中，他们和普通农民没什么两样。每次开批斗大会，都没有人愿意去捆押“四类分子”。村“革命委员会”主任也是没有文化的粗人，在旧社会受过很多苦，他把这一切都归罪于地主富农等“四类分子”，与他们作斗争充满激情，其乐无穷。他能当上村主任，凭的就是他的这种激情和阶级觉悟。在轰轰烈烈的阶级斗争中，村主任需要一个冲锋陷阵、勇往直前的斗士，他正确选择了“木鱼脑壳”，跟他说某某在某天深夜召集几个“四类分子”开“黑会”，密谋“变天”，要重新把他们家土改时分给贫下中农的土地收回去，我们必须召开批斗会，揭露他们的阴谋，打击他们的气焰。“木鱼脑壳”听见后信以为真，十分气愤，第二天清早就按村主任的要求将几个“四类分子”从家中揪到批斗会场。有一个七十多岁的老地主，路都走不稳了，被他揪住衣领，连拖带推弄到会场，当场晕倒过去。他捆人的动作十分熟练，一根绳索从“犯人”的肩膀上绕手臂几个圈，然后往后一拉，双手就被反扭到了背后，如果“犯人”不老实，“木鱼脑壳”将绳索往上一提，对方的头就会随着手臂的提升而下坠，呈低头认罪之势，再往向提，就可听到手臂骨节的爆裂声和惨叫声。在内心愤怒之火的鼓动下，“木鱼脑壳”没有丝毫仁慈之念，常常让那些“犯人”发出杀猪般的尖叫。很多“四类分子”对他又恨又怕。

很快，“木鱼脑壳”因心狠手辣而成为全公社的知名人物。公家有什么大型的批斗会，总是请他打头；有什么大型的建设工地，都请他去当监工。有一年，公社有一个大的水利项目，各大队都抽调民工去劳动。为提高工作效率，每个参加劳动的社员都实行目标管理，每人每天必须挑二十担土石，每挑一担就发一块木牌，得到二十块木牌就可以收工。公社领导把发木牌这个轻松而光荣的任务交给“木鱼脑壳”，他感到十分荣耀，工作非常卖力，非常认真。他六十多岁的岳丈也在工地上劳动，那天挑土挑得特别累了，离二十担的目标还差六七担，于是在路过他眼前时给他使眼色，要他多给几块木牌，“木鱼脑壳”不仅不给，还把情况报告给工程建设指挥部，副指挥长在对“木鱼脑壳”给予表扬的同时，通过工地的高音喇叭将他岳丈通报批评，并罚多挑十担土石。他岳丈气得差点背过气去。

那些年，上级把做小本生意定为资产阶级萌芽，一经发现就要坚决铲除，每个生产队都成立了“割资本主义尾巴”工作组，专门监督和消灭各种商品经济形态。“木鱼脑壳”作为难得的干将又被抽去当工作组成员。他发自内心地认为，社会主义是不允许出现做生意的情况的，这些东西多了，社会主义就会变成修正主义，贫下中农就会吃二遍苦，受二茬罪。他到工作组后，深感自己责任重大，每天起早贪黑，不辞劳苦。每逢赶集的日子，无论刮风下雨，都早早站在市场的口子，远远望去，颇有几分张翼德屹立当阳桥的气度，大有一夫当关万夫莫开的阵势。一些认识他的人老远就折身返回了，不认识他的人想找他通融通融，说家里吃的盐都没有了，想到集市变卖几个鸡蛋买点盐吃。“木鱼脑壳”两眼圆睁，左脸那条伤疤闪闪发亮，只说了一句话：“你就是我亲爹老子，今天也过不了我这关！”很多人还来不及弄清他说的话，只是看到那条红光闪亮的伤疤，就知道碰上不好惹的人了，赶忙提着篮子往回走。

为防止“资本主义毒草”在农村萌芽，对各家各户的自留地面积是严格控制的，所种的蔬菜只能基本保证一家人日常生活需要，面积宽了，蔬菜多了，就会拿到集市去交易，就会产生“资本主义尾巴”。有些农户家庭人口比较多，就偷偷在一些偏僻的地方开荒种点粮食或蔬菜。在“木鱼脑壳”看来，这完全是翻身忘本的行为，是对社会主义的不满。他向村“革委会”主任报告，主任要他始终站稳无产阶级政治立场，放手大胆地去割“资本主义尾巴”。有了村主任的首肯和支持，“木鱼脑壳”每天肩扛锄头手握镰刀去田野巡察，发现有新开荒的地，无论庄稼长势如何，是否成熟，都或砍或挖，一律摧毁。即使快成熟的粮食，他既不放过，也不带回来自己食用，宁可弃之于野也不占小便宜。很多农夫看到自己就要收获的粮食被毁，茂盛的庄稼被砍，心中无限惋惜之余，也咒骂“木鱼脑壳”绝蔸子、砍脑壳、不得好死……

“木鱼脑壳”成了那个年代风云际会的人物，也是乡民们茶余饭后议论最多的人物。有少数人很羡慕他，不用干重活累活，还经常登简报上广播。更多的人却嫉恨他，说他做的坏事太多，总会遭到报应的。听着大家的种种议论，有个读过私塾的老人用手捋着胡须慢吞吞说道：“‘木鱼脑壳’人本质并不坏，在生产队劳动，很多人出工不出力，他却从不偷懒；平常为人也不错，经常去帮村里一位“五保户”挑水劈柴，你们当中能做到他这样的有几个？他吃亏就吃在做事不过脑子，做事做得太过。”村主任对“木鱼脑壳”的感情最复杂，他既欣赏“木鱼脑壳”一根筋的办事方式，私下里总把“木鱼脑壳”叫作“赶山狗”，说他丢根骨头就追着跑。同时又担心“木鱼脑壳”的风头盖过自己，特别是听说公社想让“木鱼脑壳”担任村“革委会”主任的传闻时，心里既紧张又有点后悔，后悔当初重用“木鱼脑壳”。村主任知道，“木鱼脑壳”自己不会想着当村干部，但也不会傻到让他当也不当的地步。

正在村主任焦虑之际，上面的风向变了，不再讲阶级斗争了，不再有“地富反坏右”分子了。新风吹来，“木鱼脑壳”晕乎了，他不明白，没有阶级斗争的社会，还是不是社会主义；地主富农刚刚被打倒，说没有就没有了。他也弄不清楚，公社领导说话的调子怎么说变就变了。也许他把脑壳想坼也想不明白。就在他晕晕乎乎的时候，人们对他的态度却很清楚地改变了：公社不再派他去做中心工作，他的名字也不再上简报和广播；村主任也不再找他商量大事；以前怕他的人昂首挺胸地从他眼前走过，有的还当着他的面朝地上吐口水。这些，“木鱼脑壳”都没有太在意，只是他家笼子里的鸡鸭在一个晚上全部被人毒死，两条看家的大黄狗也一夜之间不知去向，他大儿子正准备娶亲的对象也说吹就吹了。曾经风光无限的“木鱼脑壳”突然像霜打的茄子一样蔫了，仿佛精气神都被一阵风给吹得一干二净。两年之后，作为那个时代的象征和见证，“木鱼脑壳”在苍凉中辞世。出殡那天，扶灵的人寥寥无几，仿佛“木鱼脑壳”是得了麻风病死掉的。

办理完丧事后，“木鱼脑壳”的两个儿子就带着母亲去了广东打工。每年清明节，他们都回来给“木鱼脑壳”扫墓，其间也不和任何人联系，扫完墓就走。后来听说，他们在广东打工发了财，买了房子，一家人过上了幸福日子。

秀秀

秀秀是个独生女，与老母亲相依为命。秀秀十七八岁时，老母亲快六十岁了，秀秀再不准她下地干活，家里全靠秀秀一个人挣工分。

秀秀长得很漂亮。尽管从小就肩挑手提，身材还是出落得十分出众，经常从事体力劳动，反而让她凸凹有致。常年日晒雨淋，肤色依旧白净，干活出点汗的时候，鹅蛋型的脸上更是白里透着红。一头乌油油的头发总是齐耳根剪掉，额头上整齐地梳着刘海儿，既美观又便于打理。一看就给人一种勤劳朴实的印象。

秀秀性格文静，平常话不多，家长里短的事从来不去掺和，除了与本生产队三四个投缘的女孩玩外，很少跟外人接触，平常日子收工回来后，就陪着母亲做做针线活，说说话，无形之中给人一种清高冷淡的印象。

秀秀的漂亮和贤惠吸引了很多人。本村子里那些和她年龄相当的男孩子，都想娶她做老婆。有的只是暗恋，有的有事无事去她家里串串门，帮助母女二人干点重活。秀秀心知肚明，就是不去点破，照样过着平静的日子。邻村也有人托媒婆来秀秀家提亲，其中还有一个在公社开拖拉机的青年，秀秀都没有松口。几年过去了，那些对秀秀有想法的男青年大都结婚了，和秀秀玩得好的那几个姑娘也嫁人了，秀秀还是心无旁骛地陪着老母亲过日子，没有人知道秀秀心里在想什么，在等什么人。

秀秀二十一岁那年的春天，村里的小学来了一个年轻老师，姓童。看上去二十二三岁的样子。他本来是上海一所有名的师范院校的学生，毕业前一年，父亲被打成“右派”，所以还没毕业就被派到秀秀所在的这个偏远的山村来教书。童老师长得很帅气，留一个漂亮的分头，戴一副细框眼镜，说一口标准的普通话。他就住在村小学里，下课后就在宿舍里写毛笔字，或者抱着一本厚厚的书看得入迷。村里只有他一个老师，所以语文、算术、音乐、美术课都是他上，村小有一到四年级，每个年级的课也是他上。村小的学生很喜欢听他上课。但村主任发现童老师不会种蔬菜，就要每家每户轮流送小菜给他，童老师很感激，也经常帮乡亲们写写信，写写对联。

起初，秀秀只是听说村里来了个新老师，也没有怎么放在心上。因为秀秀家里的特殊情况，村里也不要求她去给童老师送蔬菜。秀秀认识童老师，是那年秀秀母亲过六十一岁寿诞，亲戚朋友要来做寿，秀秀去请童老师写寿联。那天秀秀来到村小时，童老师正躺在床上看书，听见有人喊“童老师”，马上站起来，走到房间门口，正好与秀秀四目相对，两人都怔了好几秒钟，秀秀才红着脸说："童老师，请你给我写一副对联。"童老师回过神来，连连说"好、好"。秀秀急忙把带来的红纸铺在书桌上，童老师拿起毛笔蘸饱墨汁，唰唰几下就写好了。因为要等墨汁晾干，秀秀站在那里，低着头看着写好的对联，一句话也不说，只是脸上的红晕比刚来时更浓了。童老师也有些手足无措，但还是没话找话地问了秀秀一些事情，比如叫什么名字，家里有哪些人。秀秀只答不问。在这十几分钟的相处中，秀秀仿佛过了好几天，头上不知不觉冒出了细汗，把前额的刘海儿粘在光洁的皮肤上。好不容易看到墨汁晾干了，秀秀赶忙拿起对联转身就走，童老师喊了一声秀秀，接着伸出右手来，秀秀回过身来，不知老师还要说什么话。童老师说"我们握握手"。秀秀犹豫了一下，才把手伸了出去，当两手相握时，秀秀感觉童老师的手特别软和。童老师盯着秀秀说："你一点都不像农村长大的。"

回家以后，秀秀一个人回想起与童老师见面的每一个细节，想起他的眼神那么清澈，他的手那么白净，嘴角不禁泛出笑意。她纳闷，童老师为什么没有问她的年龄，她不知道受过良好教育的童老师是不会问她岁数的。那几天，无论秀秀下地干活还是躺在床上休息，脑海里总会出现童老师的影子，想赶也赶不走。随后的日子里，秀秀隔一两天就给童老师送点青菜过去，有时搭上几个新鲜鸡蛋，后来又不声不响把童老师换下的衣服拿去洗净晾干。童老师开始的时候很客气地拒绝秀秀的东西和照顾，每次拒绝时秀秀都会急得想掉泪，童老师觉得于心不忍，就默认了，时间久了，就变成了习惯。到后来，一天看不到秀秀，童老师就会感到失落。

童老师在读大学时，曾和一个女同学很要好，两人山盟海誓了不知多少回。自从童老师的父亲划为“右派”后，那个女生也与他划清了界限。童老师是带着痛苦和幻灭离校的，他打算把自己那颗心冰封起来。分到农村后，他有些庆幸，认为在这样的环境，肯定遇不到能让他的心融化的那米阳光。没料到，第一次和秀秀见面，他就感到那颗冰冻的心在颤抖，并且开始出现裂缝。秀秀的纯朴、恬静、真诚、柔美在他身边形成了一种特殊的气候，让他觉得自己从一个熙熙攘攘的名利场穿越到了一片世外净土。他那受伤的心灵在慢慢痊愈，慢慢地恢复温度和活力。他觉得自己离不开秀秀了，如果哪一天秀秀没有来学校，放学后他就会找个由头去秀秀家走一趟。秀秀的母亲表面上对他很敬重，给他让座、倒茶，但骨子里总是不冷不热。老人心里很清楚秀秀与他的距离有多远，这段距离要弥合是不可能的，即使一时弥合了，稍有震动，就会出现断裂，那种断裂肯定是撕心裂肺的。她不愿秀秀去遭受这种痛苦。前些天母女俩也说到这个话题，母亲劝秀秀一定要想清楚，不要以后再来后悔。秀秀说她想不清楚，也不愿去想。“以后的事，谁讲得清呢。”秀秀说。

童老师去秀秀家，也不一定能见到秀秀，但每次秀秀回来知道童老师来过，便会马上去学校找他。如果童老师刚好在吃晚饭，秀秀就坐在一旁看着他吃，时不时地给他夹点菜；如果童老师正在批改作业，她就静静看着他，有时还情不自禁伸手摸摸他浓密的头发；如果童老师什么事也没做，两人就会握着对方的手，搓着，揉着，什么话也不说，只有桌上闹钟嘀嗒嘀嗒的声音和屋檐上雏燕的呢喃声。

有一次童老师得了重感冒，上了两节课就挺不住了，叫一个学生去请赤脚医生，学生找遍了全村都没找到他，最后看见赤脚医生在他的自留地里忙碌着，便扯起嗓子叫他回来给老师看病。正在附近干活的秀秀也听见了，赶忙跑到学校，看见童老师躺在床上，头上冒着汗，嘴唇已经起了“锅巴”。听到有人进来，童老师以为是赤脚医生，睁眼一看是秀秀，费劲一笑，算是打招呼。“你躺着别动。”秀秀一边说，一边扯下童老师的毛巾放到脸盘里，舀几瓢冷水浸湿拧干后，给童老师擦脸。接着把锑壶架在炉灶上烧开水。正在这时，赤脚医生背着药箱来了，给童老师量了量体温，看了看童老师的舌头，说感冒了，吃几粒感冒灵，多喝水，多休息，过四五天就没事了。赤脚医生走了，水也烧开了。秀秀把开水倒进童老师的口杯里，不停地朝口杯吹气，等水温不烫嘴了，便给童老师喂药。吃完药，童老师又出了很多汗，秀秀给他擦干。不一会，童老师就睡着了。看着疲惫的童老师，想起他一个人孤苦无依来到这么一个偏远的小山村，无亲无故，真是可怜。从童老师又想到自己，父亲早逝，五六岁起就和母亲相依为命，从小到大，不知道吃过多少苦，受过多少欺负，很多时候都是母女二人抱头而泣。秀秀觉得，自己和童老师都是苦命之人。同病相怜的境况，让秀秀觉得自己和童老师又亲近了许多，她恍惚觉得，自己不仅是童老师的相好，还是童老师的母亲、妹妹，自己要用不同的身份来关心他，弥补他，让他在这个小山村永远不感到孤独、寂寞和痛苦。接下来的这些日子，秀秀总陪在他身边，给他做饭，洗衣，喂药，擦汗。童老师睡醒的时候，就陪他说话；睡着的时候，就给他剪剪指甲，梳梳头发，搞搞房间卫生。每天都是深夜才回去，第二天清早又来到学校。地里的活她想都没想过，心里全被童老师占满了。童老师感冒好了后，知道秀秀每天都在陪护自己，嘴里没有说“谢谢”，眼里则溢满感激之情。等学生都放学回去后，童老师一把抱住秀秀，并霸蛮吻了她。秀秀虽然很喜欢童老师，但心里从没有预设过这种场景，感觉很意外，最初抱她时，她没有反应过来，当童老师的嘴唇压在她的嘴唇上，秀秀着急了，用力挣脱童老师的手臂，飞快跑回家里去了。

一连三天，秀秀都没有来过学校。童老师也不好意思去秀秀家里找她。第四天晚上，秀秀悄悄来到学校。童老师赶忙给秀秀道歉，说自己那天太冲动太鲁莽了，秀秀低着头摇了摇，没有任何责怪的意思。童老师请她坐，她也不坐，犹豫了很久后，抬起头看着童老师说：“我问你一件事，你要说实话，不准哄我。”童老师说：“好，我不哄你。”秀秀说：“那天你吻了我，我的肚子不会大起来吧？”童老师开始没明白秀秀的意思，想了好几秒钟才知道秀秀问的是什么。他觉得好笑，一看到秀秀着急和认真的样子，马上收住笑容，很温柔很认真地说：“秀秀，你放心，接吻不会怀孕的，绝对不会。”“那就好。这几天我一直在为这事担心，觉都没睡好。”秀秀说完一笑，就回去了。

秀秀和童老师相好的事情，村里人都知道了。有的说他们是很般配的一对，是因为缘分聚到一起来的。有的说，秀秀开始一直不答应别人，就好像知道童老师要来，一直在等他。也有人说，童老师是城里人，终归要回去的，现在只不过是和秀秀耍耍罢了，不会真的和秀秀过一辈子的。也有好心人提醒秀秀，说童老师家里成分不好，弄不好会吃亏的。村“革委会”主任专门找到秀秀，说他从公社领导那里得到消息，童老师的父亲以前是大学校长，是个大“右派”，现在正在五七干校劳动改造，组织上还在调查他，说不定会坐牢。你出身好，不要和他们家搅在一块，免得以后跟着受罪。各种各样的话传到秀秀耳朵里，秀秀感到心烦意乱，她不想听，也不愿去想。她觉得，自己就喜欢童老师，好像自己就是为了他才来到这个世上的，和他在一起的时候很开心。自己和他好不需要理由，也没有目的。现在既然大家都知道自己和童老师的事了，秀秀反而没有什么顾虑了，每次都是大大方方地去，大大方方地回，有时一天就去几回，有几次还两人一起做饭，一起用餐，俨然是一对热恋的情人。童老师经过那次拥抱之后，对秀秀也是规规矩矩，最亲密的动作就是拉拉手。

端午节那天，秀秀请童老师到家里吃晚饭，两人一起陪母亲过节。吃饭时，三个人还喝了些家酿的水酒。童老师觉得这水酒有点甜，好喝，就多喝了几杯，他本来没什么酒量，吃完饭就感觉头有些晕。秀秀跟母亲说了声，就送童老师回学校，扶他在床上躺下，并给他按摩太阳穴。等到童老师感觉好些了，秀秀给他盖好被子，正准备回去，外面突然下起了大雨，一阵阵炸雷伴着刺眼的闪电在学校上空翻滚，从没有见过这阵势的童老师赶忙抱住要走的秀秀，秀秀看见雨这么大，自己也回不去，就索性坐到床上，童老师顺势把头埋进秀秀的怀里。秀秀像关心小孩一样，用手轻轻抚扫着童老师的背，嘴里温柔地说："别怕，别怕，有我呢。"雷声好像没有停息的意思，不断在房顶上炸裂，每响一次，童老师就抱得更紧。嘴里不停地喊"秀秀、秀秀"。此时此刻，秀秀完全把童老师当作一个不懂事的小男孩，她的母性情怀完全被激发出来，索性和衣与童老师并排躺下，把童老师的头抱在臂弯里，没有任何心理戒备和行为防范。童老师毕竟是一个成年男子，秀秀身上散发出来的气息使他亢奋。借着酒的余劲，童老师翻身压住秀秀，嘴唇紧紧贴住秀秀的嘴，一只手搂住秀秀的脖子，另一只手不停地在秀秀身上游走。这时秀秀才意识到睡在自己身旁的不是小男孩，而是一个青春旺盛的男人。她想拒绝，却发现自己浑身已没有一点力气，她觉得童老师嘴里发出的含混不清的声音和身上的体味，像魔法一样把她的力气全吸干了。秀秀不再挣扎，任凭童老师把自己身上的衣服一件一件褪去……

那一晚，秀秀很晚才回家。她离开时，雨早已停了，看到已经熟睡的童老师，感觉很熟悉，又感觉有几分陌生。她想，无论如何，他已经是自己的男人了，今生今世都要对他好，让他开心，让他健康。以后的那些日子，秀秀几乎每天晚上都要到学校来，学校那间简陋的宿舍成了他们幸福的天堂。

快乐的日子总是过得很快，快乐的日子总是不长久。到七月初，学校放假了。童老师原本不打算回家，就在村里陪秀秀。不料放假还不到一个星期，童老师的妈妈就发来电报，问他什么时候回去。电报里妈妈说自己一个多月来身体总有些毛病，很想儿子暑假能陪陪自己。看到电报，童老师马上跟秀秀商量，说母亲只有他这么一个独生子，爸爸又在干校，一个人很可怜，说着说着，眼睛就红起来了。秀秀对童老师说："你回去吧，你妈妈把你养大不容易，你回去好好陪陪她。你不要担心我，我有妈妈陪我。这次回去，如果方便的话……"秀秀停住不说了，眼睛看着童老师。童老师道："秀秀，你有什么话，就直说，不要有顾虑。"秀秀想了想，说："如果方便的话，你是不是把我们的事跟你妈说说，看她什么意见。"童老师连连点头，说："好、好，没问题。我妈最疼我，不会反对的。"秀秀笑了，笑得很开心。第二天，童老师来向秀秀妈辞行，然后和秀秀一起走路去公社搭客车。在上车之前，秀秀一次次叮嘱童老师回去后就给自己写信，收到信自己才会安心。童老师频频点头。一声喇叭叫，客车起动了，童老师把头伸出窗外，使劲向秀秀挥手，秀秀看着自己的男人远去，眼泪禁不住线珠一样往下掉。不一会儿，童老师的身影就淹没在客车卷起的滚滚灰尘中了。

天气变得很热了。童老师走了，表面上秀秀又恢复了以前的生活，白天参加生产队的"双抢"，晚上就陪着母亲纳凉说话，实际上秀秀每天都在数童老师离开的天数，她常常觉得，童老师离开了不止几天，也不止几个月，而是离开了几年甚至几辈子。每逢赶集的日子，无论日头多么毒辣，她都要去公社，在她送别童老师的地方站立很久，眼里总是闪回童老师在车窗外挥手的情景。好几回，她恍惚看到他从那破烂不堪的客车里走下，微笑着朝自己跑来，秀秀急忙迎上去，走出几步，才发现眼前空空荡荡。

童老师离开快一个月了，秀秀一直没有他的消息，也没有收到他的来信。一段时间来，秀秀总感觉很容易犯困，坐着和母亲聊天，说着说着，就伏在母亲肩膀上睡着了。胃口却出奇地好。找村里的赤脚医生看了一下，医生说夏天本来就容易犯困，叫她别担心。有次去公社赶集，秀秀顺便去医院做了一个检查，结果是怀孕了。秀秀一听很紧张，晚上就把这个事悄悄告诉了母亲。母亲要秀秀赶快把成亲的事给办了，没结婚就怀孩子，这个丑丢不起。秀秀知道妈妈说得有道理，但她心里一点都不踏实。童老师没有音讯，不知什么时候回来，即使他回来了，也不知他父母亲是不是同意他们结婚。秀秀常常抚摸着自己那一天比一天鼓的肚子，整天盼望童老师早日回来，她想，只要他在身边，其他都不要紧了，他父母同不同意，都没关系。这是他的小孩，他会高兴的。

立秋过后，天气渐渐凉爽了。邻村的小学都开学了，还是没看到童老师的影子。早些天就陆陆续续有家长来问秀秀童老师什么时候回来，秀秀说她也不知道，应该快了吧。又过了一个礼拜，童老师还是没有来，村主任也坐不住了，找秀秀问了问，秀秀实话实说，告诉他，童老师走了以后，就一直没有联系上。村主任感到有点麻烦了，他看着秀秀，摇了摇头，跑到公社去找领导要老师去了。当天晚上，村主任把秀秀喊到村头那棵大槐树下，把他从公社了解的情况告诉了她，说童老师不会回来了，公社正在考虑另派老师的事。秀秀听了之后，顿觉眼前一黑，就要倒下去，村主任急忙扶住她，把她送回家里。

原来，童老师回去后不久，他的父亲就平反了，不仅摘掉了“右派”帽子，还官复原职，当了一所全国知名大学的校长。正在一家人久别重逢时，又传来新的喜讯：童老师被保送到华东地区一所高校读研究生。童家双喜临门，亲戚朋友都来庆贺，热闹了将近半个月，童老师差点把秀秀说的话忘得一干二净。就在童老师的父亲出发去履新的前夜，把童老师叫到身边，要他珍惜机遇，好好学习，争取做一个有作为的人。童老师麻起胆子，告诉父亲自己在山村的遭遇，并说自己和一个叫秀秀的姑娘好上了，自己不想去读书，还是想回那里去教书，和秀秀结婚成家。父亲一听大吃一惊，赶忙把童老师母亲叫过来，商量一下怎么办。母亲态度很坚决，不允许童老师回山村教书，不允许他和秀秀结婚，不允许他和秀秀再有任何来往。童老师告诉父母，自己在山村里的半年时间，秀秀对自己如何好，自己生病的时候，秀秀是如何照顾自己的，甚至把雷鸣电闪的那天晚上的事也告诉了他们。父亲听后唏嘘不已。母亲态度依然强硬，说我们是书香门第，你是家里的独苗，不可能娶一个村姑进来，否则在亲戚朋友中都抬不起头来。母亲问童老师的父亲，在山村那边的领导中有没有他的学生，若有，就请他关照一下，给秀秀安排一个工作，我们也就不欠她的情了。父亲点点头，事情就这么定了。童老师心里觉得对不起秀秀，但他从小就生活在锦衣玉食的温柔乡中，性格柔弱，一直不敢和母亲较劲，看见母亲态度坚决，只好照办。在他去学校深造前，写了一封信给秀秀：

秀秀：

你好。组织上安排我继续去学校读书，所以我不能来你们村当老师了。你和我的事，我父母都坚决反对，我没有办法。希望你能忘掉我，找一个比我更优秀的人成家。

感谢你给我的一切，你让我在艰苦的条件下度过了一段美好的时光。

祝你幸福。

童

某年某月某日

那天晚上村主任把自己扶回家后，秀秀就一直如堕云里雾里，她不相信童老师会丢下自己不管，她甚至觉得村主任和公社干部是在合伙骗自己。她每天还照样去村子通往公社的路口等童老师，一天又一天，树叶也开始变黄了，风一吹便沙沙满天飞，还是没有看见童老师的影子。就在那天，秀秀正在村口等童老师的时候，邮递员递给秀秀一封信，秀秀的心怦怦跳得老高，她匆匆回到家里，赶紧拆开来信，看到了童老师写的那些话，泪水直往下掉，把信纸全打湿了。秀秀这才知道，村主任说的话是真的，他再也不会回来了。整整一天，秀秀把自己关在屋里，不出门，不说话，也不吃饭。

第二天，秀秀若无其事地和大伙下地干活，晚上回来后，想给童老师写信，告诉他自己怀孕的事。她拿出那封信来，翻来翻去，信里也没有半点与地址有关的信息，信封上的来信地址只有“内详”两字。秀秀知道，童老师已铁了心不想和自己联系了。秀秀又独自哭了半宿。

两天后，村主任带着一位县里的干部来找秀秀，要秀秀填一些表格，秀秀有些莫名其妙，但也没有问什么，按要求填好后就下地干活去了。国庆节后，那位县里的干部和乡里的一位“革委会”副主任找到秀秀，告诉她，她已经被招录为公社的妇女干事，吃“国家粮”，当国家干部，要她抓紧去办手续。秀秀很意外，但这毕竟是天大的好事，过了几天，她就高高兴兴去公社报到了。对于祖祖辈辈都是面朝黄土背朝天的人来说，能坐在办公室上班，每月按时领工资，算得上是祖坟冒青烟了。

秀秀虽然有个“妇女干事”的官衔，但由于没有文化，主要工作还是收发报纸。她面目清秀，做事勤快，心肠又好，去公社上班没多久，就深得领导和同事的喜欢。她发现在单位上班，没有文化不行，所以只要有空，就抓紧学习，看报纸，学毛主席语录，慢慢地还动手写一些学习心得体会。三个月后，秀秀写的一篇《妇女能顶半边天》的学习心得就被张贴在公社的宣传栏上，很快秀秀又被评为学毛选标兵，成了远近知名的人物，经常去各村宣讲。县里也开始关注秀秀，县“革委会”主任和军代表已有把她调到县里去的意向。

秀秀的肚子一天比一天大。村主任一直认为秀秀是自己发现和培养的，对秀秀的成长十分关注。他找到秀秀，劝她去打掉自己肚子里的小孩，如果组织上知道她未婚先孕，她的政治前途就没了。秀秀也知道，自己没有和童老师打结婚证，尽管很多人都知道这个小孩是童老师的种，但终究是私生子，是作风不好、道德败坏的表现。弄得不好，不仅前途被毁，甚至还会被开除回村继续当农民。秀秀考虑了好几天，决定不去打胎。她觉得，虽然童老师后来负了心，但那些日子是自己这辈子过得最开心的，这个小孩是开心的果实，也是幸福的见证，打掉他，就会把那段时光变成痛苦的记忆。再说，这小孩已是一条鲜活的生命，自己无权剥夺他出生的权利。

到年底，秀秀怀有身孕已有半年。她默默忍受各种异样的眼光和议论，依旧在公社上班，只是以前那种活泼和微笑难得一见了。组织上不再把她当作典型来培养和宣传。大家都知道，秀秀虽然年轻，政治前途基本上画了句号。公社原本打算把她清退回村的，请示县委书记后，书记打了一个电话给一位老领导，就要公社党委把秀秀留了下来。当然这些情况秀秀并不知情。过了年，春天快来的时候，秀秀生下一个大胖小子。秀秀把母亲接到单位的宿舍一起住，又请了一个远房的小妹来帮忙照料婴儿。对秀秀来说，光环褪去的日子，又像门前的那条小河一样，沿着原来的河床慢慢流淌。秀秀不再去想进步的事，她对现在的生活感到满足。也有一些男人不嫌秀秀拖着一个“油瓶”，愿意和她组建家庭，当中还有一个没结过婚的条件很不错的男青年，秀秀都没有答应，她担心将来孩子受委屈。

在儿子三岁那年，秀秀的母亲过世了。秀秀把母亲的遗体安葬在家乡的青山上后，回到单位上班。开始那段时间，秀秀不习惯没有母亲的生活，半年后才慢慢适应了。她白天到单位上班，下班后就和表妹一起打理家中的事情。儿子长得很可爱，那模样、眼神都像极了他父亲。有点懂事的他，总问秀秀他有没有爸爸，爸爸在哪儿，秀秀每次都把话岔开。她不愿也不敢把真实情况告诉他。儿子似乎懂得秀秀有难处，就再没有问过相同的问题。

一眨眼儿子快六岁了。也是春天，那天秀秀正在办公室整理文件，听到有人敲门，回头一看，看见童老师和一个中年妇女站在门口。秀秀以为眼花了，揉揉眼再看，站在前面的还是童老师。正在秀秀不知所措的时候，童老师喊了一声“秀秀”，就直奔秀秀而来，伸出手想和秀秀握手。秀秀不理他，径直坐到办公桌前，冷冷地看着他。童老师一时显得十分尴尬，他定了定神说：“秀秀，这是我妈。”这时中年妇女走上前来，不冷不热地和秀秀打了声招呼：“你好。”秀秀的眼光在两人身上扫了几个来回，依旧一言不发。童老师和他母亲在办公室的木沙发上坐下后，告诉秀秀，他们先去了村里，再从村里来到公社，费了不少周折才找到她。秀秀不再看他们，只是低着头漫不经心地翻着一本毛主席语录。童老师继续说，自己在一个研究所上班，已经成家。虽然没有和秀秀通信，秀秀的情况他很清楚，也很关注。这次来找秀秀，一来是看看她，二来还有个事想和她商量。童老师话音还没落，中年妇女就接过话头说："姑娘，实话跟你说，我们知道，我儿子和你有一个小孩。原本我们不想来打扰你的，只是我儿子娶的那个媳妇，结婚好几年都没有生育。我们两亲家是世交，小两口不可能离婚，但我只有一个儿子，没有孙子也不行。我们想来想去，只有把你和小童生的这个儿子带走，由我们来抚养。"中年妇女说话的语气很硬，没有一点商量的意思。秀秀这时才明白他们母子来找自己的意图。秀秀想都没有想，说："这不可能！"中年妇女好像对秀秀的态度早有预料，不紧不慢地说："姑娘，你放心。我们也知道这些年你过得不容易，我们会给你一些补偿的。"秀秀说："我不要你们的补偿！"童老师清了清嗓子，轻声细语说道："秀秀，我们的儿子放在农村这样的环境里，是培养不好的。由我们来抚养，情况就不一样了，我们家本身是书香门第不说，城市里的各种条件也是这里无法比的。以后孩子成才了，你是他的妈，你也脸上有光啊。"秀秀听童老师说到这里，突然两眼瞪着他，仿佛这不是自己以前不顾一切去爱、去思念和牵挂的那个人，而是一个陌生的、自以为是的、令人讨厌的人。她站起来，眼睛在童老师和他母亲身上扫了一圈，一字一句说道："我宁愿让我的儿子没有什么学问，也不愿他成为像你这样不负责任、没有情感的坏蛋。你们都快点滚！"秀秀边说边往门口走去。中年妇女赶忙站起来，拦住秀秀说："你给我听清楚，你如果不把我的孙子交给我们，我就让你再滚回农村种地去！你以为你到公社来上班，吃皇粮，是你走狗屎运？你错了，都是我们在帮你。我能让你端铁饭碗，也能打掉你的铁饭碗！”秀秀这时才知道自己被录用为国家干部的真实原因。她什么话也没说，丢下他们母子，走了。

第二天，秀秀给公社“革委会”写了一份辞职报告，没等答复，就带上行李，牵着小儿子，回到老家，继续从事“修理地球”的事业。儿子上小学之后，秀秀把表妹送回去了，母子两人过着简单而充实的生活。秀秀当过公社干部，在村里算得上是有见识的人，加上她为人热情公正，在村民中有很高威信。“文革”结束后不久，她就被村民选为村长，带领村民致富，又成了全县的先进典型。邻村一位从部队转业的人，也是打小就喜欢秀秀，老婆已过世好几年，托人保媒，和秀秀结了婚，婚后住在秀秀家里，视秀秀的儿子如同己出，一家三口其乐融融。秀秀的儿子就读小学时，老师给他起了一个学名，叫元和，跟秀秀姓。恢复高考后没几年，就考上一所名校，就是他爷爷曾经当校长的学校，不过互相都不知情。元和读完本科，考上了公费出国的研究生，还在国外读了博士，回国后不久，就成为该领域的领军人物，蜚声国内外。只不过，童家人虽然知道元和的名声和成就，但不知道他和童家的关系。

秀秀五十多岁的时候，元和把母亲和继父都接到自己的家里，一起生活。秀秀每天陪着元和的两个孩子，十分开心。偶尔，秀秀也会想起当年那个童老师，独自出神，然后发出几声叹息。

高长子

他到村小学来教书的时候，已经五十出头了。

他是一所正规的师范学校毕业的，总是戴一副圆框的眼镜，书教得非常好。

他本姓杨，村里人却很少叫他杨老师，总叫他“高长子”。因为他个子很高，有一米八几，这在农村算是出类拔萃了；他又很瘦，因为瘦，就显得“长”，所以综合起来称他为“高长子”。也有人叫他“艾蒿杆子”，意思都是一个，说明他高而瘦。因为又高又瘦，他虽不怎么做体力活，背也有点驼。

村小学设在村里的公祠里。公祠里有戏台、天井和一个空旷的大堂，神龛和祖宗牌位早被移走了，大堂里摆了一些桌椅，挂一块黑板，就是教室了。在天井旁用木板隔了一个小间，就是高长子的办公室兼卧室。县电影队来放电影，如果碰到下雨天，会把银幕挂在戏台上，把公祠当作影院。高长子把宿舍门锁上，随便找个地方看电影。他个子高，没有人能挡住他的视线。

整个村小学就他一个老师，同时教四个年级的学生。每个年级坐一纵列。给某年级上课时，其他年级就自习。这种复式课堂有一个好处：给高年级上课时，低年级的学生可以旁听。有些悟性好的学生常常被高长子点名回答高年级的课堂提问，以此来羞辱高年级上课吊儿郎当的学生。

高长子常常把用过的墨水瓶收集起来，还有各色各样的火柴盒也用心保存好，那些火柴盒的正面有很多漂亮的图画，像邮票一样有丰富的文化内涵。每个学期结束时，高长子都要评选三好学生和优秀学生，除了给他们颁发奖状外，还要给每个三好学生发一个墨水瓶，给每个优秀学生发一个火柴盒。对小学生来说，墨水瓶和火柴盒比那张奖状更值钱。到了夏天的夜晚，他们捉些萤火虫装进墨水瓶里，在瓶盖上戳些小洞，就成了一盏美丽的灯笼，那些不停地闪耀的绿光，能把他们带入梦幻般的童话世界。火柴盒子的用处更多，除了装漂亮的甲壳虫、知了，还可用来做有线电话机：将两个火柴盒用一根线连接起来，一个学生扣击一端的火柴盒，就能把震动的音频传送到另一个学生的耳膜里。每个学生都为了得到墨水瓶或火柴盒而用心读书。

高长子专门制造了一个读字器。他把语文课本中的生字用毛笔写在长长的白纸上，卷成圆筒，装进一个自制的四方形木盒里，盒子有一面是敞开的，中间安一个可转动的轴，摇动手柄就可依次显示白纸上的生字。这件教学仪器虽然简单，却大大激发了学生的兴趣，它不仅使学生把注意力集中到每个字上，加深印象，而且增强学生的新鲜感。学生们交换着摇动木盒，相互认字，既是学习，又像娱乐。没有人感觉到读书的难和累。

高长子胃不太好，经常在上课的时候胃就疼起来了，有时疼得脸上冒冷汗，他一边用手压着肚子，一边继续给学生上课。学生们太小，不知胃痛是什么滋味。等到他们长大了，知道胃痛的感觉后，才体会到当时高长子的坚毅和责任。

高长子白天上课，晚上就在宿舍里改作业。他用的是一支点水钢笔，把笔在红墨水瓶里蘸一次水，在作业本上打钩或打叉，或写批语，字写不出了，又去墨水瓶里蘸水。同学们的作业本上，经常会出现一坨坨洇开的红墨水，都不知道是什么原因，直到有一天夜晚，一个学生带他父亲去高长子宿舍里问一个事，看到高长子批改作业，改着改着就睡着了，点水钢笔停在作业本上，红墨水静静地渗到纸上，形成一坨坨红墨印。睡一会儿，高长子又自己醒来，打个哈欠，继续批阅作业，实在睁不开眼了，就用冷水洗个脸再干。

高长子的家离他教书的学校有五六里路，不通公路。他爱人是农村户口，每到星期六下午，高长子就回家去，星期天下午准时返校。他最小的孩子是个闺女，十五六岁，身材高挑，出落得十分水灵。她经常到学校来看高长子，家里来了客煮了好吃的菜，母亲就要她送些来给高长子吃。她到来后，总要给高长子打扫卫生，整理房间。每次她来，学校里的学生都主动接近她，可能是年龄的原因，她不太和这些学生耍。女学生们很羡慕她穿的花衣服，羡慕她的发夹，羡慕她白里透红的皮肤。每次满女来了，高长子都十分兴奋，但嘴巴总喊她少来几次，他担心她路上不安全，那是一条小路，路边有很多小水塘。

学生都很喜欢高长子，虽然他上课要求很严，对那些不交作业、上课不专心的学生，常常罚他们跑操、抄生字，甚至在讲台一旁罚站，但他从来不用粗暴、歧视的语言伤人。下课后，他便没有一点教师的架子，和同学们一起玩耍，甚至一起分享自己的食物。他女儿给他送来杨梅、杏子等水果，他洗净后送给学生吃。有次女儿给他送来两个苹果，下课后，他把学生召集起来，请他们吃苹果，一点数，一共有二十几个学生，于是他用刀将苹果切开二十多片，每个学生，无论成绩好坏，每人一块。那时南方很难看到北方产的苹果，很多学生都是第一次尝到苹果的味道，多年以后，每当他们啃着又大又香的苹果时，总觉得味道不如那一小片苹果香甜。只不过他的小女儿看到自己母亲都舍不得吃的苹果全分给了学生吃，气得在一旁翘嘴巴。

有一次，高长子的女儿又来学校。课间休息时，刚好邻村一个卖豆腐的中年人来问高长子要不要买点豆腐，两人原本就很熟，经常相互开玩笑。高长子买了几块，付了钱，豆腐匠刚要走，看到高长子的女儿，便说："这妹子好漂亮，谁家的姑娘？"高长子告诉他是自己的女儿。豆腐匠说："我好喜欢你女儿，过几年嫁给我儿做媳妇算了。"高长子不答腔，突然喊了一声："同学们过来。"等大家都围过来了，他命令道："你们把这个卖豆腐的坏蛋给我丢到门外去。"豆腐匠还没反应过来，几个高年级的男学生把他撂翻在地，有的抬脚，有的抓手，像蚂蚁搬家一样把豆腐匠抬到校门外。几个女同学也趁势把他的豆腐挑子丢出去。豆腐匠站起身，拍拍身上的尘土，挑起担子走了。看着他远去的影子，高长子和他的女儿，还有那些学生都忍不住大笑起来。

高长子是村子里最有文化的人，不过他为人谦和，平易近人，也乐于助人。乡亲们有些为难的事，都找他帮忙，甚至两口子吵架，都要找他评理。写春联、婚联等雅事，更是非他莫属。他在村子里的人缘特别好，乡亲们经常送他一些新鲜蔬菜，家里杀了猪，要请他去吃血灌肠，有红白喜事、过生日，都会请他去坐上席。他不太会喝酒，喝几小杯就脸红，这时候，他就会打着拱手提前离席，回去休息。

高长子在村里教了五年书就被调走了，调到离他家更近的小学当教师。他走后不到半年，“文革”的潮流就席卷到农村，一些好教师都被戴上“右派”帽子剥夺了教书的资格，一些初中没毕业的“知识青年”当起了代课教师，他们主要精力都用在教学生跳“忠”字舞上，或者在墙壁上摹写最高指示和领袖头像。学生们感觉到从来没有过的自由，又蹦又跳，很快就忘记了高长子的模样了。后来，恢复高考后，高长子教过的一些学生考上了大学，他们在回首往事时，会不约而同地认为，多亏那几年高长子培养了自己的读书兴趣，打下了一定的知识底子。

高长子退休后，在家人的照料下，胃病被调养好了。二十多年后，无疾而终。他出殡那天，送他的人排了五六里路长。

驼子

在乡村，会理发的人不少，但以理发为职业的人不多，驼子是其中一个。

驼子因为身体残疾，不能干重活，年纪很小的时候，父母就让他跟人学理发，两年之后便出师自立门户给人理发。这个行当很适合他，因为驼背，给人理发时不用故意弯腰，所以没有正常人那么辛苦。虽然手艺在身，毕竟是残废，正常的姑娘不愿意嫁给他，快四十岁的时候才娶了一位二十多岁身体强壮的哑婆。结婚后，两口子分工明确：地里的活全由哑婆包了，养猪种菜洗衣都不用驼子操心，驼子专心给人理发，日子过得很顺当。后来哑婆给他生了一男一女，中年得子，驼子每天都笑呵呵，人们都说他越活越年轻了。等到他五十多岁，子女都长大了，既勤劳又孝顺，驼子真是越老越开心，脸上经常挂着满足的笑容。他的经历常常被村里的人当作勤劳有福的典型。大家都说，上天有好生之德，一片叶子有一滴露水滋养。在农村，那些身体不好、劳力不强的人，都能够找到谋生的门路，有的缝衣服，有的弹棉花，有的当篾匠。他们用自己的劳动赢得大家的尊重和理解。

驼子虽然从小就开始理发，手艺却也平常。好在村民们对发型不讲究，理发只图个舒服方便。老年人的发型以光头为主，差不多一个月剃一次，农忙时节剃的次数少一些，农闲时剃头的次数就勤一些。逢年过节则要特意把头脸刮得锃亮。年轻人大多留小分头或寸头，要求也不高，过得去就行。女性是不去驼子那里理发的，她们都是请同性的朋友用家里的剪刀把头发剪齐整就行，有的干脆把头发留起来，太长了就盘在头顶上，既简单又省事。即使这样，驼子每天都会有好几个头要理，一年下来，拢共理了上千次头。

那时，村里人在驼子那里理发不用付现金，约定每年给他称几十斤谷子。你一次不去理也要交足那么多，你每个星期去一次也是交那么多。归拢起来驼子一年能收到两千多斤谷子，日子过得比普通的村里人还踏实。

驼子理发一般都是在家里等人上门。他的家比较狭窄，只要不下雨，都是在门口给顾客理发。门口有一块平地，平地旁边是一眼小天井，洗过头的水都往里面倒。只要是成年人来理发，驼子会先沏上一碗浓茶，碰到投缘的会舀一碗自酿的水酒请他慢慢品尝。这空儿，驼子把门口的坪子打扫干净，把凳子放好，把剃刀磨快。等顾客喝完茶或酒，他的准备工作也做好了。来理发的人在方凳上坐好，驼子从后面给他披上围布，用梳子把头发梳理整齐后，手中的推剪便从脖子往上推，一种凉凉的感觉传到头顶，令人神清气爽。推剪有节奏的“咔嚓”声在耳根响起，显得格外亲切。阳光照在磨刀用的脸盘中，照在天井里，又反射在对面的墙上，光影一晃一晃地摇摆；一只猫懒懒地躺在温煦的阳光下，不时睁开眼睛看看熟悉的四周，悠悠地吊一声嗓子；一群刚孵化不久的小鸡在老母鸡的率领下，一边觅着食，一边叽叽叫个不停。声与色相互交织，动与静相互映衬，一切是那么和谐，那么安恬。在这种氛围中，肌肉可以放松，筋骨可以放松，心情可以放松。驼子一边理发，一边漫不经心地与顾客说着话，有一搭没一搭地回答顾客提出的问题。理发的时间大都是早饭或午饭后的休息时间，这时候驼子的邻居也坐在门口休息，有的手里端一碗茶，有的嗑着葵花子，驼子好像与他们总有聊不完的话题。在他们的谈话中，没有高深的理论，也没有刻意的说教，每一句话，无论对与错，都发自内心、充满真诚，他们对外面的世界了解得很少，在他们眼里一切都是那么新鲜、那么有情趣。好奇心使他们的心态永远显得年轻，活力四射，使他们的一言一语充满童稚般的魅力。驼子走村串户的机会比邻居多，见识较广，他的看法或意见大都能引起邻居的重视。有时候驼子说着说着也会信口开河。去他那里理发的人都听他讲过“香港历险记”。他说他年轻的时候在香港当过理发师，不仅经常给黄皮肤的香港人理发，也给那些蓝眼睛黄头发的外国人理发。他从小就听说过八国联军火烧圆明园的事，每次给洋人理发时总忍不住想把剃刀往他们的脖子上划，有一次刀子已经把一个洋人的脖子划出了血，好在及时清醒过来才没有要洋人的命。那次以后，他就不敢在香港待了，漂洋过海回到家乡。对驼子的历险，开始大家将信将疑，到后来也就姑妄言之，姑妄听之。在这里，真实性并不重要，重要的是他的这段故事为人们提供了一个广阔的想象空间，引出了一个永远也讨论不完的话题。

在驼子与邻居的神聊中，理发的顾客不会感到寂寞，想说话就插上几句嘴，不想说话就听他们天南海北地侃，不知不觉中，头发便理完了。理发师一边撤去围布，一边用嘴吹掉脖子上的碎发。那时没有电吹风，唯一的办法就是驼子噘着嘴使劲吹气，口气中难免夹有唾沫和异味，这是没办法的事，只能忍受。好在驼子立马会端来一盘清水洗头，顺便把脖子也洗一下。洗发用的是肥皂，村干部来理发则用香皂，洗完后用一条旧毛巾擦干头发，然后用剃刀刮净胡须，活儿就算干完了。因为没有镜子，顾客无法观看理发后的效果，也就无法提出更多的修改意见，只好站起身，拍掉身上的发屑，走了。

驼子也有上门理发的时候。那些老者或辈分高的人，只要搭个口信，他就会拎起工具上门服务。对那些行动不方便的乡民也会主动登门。凡是上门理发的，服务内容会多一些，除了理发，驼子还会帮他们掏掏耳朵，剪剪鼻毛。有一次，他去给一位七十多岁的老人剃头，驼子一边剃头，一边和老者聊天，刚刚剃完左半边头发，老者突然不搭腔了，他低头一看，老者已经停止呼吸。驼子一面告知老者的家人，一面把剩下的半边头发理完。他后来经常跟别人讲起这事，说他与这老者的缘分很深，不仅给他送了行，还给他美了容。他还说这个老人很有福气，无灾无病无痛苦，说走就走了。

驼子也是活了七十多岁才走的。走的时候脸上带着笑。

裁缝

有一裁缝，年近花甲，一辈子老实本分，不与人结怨。做生意也是童叟无欺，人缘很好。在“文革”期间却遭了一劫。

按照那时流行的做法，裁缝在家里的每堵墙上都张贴了毛主席画像。有一天他刚给一件缝好的衣服订上扣子，就顺手把针别在了墙壁的一张纸上，起身准备把衣服挂起来。正在这时，村支书拿一块布料来裁制衣服。裁缝赶忙接过布料，拿软尺给支书量形体。支书伸展双臂，目光巡视墙壁。突然被一个情景震住了：在一张主席半身像的胸部，插着一根细细的缝衣针，一截纱线穿过针孔随风飘摇。支书不动声色，吩咐裁缝停下手里的活，去把民兵营长叫过来。裁缝不明就里，匆匆跑出去，不一会就和民兵营长跨进屋里。只见村支书脸色陡然一变，大喝一声：“把这个现行反革命分子给我捆起来。”民兵营长怔了一下，把老裁缝的手翻转到后背，拿起那根软尺熟练地捆扎起来。老裁缝如堕云雾，不知自己怎么变成了现行反革命。支书也不解释，命令民兵营长立即把裁缝押到村部，叫几个基干民兵看押起来，并立即通知全体支部委员召开紧急会议。村党支部经过研究，迅速做出决定：一方面，立即向公社党委汇报，村子里发现了阶级斗争新动向；另一方面，进一步对裁缝的历史和近期的活动深入开展调查。公社党委对事件非常重视，认为这是一起很严重的反革命事件，要严肃追查，并召开公捕大会，以震慑阶级敌人和反革命分子。

很快县公安局的人进驻村里开展调查，查明裁缝有一房远亲是富农，两家人偶尔还有走动；上个月又给一个破产地主的女儿做过衣服。最后公安部门认定，裁缝与“四类分子”藕断丝连，把针插进毛主席的画像，是故意的，是别有用心的，必须用无产阶级专政的铁拳加以严惩。于是当天下午，在村里召开全体村民参加的公捕大会后，裁缝便被警车带走了。

村支书因为阶级斗争警惕性高，政治立场坚定，对伟大领袖无比热爱，被提升为公社党委委员，“革委会”副主任。村民们则感觉裁缝被带走后，做衣服一点都不方便了。

算珠子

有一村民姓何，没读过什么书，认字不多，算盘却打得特好，左右开弓，绝无差错。大家都叫他“算珠子”。他的功夫不仅在手上，更在脑子里，凡事他先要在心里做一番计算，一分一厘算得明明白白之后，再开始行动。他挂在嘴上的口头禅就是“二九一十八,三六一十八”。年初他老婆要买三头小猪来喂养，他坚决反对，只准喂养两头，理由是喂好两头猪，长得快一些胖一些，两头猪的重量完全可能等于或超过三头猪的重量，没有必要去多喂一头猪。在生儿育女方面，他也是同样的思考，只生了两个男孩子就不再生了。他跟老婆说，并不是儿子越多越好，而是儿子要争气，一个争气的儿子胜过一打不争气的。二九一十八,三六一十八，何必生那么多？算珠子成了当年率先实行计划生育的先进典型。

那时，生产队经常组织劳力去较远的地方修路或者修水库。中午都是集体开餐吃大锅饭。菜很简单，饭则是香喷喷的白米饭，平常在家里是难得吃到的。到开餐时，每个人都端一个大品碗把饭盛得满满的，在碗口上边还堆起一个高高的饭丘，唯独算珠子只装一平碗饭。开始大家都以为他谦让客气，谁知，算珠子最先把第一碗饭吃完，迅速跑到锅边装第二碗饭，这一碗他半点都不客气，不仅碗内的饭压得结实，碗外的饭丘堆得比谁都高，然后不紧不慢走到一旁细嚼慢咽。第二个吃完第一碗的人去盛饭时，发现大铁锅里只剩下零星的饭粒。到第三第四个人想去装饭时，锅里已是空空如也。看着算珠子快乐地吃着碗里的饭，他们只有多咽几回口水，没有一点脾气。谁让自己算计不过他呢？

一般人的衣服都是五到七粒扣子，算珠子穿的衣服，从领口到底边，全都密密麻麻钉满扣子。他计算过，一粒扣子几分钱，一件衣服钉满扣子也不会超过几毛钱，其保暖效果却等于穿了两件衣服，换算起来，相当于几毛钱增加了一件衣服，非常划算。

因为精打细算，算珠子的家境比较好，别人都在抽“喇叭筒”的时候，他就能抽盒装的“纸烟”了。他的衣服口袋里分别装有两盒烟，虽然外观是一样的，但内容不一样。一盒是名副其实的价值两毛五的烟，另一盒是两毛五的外壳上装进五毛一盒的纸烟。碰到一般的熟人，他会递上低档次的香烟，自己抽或送给敬重的人抽，则拿五毛一盒的香烟。袋里乾坤，只有他自己心知肚明。他私下说，这样做，好处多多：一是可以省钱，二是不伤和气，三是不露富，免遭嫉恨。

恶媳

某村，有一户人家娶了一房厉害的媳妇。男人勤劳厚道，不善言辞。婆婆的丈夫早逝，自己含辛茹苦把儿子养大，原本指望老了能安享晚年，谁料自从媳妇进了门，婆婆就每天都在痛苦和绝望中度日，经常以泪洗面。

媳妇早在娘家就是出了名的厉害。吵架吵遍乡邻无敌手，骂起人来吐字清晰，抑扬顿挫，骂人骂一个上午没有一句重复的话。据说她曾把一个偷东西的小偷骂得跳河，把一位想追她的富农家的小伙子骂进了精神病医院。村里的姑娘小伙见了她老远就躲开。媒婆做介绍时没有告知姑娘的这些特长，婆婆见她嘴唇虽然薄了些，长得还算好看，看上去也还伶俐，就认可了这门亲事。

成亲那天，媳妇的本性就显露出来了，她觉得新郎对娘家人不够热情，回的礼不够重，晚上活生生把新郎关在新房外，自己在里面呼呼大睡。第二天，婆婆得知此事后，想找媳妇说说理，刚开口，就被骂得哑口无言，其情状就像一支三八大盖与一挺重机枪对决，毫无还手之力。一战成名，媳妇的厉害很快家喻户晓。婆媳之间的主次高低也基本定位。偶尔几次婆婆也想做些挣扎，结果是越反抗就越受压迫，媳妇在家的霸权地位就越稳固，越强势。

媳妇虽然嫁入婆家，她的归属感却一直在娘家。她从不觉得自己是男方家的人，从不叫婆婆一声“娘”。甚至她把自己的男人也看作外人，是一个替她干活、帮她生养小孩的工具，对他从没有一句体己的话，夫妻间的那点事也是机械运动一样，毫无情趣可言。说起自己娘家人则眼睛里充满柔情和光芒。家里鸡鸭长大了，首先想到的是给娘家撵几只，鸡蛋鸭蛋也是整篓整篓往娘家送，婆婆有时候趁媳妇不在家，煮几个鸡蛋母子俩吃，媳妇回来一点数，就破口大骂，骂得婆婆把吃进肚子里的蛋黄都吐出来。在媳妇面前，婆婆不敢还嘴，只有背地里跟儿子抱怨：“我们上辈子造了什么孽啊，竟然找了一个这样的媳妇。”

开始，隔壁邻居看不过去，也来劝劝媳妇，得到的也是一顿抢白和冷眼。大家知道这女人不好惹，也就不管他们家的事了。也有人劝婆婆把这样的媳妇休了算了，以后再找一个贤惠的。婆婆也有这样的想法，但一看到媳妇说话都打结巴，根本不敢提儿子想和她离婚的事。日子就这样吵吵闹闹过下去。熬着熬着两年快过去了，媳妇也一直没怀上小孩。

这一年的五月，雨季来得比往年要早一些，早稻刚插下去没几天，就接连下了四五天的大雨。因为下雨一直闷在屋里的媳妇，天天站在窗口旁骂老天爷，骂着骂着，天突然停了雨，放晴了。媳妇赶紧把早准备好的东西带上，匆匆往娘家赶。走到半路上，天气突变，原本晴朗的天空又黑压压布满了乌云，接着大雨倾盆而下。媳妇赶紧躲到路边一棵大柏树下，一边把东西放下来，一边扯着嗓子仰天大骂。正当她骂兴浓烈、妙语连珠的时候，一道闪电从空中直劈大柏树，并伴以霹雳般的炸雷，媳妇那句精彩的话还没有骂完，就一下子“扑腾”跪倒在地，不省人事。过了好一阵，一位村民路过这里，看见媳妇雕塑一般的样子，吓了一大跳，仔细一看，只见媳妇的头发有半边被雷火烧焦，鸡蛋全部被雷电击碎。开始以为媳妇已被雷公劈死，走近一探，鼻子还在出气，便摇摇她的肩膀，喊她的名字，一会儿，媳妇像做梦一样醒过来，看到自己的样子，闷了一会儿，突然号啕大哭起来。哭得差不多了，在路人的劝说下，媳妇低头回到婆家。

农村里，每年都有一些人遭受雷击，有的受伤，有的丢掉性命。在老百姓的眼里，遭雷击是不光彩的，他们认为，遭雷击的人都是背地里坏事做多了的人，人们诅咒中最毒的话就是出门被雷劈。媳妇遭雷击的事，村里人都说是报应，是她平时对婆婆、对自家男人太薄情太专横的缘故。媳妇回去之后，左思右想，也认为这是上天对自己的警告，自己遭雷击后不是躺在地上而是跪在地上，很明显含有惩戒的意思。好在苍天善念尚存，没有要自己的命，自己若再顽固不化，不弃恶从善，下次的惩罚就是要命了。此时，媳妇好像获得了顿悟，似乎那道闪电在她脑海里劈开了一条向善的通道，她完全脱胎换骨，对婆婆非常孝敬，对丈夫也特别体贴。一年后，生下了一个可爱的小女儿。

恶媳的遭遇成了乡民们用来教育晚辈的最好案例。

附录一　我的父亲母亲

刚跨入新世纪，父亲就于2001年冬离开人世。三年后的年底，母亲也离开我们走了。心里一直想写点东西来纪念他们，却始终没有想好从哪里落笔。他们都是普通百姓，过着平常的生活，每天做的都是琐碎单调的事情，既没有影响历史的丰功伟绩，也没有引人入胜的故事，更没有流传于世的至理名言。对很多人来说，他们就像历史长河中的两颗水泡，一眨眼就破裂消失了。然而对我而言，父母却像两尊石雕，并不因时光流逝而坍塌，反而随着年岁渐长，形象越发清晰起来。他们在平凡生活中体现出来的鲜明个性和质朴情感，也越发贴近我，感动我，让我顾不得笔拙文笨，把印象中有关他们的记忆付诸文字，算是对父母亲的一种感念，也算是了却一桩心事，获得一份内心宁静。

爷爷奶奶只养大父亲和大伯两兄弟，没有姊妹。从他们的名字看，父亲与大伯之间还有一个兄弟，因为大伯的名字里有一个“温”字，父亲的名字有一个“恭”，中间隔了一个“良”

字，应该是“走”了一个兄弟，至于多大年龄走的，什么原因走的，父亲从没有主动说起过，我们也不便多问。爷爷辈也没有兄弟姐妹，所以当时在村子里势单力薄，经常受人欺负。这种家庭背景使父亲从小就养成了刚烈豪爽的性格。为了家族的尊严，爷爷把少年父亲送去学了几年功夫，兄弟俩长大成人后别人轻易不敢欺负他们，一家人基本上在村子里站稳了脚跟。爷爷还把他们兄弟二人送出去学了手艺，大伯学的是一种治疳积的民间偏方，那时农村小孩患疳积的很多，大伯到山上挖些草药回来，有的加工成药片，有的研成粉末，再按药方配好药，告知煎服方法，便能药到病除。每逢赶集的日子大伯把药摊子摆到墟上去，平常日子方圆几十里的乡民也经常到大伯家来看病拿药，单凭这门手艺，大伯的生活一直过得丰衣足食。父亲学的手艺是织布，虽是手艺，却也是力气活，况且收入也无法与行医相比，所以我们一家的生活水平总是远逊于大伯家。其实父亲也知道治疗疳积的方子，但即使生活再窘迫，父亲也从没有卖过一剂草药，他除了做农活之外，就只利用农闲时节帮别人织布赚点油盐钱。

母亲是以童养媳的身份嫁给父亲的。娘家就在我们村子隔壁。方圆十多里都是我们同宗同姓的村落，只有母亲娘家的村子单独一姓。所以在同姓婚姻很普遍的情况下，父母的婚姻倒显得有些另类了。记忆中母亲有三姊妹，母亲最小，另外只有一个堂舅舅。不知什么原因，母亲与她两个姐姐的关系都不太好，我还很小的时候就看到母亲和她二姐在我们家里吵了一架，从此两家人就断了往来。估计还是家庭太穷，很多礼数无法周全引起的矛盾。母亲和她的姊妹都很要强，一生嫌隙就难得调和，倒是堂舅舅为人热情，酒量好，嘴巴又能讲，和我们家走得最亲，他和堂舅妈生了六朵金花，也没有盼到儿子，我们小时候都喜欢去他家走亲戚。

从我记事的时候起，父亲和母亲就经常吵架。母亲具备湘南农村主妇的所有优点和缺点，能吃苦，很勤劳，心地善良，最大的缺点就是爱唠叨。父亲喜欢交朋友，无论家境好与差，总喜欢邀朋呼友来家中做客，客人一来，母亲就总要想很多办法去准备饭菜，那些年要在客人面前不丢面子，准备一桌像样的饭菜，确实很让母亲为难。客人一走，母亲就边收拾碗筷，边数落父亲。父亲一开始总保持沉默，任由母亲数落，到后来实在忍不下去，就咆哮几句，然后又是沉默，倘若这时母亲不再唠叨，或者碰巧来了外人，两人就会相安无事。如果母亲继续喋喋不休，父亲也不再咆哮，而是捡起桌上还来不及收拾的碗筷摔到地上，“战事”一升级，我们小孩子急忙躲到外面去。一般情况下母亲并不会被唬住，依然说个不停，最后的结果就是父亲无奈地操起锄头下地去了。

记忆中没有见过父亲打母亲，但父亲打子女却是家常便饭，我们小时候最怕的人就是父亲。父亲人长得高大清瘦，高眉骨，鹰钩鼻，在子女面前总是一脸严肃，难得露出笑容。小时候敌特片看多了，我总怀疑父亲是暗藏的国民党特务。只要我们调皮捣蛋犯了错，父亲惯用的惩罚方式就是将右手的食指和中指弯曲后敲打我们的脑壳，不到一分钟，头上就会肿起几个小肉包，因小肉包红肿圆满，便有一个很诗意的名字——“杨梅爪”。每逢我们不听话，父亲只要说“你们是不是又想吃‘杨梅爪’了”，我们立马就不敢轻举妄动。母亲在管教子女方面也不手软，不过毕竟力气不如父亲，总要借助棍子一类的工具来惩戒我们。后来我们都学聪明了，只要在外面犯了错，就会推迟回家的时间，哪怕饥肠辘辘，也要等父母气头过去后才一脸悔恨地溜进家里。这种招数也有失灵的时候，记得有一次二哥在外惹了事，对方找到母亲告状，说了许多难听的话。二哥白天不敢回家，等到天黑了才悄悄进屋，吃了饭之后，就乖乖上床睡觉。刚睡下去不久，母亲操一根棍子来到床边，掀开被子就抽。那时家里穷，小孩都是脱光衣服睡觉的，二哥身上没有任何遮挡，只有用呼喊来宣泄痛楚，直到二哥反复保证再也不去外面惹事，母亲才放下棍子离开。那一夜二哥抽泣了半个夜晚才迷迷糊糊睡着。

母亲没有读过书，认不得几个字。有一次家里来了客人，母亲去邻村的代销店买瓶子酒，黑心的店主把一瓶“维磷补剂”的保健药品当酒卖给她，母亲也浑然不知。父亲在村里则是称得上文化人了，识得不少字，一般的报纸和小说基本上看得懂，估计是受我奶奶的影响。奶奶的娘家离我们村很远，家境比较殷实，土改时划的成分是富农，不知道怎样和家贫如洗的爷爷结上了姻缘。奶奶是我见过的唯一裹了小脚的老人，从没见过奶奶下地干活，她活了九十多岁，去世前还能背《增广贤文》和《三字经》。父亲能读书识字，加上做手艺经常在外面闯荡，又被抓过壮丁，去广东的国民党部队混了几年，见识阅历都比母亲丰富得多，在村庄里也比较有威望。母亲看问题很实在，很关注当下的事情，父亲则想得长远一些。比如1979年我在家里复习备考，为晚上看书点煤油灯的事，母亲经常在我面前絮絮叨叨说耗了好多煤油，父亲则从不干涉过问这类事情。对父亲来说，不批评不表态就是支持。父亲喜欢看书，在温饱都成问题的那些年，他总要用一部分做手艺赚的钱订几份杂志，其中《中国青年》接连订了好几年。后来家境有所改善，父亲又去买了很多书回来，只要有点空闲，就戴起老花眼镜看书。《西游记》《水浒传》《三国演义》等古典名著都买回家里来，特别是《三国演义》里的很多故事父亲都能信手拈来。后来又买了《东周列国志》等书，村里很多人都到我们家借书，父亲从不拒绝。母亲对父亲的这种爱好并不认同，经常责怪父亲乱花钱，为此两人没少拌嘴。家贫吵闹多，加上见识上的差距，父母亲之间很少有共同语言，经常为一些小事而争吵。可以说，我们的童年和少年都是在父母亲的争吵中度过的。

母亲爱唠叨更多是因为她要操持家务，父亲相对超脱一些。家里没有米下锅了，是母亲去借米；没有钱买盐了，也是母亲去想办法。整个家庭的运转都是母亲在操持。我们不知道他们这种分工是如何形成的，但从我小时候起就一直是这样。父亲背起织布机奔走于外乡，一去就是好几天，家里的事包括照料子女都是母亲一手打理。母亲除了不去犁田耙田，家里什么事都是她做，煮饭、炒菜、洗衣、喂猪、打柴、扯猪草等，一天到晚忙得不亦乐乎。特别是爷爷去世后的十多年，奶奶轮流在两个儿子家吃饭，母亲一直细心照料奶奶的生活起居，奶奶总喜欢在我家中供饭。母亲长得比较高大，相貌有点像蒙古人。有一次一个朋友来到家里，看到母亲挂在墙上的照片，觉得她长得像清朝的西太后。只可惜富贵相贫苦命，母亲一辈子没过几天好日子。在青黄不接的那些日子，母亲经常饿着肚子干活。有一次我和母亲到七八里路远的地方砍柴，中午各人挑担柴火回到家里，家中仅剩半碗冷红薯饭，母亲全部让给我吃，自己只喝了一碗冷水，下午又照样干活，她身上那种忍耐力非常人可比。长大后我才真正明白，母亲也是血肉之躯，她不怕累不怕饿的强大耐力，全都来自她心中对家庭和子女强烈的责任与爱。

父母亲有一个特点非常相似，就是都把对子女的爱深藏心底，从不在日常生活中用语言表达出来。这种特点好像作为一种家族遗传也体现在我们这一代人身上。他们平常对我们要求很严格，在一些特殊时候却会不经意间流露出来。有一年，我和二哥都在县二中上高中，有一次两人都要从家里步行去学校，恰逢前一天下了大雨，我们必经的几条河流都涨了水，父亲便带着我们两兄弟，避过很多山塘和溪流，绕了很多山路，把我们送到宽敞安全的大路上，才挥手告别。临别时，我无意中一回头，看到父亲伫立在路的那一头，裤腿完全被草叶弄湿，眼中流露出少有的牵挂和柔情，我的心感到一种从未有过的震颤，我明白，血浓于水的亲情一直被父亲掩饰得好深好深。母亲平常也很少展示她的母性柔情，她对子女的爱都是用沉默或打骂的方式来表达的。但我记得有一次，长兄和他的一些同学去参加大串联，母亲得知消息后，急匆匆跑了四十多里山路到长兄的单位去想把他拉回来，谁知还是去晚了，母亲魂不守舍回到家里，心中总是替长兄担心。母亲没有见过外面的世界，听别人说外面乱得很，打砸抢成风，特别是老家邻近的一些地方出现了乱杀风，总以为长兄凶多吉少，一天到晚心都悬在嗓子门口，过了几天还没有长兄的消息，更是惶惶不安，经常坐在凳子上发呆，不知不觉眼泪又流出来了。有天中午，我和母亲一起去舂米，母亲一边舂一边跟我说："崽吔，你哥哥十有八九是靠不上了，你就要听话啊……"泪水涮涮地往下流。我那时只有几岁，很多年后，很多事情都忘掉了，只有这个场景刻骨铭心。没想到平常坚毅顽强的母亲竟然会在那一刻显得那么软弱无助。随着我们年岁的增长，我们对父母内心情怀的理解也日渐加深，对为人父母的那份感情、那种牵挂和爱护更加感同身受。

父亲喜欢抽烟，每天早上醒来的第一件事就是抽烟，靠枕头的蚊帐总是被烟星子烧出一个个的洞，补了又烧，烧了又补。烟叶是自己种的土烟，劲特别大。最初用一把铜烟壶抽烟，烟雾经过一层水的过滤，有害物质会滤掉一些，有益身体健康，不知为什么父亲后来都是卷"喇叭筒"抽，铜烟壶被打入"冷宫"，最后不晓得丢到哪里去了。无论用什么方式抽，父亲对烟丝的要求都特别高。每次都是把一片片晾干的烟叶叠在一起卷起来压在床板下，第二天用一把锋利的刀子将压得紧实的烟叶切成细丝，这刀子是专门请铁匠打制的，磨得特别快，只能用于切烟丝，不准母亲拿去切菜。烟丝切好后装进一个塑料袋里，再将一些旧课本或作业本裁成长方形的烟纸放进烟袋里，想抽烟了就掏出烟袋，自卷自吸，很是享受。后来我和大哥每次回去都会给父亲带几条卷烟，父亲就改抽卷烟，很少再抽“喇叭筒”了。

除了烟，酒也是父亲的最爱，父亲是最好的酿酒师，每次酿酒或烧酒都是亲自动手，从不让别人插手。酒药也是自家制作，从不用别人的。只要家里有酒，父亲是餐餐必喝，如果没有来客，一般每餐喝一大碗；如果有朋自远方来，就非喝个兴高采烈不可。父亲生性豪爽，结交了一班志同道合、酒量相当的朋友，经常拉拉扯扯在一起喝酒，今天在这家喝，明天到那家喝。还时不时在寒冷的冬夜冷不丁带几个客人回来，虽然嘴巴上讲“有呷无呷，烧炉火来烌”，事实上母亲都要想方设法多弄几样菜，碰到家里没有酒了，去邻居借几壶酒也要喝个高兴。酒给了父亲很多快乐，也带给父亲不少痛苦。有一次父亲在外村的朋友家喝得大醉，一个人摸黑往家里赶，不知过了多久，看见前面不远处有一点灯光，就一直跟着光亮走，走着走着，酒劲上来，再也走不动，躺在草地上就睡着了，第二天早上醒来，父亲发现自己睡在村西的一块乱坟岗上，回家后大病一场。还有一次，一家人去走亲戚，父亲与亲戚斗酒，当场将他灌倒，父亲也醉得迷迷糊糊，在母亲的搀扶下往回走，刚出村庄不久，父亲就歪歪扭扭跌下路边两米多深的水田，鼻子血流不止，把周边的水都染红了，当场把我们吓了一大跳，生怕发生意外。冷水一浸，父亲的酒醒了大半，把血迹洗净后爬上岸一活动，感觉并无大碍，回到家睡一觉之后便没事了，只是鼻梁上留下一条长长的伤疤。酒真正成了父亲生命的一部分，他的人生格言就是：只要有酒喝，饭吃不吃都无所谓。有一年家里实在没有粮食酿酒了，父亲挡不住酒的诱惑，跑到赤脚医生家里，讨一小杯药用酒精，掺上井水过了一把瘾。每次想起这个情节，我都禁不住心内酸楚。对经年累月辛劳不息的人来说，每餐喝几杯酒解解乏，舒缓一下岁月的艰辛，这样的要求并不过分，在当时却很难得到满足，居然到了要去喝医用酒精的地步。不说这样的酒对身体的损伤，单单那口感就让人够呛的了。所以我成家立业后，十分在意父亲喝酒的事情，总会尽可能让父亲喝上酒，有时接父母到城里来住些日子，每餐都会陪父亲喝上几杯高度酒，看见父亲享受的样子，我的幸福感也油然而生。父亲虽然好酒，却很少发酒性，烟酒对他的身体也没有造成明显的损害。到了晚年，因为患前列腺炎，医生劝他戒酒，父亲说戒就戒了。不过戒酒后的父亲少了很多乐趣，也少了很多精气神，身体状况一年不如一年。由于长年替人织布，人到中年父亲的脊椎就弯曲了，到了老年，背驼得更加厉害。每次回家看到父亲弯曲的背影，内心总会生出许多歉意，依稀觉得那弯曲的脊梁依然承载着全家人的生活重负，还在默默前行。

母亲的健康状况一直不太好。在我几岁的时候，就看见母亲铺张竹席躺在地上，有气无力地跟我说，想吃石榴。我跑了好几里路到邻村去买了几斤回来，吃了石榴后没有用什么药，母亲又站起来了。以后总不是这里痛就是那里不舒服，但只要能动，母亲就从来没有休息过，家务事也从来没有耽误过。到了晚年，得了高血压，隔三差五去乡镇卫生院住几天。只要母亲身体不好，父亲就会尽力控制自己的暴躁脾气，变得细心柔和。母亲住院，父亲就在医院陪护，事事都做得体贴周到。越到晚年，父亲的脾气越好，对子女也特别理解，很少对子女提什么要求。每次前列腺发炎，小便困难，父亲都是一忍再忍，实在耐不住了，才告知在县里工作的长兄接他到医院去导尿。为这事我们不知讲了他多少次。人们常说，树老根多，人老话多。父亲却相反，越老越沉默寡言。我爷爷进入老年后，最喜欢唠叨，而且最喜欢给晚辈们讲自己受过的苦，说是前人不讲苦，后人不知古。父亲对爷爷的这种唠叨最为反感。可能是将心比心，父亲到了老年，有意保持沉默，生怕自己也像爷爷一样话多遭人嫌，直到去世。父亲的头脑都非常清醒，对子女的事情很少发表意见，经常像菩萨入定一般静静地坐着，好像若有所思，又好像心如止水。

父亲去世那天，我正在省里参加党代会。清早接到长兄的电话，说父亲病危，原因是早上起来大便时用力过大引发心梗。事出突然，完全出乎我们的意料，因为此前不久我妻子还带父亲去医院做过体检，医生告诉父亲，身体各方面的指标都很好，至少可以活到九十岁。放下电话，我立即向领导请假，接上同在省里参加业务培训的妻子匆匆往回赶，一路上总是不停地祈求父亲能够转危为安，但最后父亲还是没有等到和我们见上最后一面就去了，父亲的阳寿永远定格在了七十八岁这个节点上。父亲辞世后，母亲失去了生活的伙伴，也少了数落的对象，表面上没有什么变化，内心却寂寞了不少。身体状况也时好时坏，过了三年，母亲在八十岁上去世了。之前母亲已经病了一些时间，我们兄弟姊妹都在家里陪着她，吃了大半辈子苦的母亲，走的时候还不算冷清。母亲过世的当夜，老家下了一场难得一见的大雪，第二天早上，漫山遍野银装素裹，好像老天特意为母亲的去世营造一种清冷肃穆的氛围。

有古话说，父母在哪儿，家就在哪儿。确实如此，父母健在的时候，父母是凝聚这个大家庭的磁场，每年春节，我们都会回老家陪父母过年，四代同堂，气氛十分热闹，共同分享家庭团圆的天伦之乐。就我而言，父母健全，家乡就成了我情感的依托、心灵的家园。每隔一两个月，我就会抽空回老家看看他们，陪父亲喝两杯，和母亲说说话，看到他们幸福愉悦的样子，我仿佛找到了自己生命的价值和生活的意义。父母走了，“家”的意识便淡了许多，兄弟姊妹之间相聚的理由和机会也少了许多。于我则有漂泊人间、根无所系的失落感。父母去世多年后的一天，一个朋友的母亲病逝，我赶到他的老家去悼念。他的家和我老家隔得不远，在返回县城的路上，正值夕阳西下，众鸟归巢，我突然悲恸起来。换作以前，我会顺道回去看看父母，在夕阳的余晖下推开家的那扇木门，给他们一个惊喜，听听他们沧桑的话语……然而，父母居住的那房屋已空，那扇木门已锁，只有他们的黑白照片安放在正屋的神龛上，寂静安然。

祈愿父母在那边幸福！

附录二　忆长兄

去年八月，我准备把本书的稿子送出版社时，也送了一份底稿给长兄，想请他看一下，提些修改意见。长兄欣然应允。到九月底，我专门去他家聊起这事，他提了不少修改建议，还希望我对叙事方式做大的调整。分手时嘱咐我书出来后送两本给他。谁料，今年元月十八日，长兄便因尿毒症引发心衰突然离开了我们。走的时候，刚过古稀之年。

父母亲一共养大五姊妹，长兄是老大，我排行第四，年龄比长兄小十四岁。他高中毕业就考上湖南师范学院中文系，不仅是我们家祖祖辈辈出的第一个大学生，而且在老家周边也是解放后考上的第一个大学生。长兄常年在外求学，我与他相处的时间少而又少，对他青年时代的情况所知不多，只记得有一年他的几个高中同学到家里来，当时我只有三四岁，看到其中有两个戴眼镜的，吓得我家都不敢回。多年以后，他们还在拿这事取笑我。

真正与长兄接触是我读高中的时候。那几年，长兄在县二中教书。我和二哥同时初中毕业，他直接升了高中，我不知什么原因留在生产队搞了一年劳动，第二年长兄想办法让我去了他任教的高中读书，这样，我们弟兄三人同在一所学校待了一年。二哥毕业时，三兄弟照了张合影，还在相片上写了一行字："同在一所学校里"，时间久了，我的那张合影找不到了。长兄上过我的历史课，正经是我的老师，不过对他的课印象不深。1974 年，我高中毕业。那年，长兄初为人父。

离开学校，我便回村里参加集体劳动。长兄也很快调到县委宣传部去了。那时城乡之间交通不便，长兄回家的次数并不多，即使回来互相也很少交流，毕竟年龄和知识层次相差太大。1977 年恢复高考后，我并没有什么想法，波澜不惊地当着拿工分的养路工。到 1979 年春节过后，突然心血来潮，想去参加高考，于是我搭信给长兄，不久他从县里寄了一套复习资料回来，还附了一封短信，要我"少安毋躁"。当时我把这四个字理解为安心看书，所以每天上午在家看书，下午参加生产队的劳动，晚上点盏煤油灯做练习题。多年后我再仔细琢磨"少安毋躁"的含义，觉得有要我做好失败的思想准备的意思。事实也确实如此，我以三分之差失去了上中专的机会。过了不久，却收到县一中的通知，要我去复读。长兄看到我多少还有点希望，支持我再读一年。一中给我上课的老师长兄都比较熟悉，虽然平时跟我交流不多，但我的学习情况长兄还是很了解的，印象很深的是他跟我说，学校老师说我的吸收能力还不错。当年家境窘迫，无法在学校改善伙食，我每周都会去长兄就餐的县委食堂吃一两顿油水足一点的饭菜。

1980 年我终于考上了湖南省的一所重点大学。长兄很是高兴。兄弟之间共同话题也多了。我暑假回到家里，长兄总会抽空回来见见面，聊聊天，经常傍晚在家门口的坪子上摆张桌子，三兄弟陪老父亲喝几壶家酿的水酒。有一次兴致特别高，三兄弟拼酒，我喝得酩酊大醉。第二天长兄幽幽地对我说，老三你的酒量不行。从此在酒桌上我基本失去了发言权。

大学毕业后我考上了研究生。当时长兄正在省委党校读书。有一次来学校看我，兄弟俩在校园里边走边聊。他告诉我，到党校学习是组织上安排的，回去后可能会进班子，他希望能在政府搞常务。我知道那几年很多有文凭的干部得到重用，有的还破格提拔，长兄的想法并不过分。但最终他还是被任命为普通副县长，分管文教卫。后来他又被选为县政协主席，最后在县人大主任位置上退休。县里四大家，始终没有进过党委班子，是长兄的终身遗憾。

长兄生性恬淡，除了书和酒，没有其他嗜好。读书是他一生的习惯，尤其对中国古典文化情有独钟，不仅唐诗宋词随手拈来，就是先秦诸子百家也如数家珍。家父曾经告诉我，长兄大学毕业不久就下乡搞社教，村里有一个教过私塾的学究，想为难他，要他背诵《左传》。长兄说："《左传》太长，不如你来背，随便你选哪些章节，你背诵错了和记不起的地方，我给你指出来。"结果长兄一战成名，折服了老学究，也赢得了乡亲们的敬重。无论在什么工作岗位，只要有空闲，长兄总是手不释卷。在他生命的最后几年，疾病缠身，他还在看一些时事杂志，穿插看看金庸的武侠小说。不过，人在政途，喜欢读书特别是喜欢古典文学，并不一定是好事。一般来说，喜欢看书的人便不太爱交际，如果受老庄思想影响太深，或者笃信儒家“有所为有所不为”的信条，会给人一种“超然物外”的清高印象。这对从政的人来说，特别是对“草根干部”来说，是致命的。长兄并非不洞达人情世故，也从不参与“团团伙伙”，但每到关键时刻总是成为“有争议的干部”。若不是有几任主要领导赏识他的才干和人品，长兄早就不在“领导干部”之列了。正所谓成也萧何，败也萧何。如果长兄不读书，他就是一个在偏僻山村里终老的农民；又因为太喜欢读书，他比普通村民承受了更多内心深处的痛楚。

长兄喜欢喝酒，可能有遗传因素，也有后天的原因。家父为人豪爽，也喜欢喝酒。长兄肯定继承了家父的基因，不仅酒量好，而且也比较喜欢喝。有一次长兄回到家乡，很晚了我去看他，只见桌上放一盘油炸的蚕豆，大嫂在一旁陪着，长兄一壶一杯，自酌自饮，很是享受。后来在机关做行政工作，不如意事十之八九，也常常借酒浇愁。不过长兄喝酒很有节制，难得有失言失态的情况。对一般的公务应酬，他没有什么兴趣，能推就推，能躲就躲。与朋友共饮则被他看作人生最惬意的事。到了晚年，长兄的亲情越来越浓，每次兄弟姊妹团聚，他总是拿最好的酒出来，喝出最好的兴致。最后几年，长兄身体状况不佳，但只要亲人相聚，总会不遵医嘱，不听劝阻，一直喝到尽兴为止。

在家乡父老看来，长兄当的官不算小了。其实长兄的这一生是很累很苦的。长兄正宗本科生，人又长得洒脱。我的一位表姐老早就喜欢他，经常到家里来帮我母亲做些家务和农活。长兄因近亲关系谢绝了表姐的情意。也许是缘定前生，最后老家邻村的一位姑娘成了我的大嫂。在当时那种城乡分割的体制下，大嫂是农村户口的现实谁也无法改变。长兄一头要努力做好本职工作，另一头又要牵挂家中的嫂子、小孩，经常搭乘客车两头跑。多年以后长兄还跟我说他上山挑红薯的事。大嫂按照当年的说法是"半边户"，要参加生产队的劳动和分配。生产队社员的小农意识严重，原本把红薯挖回来再分配到各家各户的，他们故意为难"半边户"，把挖出来的红薯在山上就分配到户，再通知"半边户"去山上挑回来。那天下午长兄刚风尘仆仆回到家里，就被大嫂安排去山上挑红薯，心中自然郁闷。我知道，对长兄来说，除了体力活已不太适应外，主要是对守望相助的淳朴民风失落的悲悯。后来农村实行家庭联产承包责任制，大嫂更累了，既要带小孩，又要种自己的责任田。遇到农忙时节，长兄也要回来帮助大嫂做些农活。好在几年后，长兄当了副县长，按政策把大嫂转到县城，一家人才过上安定的日子。

让长兄疲惫的还有心累。自从他当了副县长以后，很多亲戚朋友都找他帮忙。据我所知，在不违背政策的前提下，长兄还是帮他们解决了一些问题的。但有不少人觉得县长手中的权力无所不能，总要他安排工作。长兄一向要求很严，违反政策的事，就是为自己的子女也不会去做。长兄当了二十来年县领导，得罪了不少亲戚朋友，很多人对他心存抱怨，虽然长兄也给他们做了解释，但基本上没有人理解他的苦衷，有的甚至断了往来。我知道，其实长兄内心也很纠结，他也想力所能及帮亲朋一点忙，但他一不会钻政策的空子，二不会灵活运用手中的权力，什么时候都不会去做“权权交易”的事。所以长兄虽然身上有着当官的荣耀，内心却存着海瑞般的孤独：在工作上从政的理念和风格很难被同僚理解，在日常生活中坚持原则的个性很难被亲朋认可。不过，生前毁誉都是过眼云烟，只要留得一身清白在人间，也就问心无愧了。当长兄的遗体从焚化炉出来时，他玉石般洁白的骨头便是最好的证明。

长兄的体质本来是不错的。年轻的时候没有重视锻炼，又喜欢吃肥肉，到了五十岁上下，患上了高血压，几年后又得了痛风症。五年前在北京做了心脏搭桥手术，三年前又发现了尿毒症，这几年每天都在家里做腹透。其实早几年去体检时就发现了肾功能受损的情况，长兄没有引起重视，还以县计生协会会长的身份带队去广东做打工人员的工作，回来以后，肾衰已是不可逆转。这几年，长兄经历了许多痛苦和磨难，生活质量也明显下降，但每次看到长兄，心态都很乐观，从不怨天尤人。我们总认为，长兄再活个十来年应该没有问题。没想到说走就走了。哪怕晚一年走，长兄也能看到他的孙女考上大学、他最喜欢的侄子举办婚礼等喜事，甚至听到儿媳再结珠胎的佳音。

长兄过世，我们兄弟姊妹五人便缺失了一角。特别是于我而言，失去的不仅仅是一位亲人。尽管我和长兄之间年龄相差较大，但长兄对我的影响是终身的。长兄凭借自己的努力从偏僻的山村考上大学，从小就给我树立了一根标杆，让我确立了人生的目标。长兄大学毕业后把他的一些书放在家里，我在农闲时节总拿出来翻一翻，让我较早地接触古典文化，这对我以后考大学是很有帮助的。另外长兄的人品格调也时常影响我做人处世。兄妹之间，我也是与长兄最有共同语言的。长兄的仙逝，使我失去了一位师长，一位挚友。

长兄喜欢大自然，喜欢家乡的山山水水、一草一木。对古代那些描写自然和乡愁的诗词，长兄都能倒背如流。还在 20 世纪 80 年代，长兄就借了一台相机，拉着我回到家乡去照相。徜徉在青山绿水间，长兄仿佛又回到童年，对每一片树林，每一口池塘，每一条小路，都表现出浓厚的兴趣。我们站在村庄对面的山上，长兄选取最好的角度把家乡的印象留在了相片里。每年的清明节，长兄都要带领家族的人上山给父母亲和爷爷奶奶扫墓。村里搞公益建设，长兄都会想办法弄点钱回去支持。长兄去世后，大嫂和侄儿找我商量，想把长兄安葬在家乡的土地上，我表示赞同。长兄下葬那天，天气阴冷，但没有下雨。长兄的坟茔离奶奶和父亲的墓不远。看到长兄的寿木徐徐落地，我觉得长兄叶落归根，在家乡的青山上找到了最好的归宿。

长兄逝世的当天，我从单位赶回县城。在路上，怀着悲痛的心情，回想起长兄坎坷正直的一生，拟出了一副挽联。上联是：

从教为官做人忠直不因当时改；下联是：好学律己重义明德可为后来师。挽联张贴在殡仪馆的门柱上，很多熟悉长兄的人都认可这个评价，长兄的在天之灵是否也认可？

图书在版编目（CIP）数据

乡愁的滋味：那年·那事·那人／郑山明 著．— 北京：东方出版社，2017.8
ISBN 978-7-5060-9877-9

Ⅰ．①乡… Ⅱ．①郑… Ⅲ．①散文集－中国－当代 Ⅳ．①I267

中国版本图书馆CIP数据核字（2017）第216354号

乡愁的滋味：那年·那事·那人
（XIANGCHOU DE ZIWEI：NANIAN NASHI NAREN）

作　　者：郑山明
策　　划：陈　卓
责任编辑：李　森
责任审校：金学勇　谷铁波　周　沫
封面设计：周伟伟
出　　版：东方出版社
发　　行：人民东方出版传媒有限公司
地　　址：北京市东城区东四十条113号
邮　　编：100007
印　　刷：北京楠萍印刷有限公司
版　　次：2017年11月第1版
印　　次：2017年11月第1次印刷
开　　本：787毫米×1092毫米 1/32
印　　张：8.875
字　　数：172千字
书　　号：ISBN 978-7-5060-9877-9
定　　价：42.00元
发行电话：（010）85924663　85924644　85924641